# SU DESEO CURVILÍNEA

UNA NOVELA ROMÁNTICA DE UNA CHICA
CURVILÍNEA EN UN PUEBLO PEQUEÑO

EN BUSCA DEL GALÁN DE PAPEL
LIBRO NUEVE

## MARY E THOMPSON

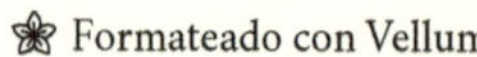 Formateado con Vellum

# EN BUSCA DEL GALÁN DE PAPEL

¡Gracias por visitar Cala MacKellar! El amor está en el aire y estamos encantados de tenerte de vuelta con nosotros. Mantente al día de todo lo que ocurre en el pueblo y suscríbete al boletín de Mary.

LIBRO 9

### *Su Deseo Curvilínea*

**Trent**

Todo el mundo adoraba mi tranquilo pueblo natal. De adolescente, no lo entendía, pero yo no era como los demás. Era el Chico Dorado. El hijo del pueblo. Aquel del que todos querían algo.

Las cosas habían cambiado desde que me fui. Nadie me conocía ya. Podía ir y venir a mi antojo. Me dejé llevar. Me permití creer que era uno de ellos. Que podía tener un romance pasajero con una chica del pueblo y todo iría bien.

Fue más que bien. Fue ardiente como el pecado. Ella era...

Una maldita mentirosa.

**Finley**

Nunca había forasteros en mi pequeño pueblo. Conocer a uno era como encontrar un unicornio. Y ¿ese hombre? Definitivamente era una rareza.

Solo fue una noche. Una vez. Se suponía que no volvería a verle jamás. No era una chiquilla tonta que pensaba que un rollo de una noche iba a llevar al amor verdadero.

Pero sí llevó a algo. Algo que me obligó a buscarle de nuevo.

Y decirle que iba a ser padre.

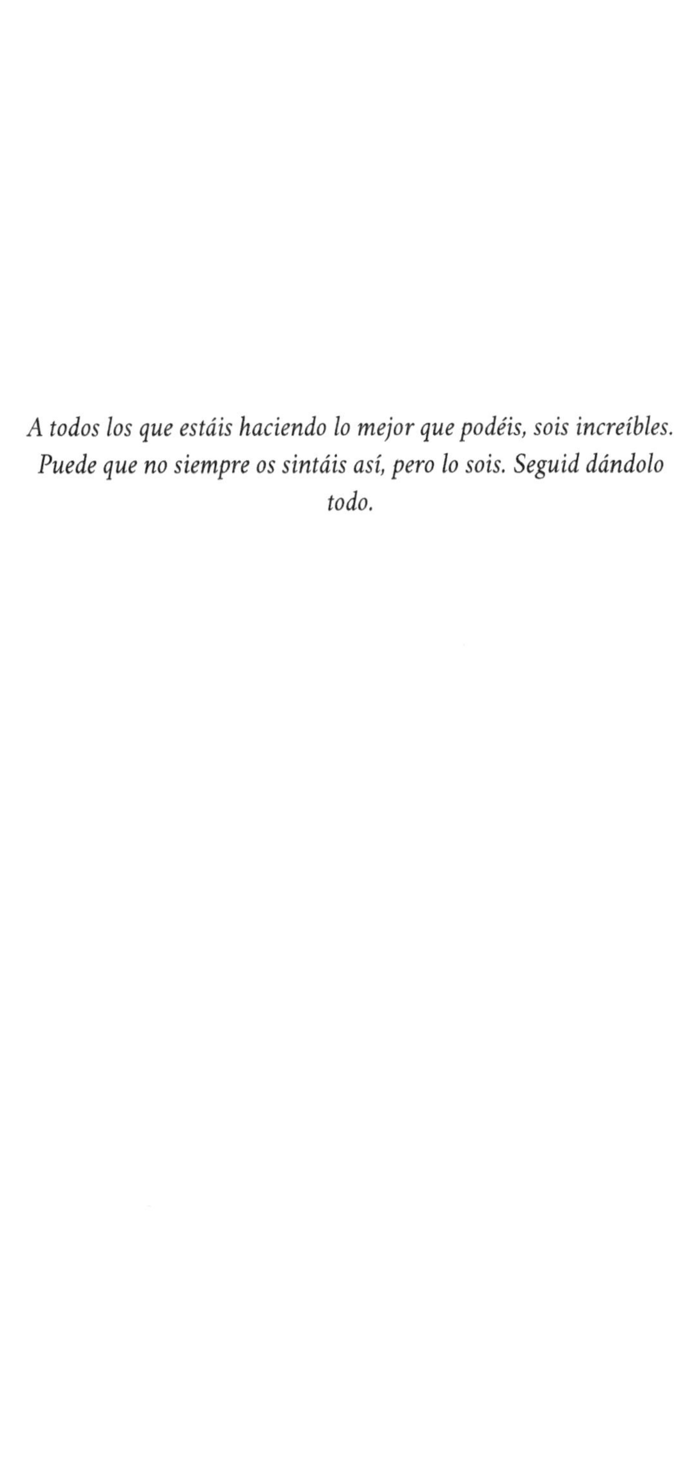

*A todos los que estáis haciendo lo mejor que podéis, sois increíbles. Puede que no siempre os sintáis así, pero lo sois. Seguid dándolo todo.*

FINLEY

Giré la pajita en mi bebida e intenté fingir que todo era normal. ¿Por qué no iba a serlo? No es como si llevara más de un año sin tener relaciones y estuviera allí sentada esperando a que apareciera un desconocido para acostarme con él.

Vale, de acuerdo, eso era exactamente lo que pasaba.

Todo iría bien. No era de aquí, su nombre de usuario lo declaraba, y nunca volvería a verle. Por eso acepté quedar con él. Eso y porque estaba desesperada por terminar mi racha en solitario.

Cada músculo de mi cuerpo estaba tenso y se tensaba más con cada segundo que pasaba. ¿Y si no aparecía? ¿Y si aparecía y no decía nada? ¿Y si aparecía y sí decía algo?

Era un desastre.

Solté un suspiro y di otro sorbo a mi bebida. Hacía diecisiete años que no era virgen, pero había algo en saltarse un año que me hacía sentir como si lo fuera de nuevo.

—¿Eres Deben amar los libros? —preguntó una voz profunda y suave.

Respiré temblorosa y levanté la mirada para encontrarme

con la suya. Dios mío, el hombre era impresionante. Ojos y piel de color marrón oscuro, cabeza rapada y una camiseta blanca que se estiraba sobre todos esos músculos.

Se me hizo la boca agua, literalmente, ante aquel hombre. Madre mía, nunca había visto a un hombre tan atractivo como él.

Soltó una risita, un sonido que envió una corriente de placer por mi columna hasta entre mis muslos. —¿Eso es un sí?

Negué con la cabeza, y él frunció el ceño.

—¿No?

—No. Sí. Es decir, sí, soy Deben amar los libros. ¿Tú eres No soy local?

La comisura de su boca se elevó en una sonrisa, y asintió. —Lo soy. No vivo aquí.

—Deberías pensarlo. Eres preciosa. Quiero decir, es precioso. Esto. La cala MacKellar. Tengo que dejar de hablar.

Se rió de nuevo. —No pasa nada. Si tuviera que juzgar el pueblo únicamente por la belleza de la mujer con la que estoy hablando, también diría que es precioso.

Mis mejillas se calentaron ante el cumplido, y mis muslos se estremecieron con el brillo de sus ojos. Sabía lo guapo que era, pero no me hacía sentir como si le debiera algo por ello, o como si me estuviera haciendo un favor. Sin duda podría irse con cualquiera de las mujeres, u hombres, de O'Kelley's si quisiera, pero estaba hablando conmigo. Finley Jameson, la empollona de los libros, casi sin blanca y distribuidora local de porno para mamás.

Pero él no sabía nada de eso. Solo sabía que me gustaba leer y que estaba sentada en la barra de O'Kelley's con un vestido azul esperándole.

—Eh, tío —dijo Hudson Grant, propietario de O'Kelley's y amigo mío, dirigiéndose a mi ligue impulsivo—. ¿Te pongo algo de beber?

NoEsLocal asintió a Hudson. —Solo una cerveza.

Hudson me miró y luego a mi cita. No dijo nada más, cosa que agradecí. No quería que el tío pudiera encontrarme después, aunque no me decepcionaría si lo hiciera. No estaba en el momento adecuado para una relación. Incluso con un hombre que parecía mi futuro marido.

En mis sueños.

—¿Es este tu sitio favorito? —me preguntó NoEsLocal.

Asentí y giré mi pajita. Mi bebida estaba casi terminada, y no iba a pedir una segunda. Era mi regla cuando quedaba con desconocidos. No es que eso ocurriera con frecuencia. —Paso mucho tiempo aquí. Trabajo cerca.

—Qué bien. Crecí en un pueblo pequeño, pero ahora vivo en la ciudad.

—No creo que pudiera vivir en una ciudad. No a tiempo completo. Está bien para visitar, pero me gusta poder sentarme aquí y conocer al menos a algunas de las personas. Me da sensación de seguridad.

—¿Eso significa que quieres quedarte aquí? —preguntó él.

—¡No! —Tomé aire y calmé los latidos de mi corazón—. Quiero decir, no me opongo a ir a otro sitio, si quieres.

Encontró mi mirada con la suya, oscura, y se acercó más. —Definitivamente.

No pude evitar sonreír mientras él dejaba algo de dinero en la barra y se levantaba. Nuestras bebidas no estaban terminadas, pero era definitivamente hora de marcharnos.

Salimos a la fresca noche por la parte trasera del bar. El sendero que serpenteaba de un extremo a otro de la Cala era ancho y estaba prácticamente vacío. Tan pronto como la puerta del O'Kelley's se cerró tras nosotros, me agarró la mano y me atrajo hacia él.

El aroma del río se mezclaba con la fragancia picante de cualquier colonia que llevara. Sus ojos estaban abiertos y buscando, su palma plana contra el costado de mi cara.

Estaba haciendo una pregunta, necesitando una respuesta. Le respeté muchísimo por ello y asentí.

En nuestra siguiente respiración, sus labios estaban sobre los míos. Mi espalda golpeó la pared de ladrillo y su cuerpo chocó contra mi frente. Su barba era más suave de lo que esperaba, el cabello bien recortado acariciaba delicadamente mi piel. A diferencia de sus dientes cuando me mordisqueaba.

Me abrí a él con un gruñido. Se rio contra mis labios y sonrió mientras agarraba mi trasero y se presionaba contra mí. Estaba duro, grueso y pesado contra mi vientre suave. Gemí inconscientemente, necesitándole. Había pasado demasiado tiempo desde que el sexo fue un juego de compañeros para mí, y estaba lista para cambiar eso.

—¿Vives lejos? —preguntó contra mi cuello. Su lengua estaba cálida sobre mi piel que se enfriaba.

Asentí, sin pensar en lo que estaba diciendo. —Tengo las llaves de la tienda aquí mismo. Podemos ir allí.

Se apartó lo suficiente para encontrarse con mi mirada, luego asintió bruscamente y tomó mi mano. Me arrastró hacia mi tienda, buscando en la pared la puerta que nunca había necesitado hasta esta noche.

Dudé, no físicamente, sino emocionalmente. Quizás no era buena idea acostarme con un completo desconocido, pero estaba harta de esperar a que mi vida comenzara. Había pasado tantos años construyendo mi negocio. Me convencí de que tendría tiempo para una relación, hijos y todas esas cosas que quería después de que el negocio estuviera seguro, pero ver a mi hermano y a mi mejor amiga enamorarse, casarse e intentar formar una familia me hizo darme cuenta de que tenía que vivir mi vida ahora si iba a disfrutarla realmente.

Por eso exactamente desbloqueé la puerta de mi tienda con sus manos firmemente ahuecando mis pechos. Su erección palpitaba contra mí desde atrás. Estaba cansada de esperar. Era una noche con un hombre que nunca volvería a ver, pero iba a disfrutar cada maldito minuto.

—Déjame verte —gruñó contra mi oreja.

Alcancé la luz en la parte trasera. Los clientes no podían vernos entre todas las estanterías, y aunque vieran una luz encendida, no era probable que nadie llamara. El cartel en la puerta principal decía que mi tienda estaba cerrada, y la puerta trasera era sólida y solo la usaban los empleados.

Me giró entre sus brazos y selló sus labios sobre los míos en el instante en que volví a estar frente a él. Levantó mi pierna, y la idea de marcarlo como mi territorio casi me hizo reír. Ni siquiera sabía su nombre. Era lo más lejos de ser mío que podía estar un hombre. Pero era exactamente lo que quería en ese momento. Lo que necesitaba.

Sus dedos hicieron un trabajo rápido con mi falda, levantándola para exponer mis bragas de algodón. Si alguna vez hubo prueba de que todo esto no fue premeditado, era la presencia de mi ropa interior menos atractiva. Pasó su dedo por el borde de ellas, pidiendo silenciosamente permiso para hacer exactamente lo que ambos sabíamos que estábamos allí para hacer. Parece que mis bragas de abuela no le desanimaron.

Moví mis caderas hacia él, esperando que captara la indirecta y se abriera camino dentro. Gemí cuando lo hizo, con la palma de su mano plana contra mi vientre no tan plano. Cuando sus dedos rozaron mi clítoris, gemí de nuevo y me arqueé contra su mano.

Deslizó un grueso dedo dentro de mí y apartó sus labios para maldecir.

—Joder, estás húmeda. Y tan estrecha.

—Hace tiempo que no lo hago —admití.

—Me aseguraré de que estés lista —dijo, con la voz áspera por el deseo.

Antes de que pudiera responder, introdujo un segundo dedo en mí. Grité por el placer doloroso y abrí más mis muslos para acomodarle. Se sentía bien. Tan condenadamente bien. El sexo con un desconocido no debería ser tan bueno. Debería ser torpe y vacilante, pero él era... Era como si me conociera. Como si no tuviera que pensar en lo que me gustaría, simplemente lo sabía.

Lo atraje de nuevo para besarlo, necesitando la conexión antes de soltar alguna tontería. No siempre se me conocía por mantener la boca cerrada, pero este hombre me hacía sentir aún menos en control de mis facultades de lo habitual.

Mordisqueó mis labios y me provocó con su barba corta. El suave roce de esta en mi mejilla sensible hizo temblar mis muslos. Si esto no fuera solo una aventura de una noche, quizás podría descubrir lo bien que se sentiría esa barba en mis muslos. Quizás...

No. No tenía sentido pensar en nada de eso. No tenía sentido pensar cuando presionó la palma de su mano contra mi clítoris y curvó sus dedos dentro de mí, haciéndome volar.

Grité y me aferré a sus hombros. Mi cabeza cayó hacia atrás, rompiendo nuestro beso. El calor recorrió todo mi cuerpo. Nunca había llegado tan rápido en mi vida. Ni siquiera a solas. Pero este hombre, este desconocido, me llevó al límite sin siquiera quitarme las bragas.

—Eres preciosa —susurró. Su voz era reverente, apenas audible en el silencioso edificio—. Otra vez.

No era una petición. Oh, no. No viniendo de él. Era una orden que siguió con la presión de su pulgar en mi clítoris y un movimiento rápido exactamente como lo necesitaba. Mi interior palpitaba con el ritmo que él marcaba en el exterior. Me agarré a él, incapaz de hacer otra cosa que cabalgar la ola sobre la que me empujó y rezar para no estrellarme en la bajada.

—Oh, Dios —gemí—. Qué bueno.

Mi centro se cerró alrededor de sus dedos, reteniéndolos dentro. Bombeó con la mano, presionando todos los puntos correctos por dentro y por fuera. Era el mejor sexo de mi vida, y ni siquiera habíamos llegado a la parte del sexo en sí.

Acarició la parte interna de mis muslos mientras mi cuerpo bajaba del éxtasis y liberaba el agarre sobre sus dedos. Tenía la mano enterrada bajo mi falda hasta la mitad del antebrazo, con los músculos ondulando mientras seguía acariciando mi piel como si tampoco pudiera tener suficiente.

—Ahora sí que estoy lista —murmuré.

Levanté la mirada hacia él; sus ojos casi negros de deseo. Un músculo se contrajo en su mandíbula. Su mirada se desvió hacia mis labios y luego regresó a la mía.

—Necesito un minuto, o habré terminado antes de que realmente empecemos.

Sonreí. No era frecuente que pudiera hacer perder el control a un hombre. Joder, hacía tiempo que no conseguía que un hombre hiciera nada. Pero hacer que un hombre como él, un hombre que no solo era guapo sino también seguro de sí mismo y generoso con sus manos, perdiera el control resultaba más que embriagador.

—¿Hay algún sofá o algo por aquí? —preguntó.

Asentí. —Allí. No nos verán. Está oculto por las estanterías.

—Perfecto. —Se inclinó y me besó, sacando su mano de debajo de mi falda. Puso ambas manos en mis caderas y me guio hacia donde le había indicado. Cuando llegamos al pequeño rincón, se sentó en el sofá más grande y me atrajo encima de él.

Su erección era gruesa y firme entre mis muslos. Me moría por frotarme contra ella, pero definitivamente era su turno.

Se movió debajo de mí y sujetó firmemente mis caderas, frotándose contra mi ardiente centro. Gruñó y capturó mis labios, hundiendo su lengua sin delicadeza pero con mucho placer.

—Te necesito —susurró, apartándome de él—. Quítate las bragas.

Me levanté y metí la mano bajo mi falda para hacer lo que exigía mientras le veía desabrocharse y bajarse la cremallera de los vaqueros. Se los bajó hasta las caderas, dejando que su miembro quedara libre. Buscó en su bolsillo un condón y se lo puso, tirando el envoltorio a un lado. Luego extendió la mano hacia mí.

La oscuridad de la habitación no me dejó ver bien su miembro, pero en el momento en que me senté en su regazo, supe que no había manera de que entrara sin algo de esfuerzo. Vale, mucho esfuerzo. Ya se había esmerado, y aun así era demasiado grande para mí.

Me sujetó las caderas y me dejó guiarle dentro. Apretó los dientes y se contuvo, con cada músculo de su cuerpo tenso. Yo me elevaba ligeramente, luego abría más los muslos y bajaba un poco más con cada movimiento. Gracias a Dios, no me presionó para ir más rápido ni embistió hacia arriba. Era como volver a ser virgen, excepto que más doloroso porque lo deseaba tanto. Le deseaba a él. Sabía exactamente lo que me estaba perdiendo, y esperar no era fácil.

Sus dedos se tensaron en mis caderas. Mis manos estaban en sus hombros, usándole como apoyo. Entonces, de repente, estaba dentro. Ambos gemimos con fuerza, nuestros cuerpos encontrándose mientras el mío se ajustaba a su tamaño y él... bueno, no sabía lo que estaba haciendo.

—Joder, qué bien se siente. Tan jodidamente bien.

—Tú también —logré decir. No creía que nunca hubiera tenido a nadie tan profundo dentro de mí. Estiraba mi cuerpo y me llenaba de una manera que nadie había hecho antes. No es que me hubiera acostado con un montón de tíos, pero ninguno se le acercaba. Se estremeció y gemí con avidez, casi llegando solo con sentirle.

—Parece que no soy el único al borde —dijo con una risita.

—Definitivamente no. Raramente llego durante el sexo, pero normalmente no me acuesto con tíos que son... —me interrumpí y me mordí los labios.

—¿Que son qué? —preguntó. Podía sentir su sonrisa tanto como oírla. Quería verla, pero la oscuridad a nuestro alrededor ocultaba la mayor parte de su rostro de mi vista.

—Tan grandes, ¿vale? ¿Es eso lo que querías oír?

—¿Es eso lo que ibas a decir?

—Sí —suspiré. Él se estremeció de nuevo.

—Entonces eso es lo que quería oír. —Su mano se deslizó por mis costados, sus pulgares acariciando la parte inferior de mis pechos, luego volvió a mis caderas—. Agárrate, preciosa.

Se movió debajo de mí y embistió hacia dentro, robándome el aliento y la cordura, reemplazando ambos con un deseo profundo de que este hombre me poseyera. De que me reclamara. De que me hiciera suya.

Me aferré a sus hombros lo mejor que pude y acepté que simplemente me dejaba llevar. Y vaya viaje fue. Madre mía, el tío sabía cómo trabajar. Embistió y se sacudió y folló hasta que no pude contener el orgasmo que su polla arrancó de mí. Mis dedos de los pies se entumecieron. Mis manos dolían. Todo mi cuerpo se sentía como si estuviera en llamas. Me desplomé sobre él, agradecida de seguir vestida y que todas mis partes flácidas no estuvieran al descubierto.

Y entonces me dejé ir.

Mi cuerpo le apretó tan fuerte que soltó una retahíla de palabrotas. Me folló con más intensidad, sus embestidas casi castigadoras mientras me perseguía hacia el orgasmo.

Cuando se corrió, estampó mi cuerpo con fuerza sobre su polla y rugió. Palpitaba dentro de mí, casi provocándome otro orgasmo. Me mantuvo estrechamente pegada a su cuerpo, ambos jadeando y apenas aguantándonos.

No quería moverme nunca. Quería quedarme justo ahí y hacer eso una y otra vez. Hacerlo a él una y otra vez. Quería besarle y saborearle y tocar todo su cuerpo. Joder, quería ver su cuerpo.

Pero no estaba destinado a ser así. Y tampoco era lo que realmente quería, en realidad. No si era verdaderamente sincera conmigo misma. Era una forma de desahogarme. Una bala de cañón de regreso a las citas y al sexo después de mucho tiempo fuera. Una bala de cañón grande, hermosa y productora de orgasmos.

Sus manos se deslizaron por mi columna y de vuelta hacia abajo, y supe que era hora de marcharme. Me levanté con cuidado, separándome de él, intentando desesperadamente no gemir al sentirle salir de mi cuerpo por última vez. Él sujetó el preservativo mientras me levantaba, y luego se puso inmediatamente de pie.

—¿El baño?

—En el pasillo por donde entramos —le indiqué.

Asintió, sujetando sus vaqueros con una mano mientras con la otra sostenía el preservativo.

Cogí mis bragas de debajo de la mesa de centro y me las puse. Me alisé el vestido y después comprobé que no hubiera ninguna mancha húmeda en el sofá. Todo bien.

La puerta del baño se abrió, y me dirigí hacia la parte trasera de la tienda. Él me estaba esperando, sus ojos devorándome mientras me acercaba.

—Gracias —dijo.

Sonreí. —El agradecimiento es muy mutuo.

Me devolvió la sonrisa. —Sé que dijimos que no nos

conocemos, pero vengo aquí de vez en cuando. ¿Te parecería bien que me pusiera en contacto contigo otra vez?

—¿En serio?

Se encogió de hombros. —Sí. Por si no te has dado cuenta, esto ha sido realmente bueno.

Sonreí con picardía. —Me he dado cuenta.

—Bien, ¿entonces...?

Asentí con la cabeza. —Sí, me encantaría que volvieras a ponerte en contacto conmigo.

—Bien. Se dirigió hacia la puerta y esperó a que yo apagara las luces. Salimos juntos, luego me besó con fuerza y rapidez y se marchó en la noche.

Le observé hasta que dobló la esquina y se dirigió hacia la plaza, luego me di la vuelta y me fui a casa. Con un recuerdo que definitivamente me mantendría hasta que mi desconocido regresara.

## 2

## TRENT

No podía quitarme la sonrisa de la cara mientras caminaba por Catherine Park hacia el vehículo que me habían prestado. Preguntar si podía contactarla de nuevo no formaba parte de mi plan, pero tampoco lo era que todo lo que creía saber sobre el sexo con una desconocida se tambaleara. Por Dios, la mujer era un sueño.

Me subí al todoterreno y giré la llave. Tosió al arrancar y el maldito trasto soltó un pedo. Era peor que mi viejo perro pastor, Kenny. Aunque el todoterreno no olía tan mal como Kenny.

Tomé los giros habituales a través del pueblo hasta que la finca apareció a la vista. Comprobé dos veces que nadie me seguía e hice el giro hacia el camino que serpenteaba alrededor del final de la Cala y se abría hacia la propiedad que llamé hogar durante la mitad de mi vida.

MacKellar Estates. A mi padre y a mi abuelo les gustaba la grandeza. Querían ostentación y reconocimiento. Estaba seguro de que por eso mi padre accedió a donar terrenos y poner el nombre de mi madre a la plaza del pueblo, pero la vieja historia decía que fue ella quien insistió. Ya no importaba. Ella se había ido, y dentro de poco, él también se iría.

—Buenas tardes, señor —dijo Andrew, recibiéndome en la entrada—. ¿Desea que ponga el vehículo en el garaje?

Dudé un momento y luego asentí. —Te he dicho que me llames Trent, Andrew.

—Muy bien, señor —respondió Andrew, como siempre. Nunca me llamaba Trent. Ni cuando era un crío, y definitivamente no ahora que estaba decidiendo el futuro de la finca.

Andrew se acomodó en el vehículo y se alejó lentamente. Odiaba ser excesivamente cauteloso, pero los buitres descenderían si supieran que yo estaba allí. Siempre lo hacían. Venían con gestos de buena voluntad y peticiones de todo tipo. Lo odiaba. Por eso dejé Cala MacKellar tan pronto como pude. Era invisible fuera del pueblo que llevaba el nombre de mi familia, pero dentro...

Entré en la casa por la puerta principal y me quité los zapatos. Los coloqué en el armario escondido detrás de la puerta, fuera de la vista y del camino. La casa seguía siendo un museo. Fría, sin vida y frágil. La única habitación de la casa en la que alguna vez me sentí relajado fue mi dormitorio, un espacio que tuve que suplicar para tenerlo como yo quería. De adolescente, tenía muebles cómodos y nada que se pudiera romper. De adulto, no había cambiado.

Entré en la cocina y llené un vaso con agua. Me apoyé en la encimera y bebí mientras pensaba en la mujer que acababa de dejar.

Fue un impulso, pero uno del que no podía arrepentirme. Después de Michelle, no estaba seguro de que estaría abierto a involucrarme con alguien durante un tiempo. Definitivamente no iba a construir una relación con una mujer que vivía en un pueblo en el que nunca querría vivir de nuevo, pero era una agradable distracción mientras estuviera por aquí.

—¿Necesita algo más, señor? —preguntó Andrew desde el pasillo.

Dejé mi vaso en el lavavajillas y me giré hacia él. —No, Andrew. Gracias por ocuparte del coche. Me voy a acostar.

—Buenas noches, señor.

—Buenas noches, Andrew.

Andrew caminó silenciosamente hacia la zona de servicio de la casa. Una puerta se cerró con un suave chasquido, la única señal de que se había movido. Suspiré profundamente, deseando estar en casa con X y McJenna en lugar de en este espacio cavernoso que tanto detestaba.

Me tomé mi tiempo para dirigirme hacia las escaleras. Vender la casa no resultaba una decisión tan fácil como había pensado. Durante años, le pregunté a mi padre por qué se aferraba a ella. Ahora que la decisión recaía sobre mí, me debatía de la misma manera que él. Mi madre seguía allí, en los recuerdos de las vacaciones, las fiestas y los días corrientes que ella hacía especiales. Perderla fue parte de la razón por la que estaba ansioso por salir de Cala MacKellar, pero habían pasado casi veinticinco años desde que murió. Desde que recorrí la casa con ella a mi lado.

Todas las fotos que nos tomó seguían sobre la repisa. El retrato familiar de la primavera antes de que muriera aún colgaba sobre la chimenea. La casa entera estaba congelada en el tiempo, como si nada hubiera cambiado, aunque todo lo había hecho.

Ignoré la punzada en mi pecho y subí las escaleras de dos en dos hasta el segundo piso. Cerré la puerta de mi habitación y encendí la televisión. Necesitaba ruido para ahogar todos los pensamientos que rondaban por mi mente. McJenna siempre era buena para generar ruido, pero no estaba allí. No había nadie allí.

HABÍA PASADO una semana desde mi noche con la desconocida, y seguía pensando en ella. Me despertaba soñando con ella y tenía que satisfacerme con mi mano para aliviar la pulsante necesidad que sentía dentro. Creía vislumbrarla casi a diario. Olía su perfume en el aire.

Estaba perdiendo la maldita cabeza.

X me lo señaló más de una vez, pillándome soñando despierto y ofreciéndome solo una risita burlona como respuesta. Yo siempre le contestaba con un corte de mangas. Principalmente porque no tenía ninguna otra respuesta para explicar por qué aquella mujer había captado mi atención de forma tan completa.

—Tengo que irme —dijo X, entrando en mi despacho y cerrando la puerta tras él. Había venido a casa para almorzar, pero debía volver a la comisaría en cualquier momento.

—¿Ir adónde?

—A recoger a McJenna del colegio. Se ha metido en una pelea. ¿Te lo puedes creer?

Levanté una ceja y mantuve la boca cerrada.

—No me mires así. Estoy haciendo lo mejor que puedo.

—Sé que lo estás intentando, pero también sabes que te derrumbas al instante cuando ella empieza a llorar.

—No lo tiene fácil, Trent. Ella está...

—Lo sé, lo sé. Su madre la abandonó y tú has hecho lo mejor posible, pero una adolescente necesita una madre. Lo entiendo.

X me fulminó con la mirada. —Entonces, ¿por qué siempre siento que piensas que no estoy haciendo lo suficiente?

Suspiré. Odiaba cuando X empezaba a hablar de sus propias limitaciones como padre. Todos teníamos limitaciones. Ninguno de nosotros era perfecto. Pero X pensaba que él debería serlo, y su versión de la perfección significaba dejar que su hija se saliera con la suya. Siempre.

—Quiero a J y te quiero a ti, tío. Pero una adolescente también necesita un padre. Sé que intentas serlo todo para ella, pero necesitas ser su padre. Necesitas establecer las reglas y asegurarte de que las cumpla. Hay momentos para ser blando y momentos para ser firme. Cuando se mete en peleas, no es el momento de llevarla a tomar un helado y decirle que entiendes por qué lo hizo.

X refunfuñó por lo bajo, señal inequívoca de que sabía que yo tenía razón. Quizá porque es exactamente lo que hizo la última vez que ella se metió en una pelea. Pensaba que siendo indulgente conseguiría que no lo volviera a hacer.

—Necesito averiguar qué le está pasando. Me he tomado libre el resto del día.

—Bien. Creo que os vendrá bien a los dos tener un poco de tiempo. ¿Necesitas algo? —pregunté.

—¿Alguna posibilidad de que quieras encargarte de la emisión de la tarde por mí?

Me reí y negué con la cabeza. X y yo nos conocimos cuando me contrataron como su ayudante en un pequeño estudio local. Él era el productor ejecutivo de los segmentos informativos del mediodía y la tarde. Yo quería demostrarme a mí mismo que podía contribuir al mundo y me quedé en el trabajo durante casi una década, pero cuando mi padre enfermó, tuve que dar un paso atrás y asumir un papel de liderazgo en el negocio familiar.

—Llevo demasiado tiempo fuera de la televisión. ¿No tienes un nuevo ayudante que pueda encargarse mientras no estás?

X negó con la cabeza. —No conozco a nadie en quien confíe tanto como en ti.

—Bueno, estoy en reuniones todo el día, así que no soy una opción. Dale una oportunidad a alguien. Tal vez te sorprenda. Yo lo hice. —Le sonreí con picardía, recordando el día en que le dije quién era yo realmente. No tenía ni idea de que yo era el dueño del estudio donde trabajábamos. Al principio se sintió incómodo, pero rápidamente comprendió que se lo dije porque confiaba en él. Era el único.

—Odio cuando tienes razón —murmuró.

—Lo sé. —Se dirigió hacia la puerta, y le grité: —¡Disfruta de tu helado!

Me hizo un corte de mangas mientras se alejaba.

No pasó mucho tiempo antes de que sonara otro golpe en mi puerta. Mi asistente ejecutivo, Jeffrey, entró con su portátil y su bloc de notas, listo para nuestra primera reunión.

—¿Está todo preparado? —le pregunté.

—Sí, señor. La llamada de hoy es solo para ultimar los detalles de los eventos y revisar el contrato.

—Bien. —Cada año el hotel tenía una serie de eventos para Nochevieja. La primera llamada iba a ser fácil. ¿El resto del día? No tanto.

MIS REUNIONES FUERON mejor de lo que esperaba. Todo estaba listo y preparado para Nochevieja y el comienzo del año. Estábamos iniciando conversaciones para hacernos cargo de otra cadena hotelera local, lo que no fue tan bien como esperaba, pero confiaba en que eso también se resolvería eventualmente. Cuando salí del trabajo por el día, estaba agotado y listo para tomarme una copa. En casa sin nadie observándome.

—¿Por qué pensaste que eso era una buena idea? —gritó X cuando entré en el apartamento.

Joder. Había olvidado que McJenna se había metido en una pelea. Parecía que X estaba siguiendo mi consejo, y no iba bien si todavía estaban hablando de ello.

—¡Era una zorra, papá! ¿Se suponía que debía dejarla decir lo que quisiera? ¿Eso habría sido mejor?

—Habría sido mejor si no te hubieras metido en una pelea, J. El director dijo que es tu última oportunidad. Si te sales de la línea una vez más, te suspenderá.

—Bien. Odio ese colegio de todas formas.

Suspiré y me metí de lleno en el asunto. —No digas eso, J. Odiar algo es ceder poder a las personas que quieren quitártelo. No te hace ningún bien.

—No lo entiendes —dijo J. Su voz se quebró de una manera que me indicó que había mucho más en la situación de lo que yo sabía. Kenny estaba tumbado sobre su regazo, cubriéndola con su cuerpo, protegiéndola. Ella le acariciaba distraídamente las orejas mientras el perrazo me miraba con una expresión que decía que la protegería incluso de mí. No podía culparle.

—Entonces cuéntame qué pasó.

Miró a su padre y se mordió el labio. —Fueron muy crueles. Dijeron que no era de extrañar que mi madre nos abandonara.

El rostro de X se descompuso. Se dejó caer en el sofá y hundió la cabeza entre las manos. —¿Por qué no me lo dijiste?

—Porque dijeron que nos abandonó a los dos. Que tú tampoco eras lo suficientemente bueno para ella.

Él abrió los brazos y ella se dejó caer contra él. Yo me quedé allí de pie, observándolos. X y yo nos conocimos justo antes de que la madre de J apareciera en escena. X cayó rendido por Denise. Cuando no estaba trabajando o conmigo, estaba con Denise. Decía que la amaba y hablaba de un futuro juntos. Luego ella se quedó embarazada.

X estaba entusiasmado. Dijo que siempre había querido tener hijos, y aunque solo llevaban cuatro meses juntos, sabía que ella era la indicada para él. La mimó durante cada día de su embarazo, le decía cuánto la amaba. Le prometió que se casarían en cuanto ella estuviera lista, ya que se negaba a tener fotos que documentaran lo enorme que estaba durante su embarazo.

Entonces nació McJenna. Yo estaba en el hospital ese día, fui la primera persona aparte de ellos dos en verla. Era perfecta. Pequeña, blandita y absolutamente perfecta. No sabía que podía amar tan plenamente a otra persona hasta que miré sus ojos. Me robó el corazón desde ese momento. Desafortunadamente, su madre no sentía lo mismo.

Denise recibió el alta antes que McJenna y se marchó. Desapareció del hospital y nunca miró atrás. Cedió todos sus derechos como madre a X y nunca más tuvo contacto con ellos.

Cuando J tenía cinco meses, los mudé a mi apartamento conmigo. Los tres habíamos estado juntos desde entonces. Pero yo no era su padre. Era su tío Trent, su padrino y confidente, pero seguía estando fuera del círculo. No pretendían hacerme sentir así, pero en momentos como aquel, me recordaba que tenía casi treinta y nueve años y estaba solo.

X secó las lágrimas de J's y acunó su mandíbula. El modo en que le temblaba el labio decía que le dolía tanto como a ella que alguien dijera que no merecían que se quedaran. Esos pequeños cabrones del colegio estaban equivocados, pero no escuchábamos lo bueno en nuestras vidas. Teníamos tendencia a centrarnos en lo negativo y doloroso y dejar que se nos metiera en la cabeza.

—¿Qué tal servicio de habitaciones esta noche? —pregunté, rompiendo la tensión de la única manera que sabía —. ¿Filetes? ¿Macarrones con queso? ¿Helado?

Me miraron con sonrisas idénticas. Ambos sabían que estaba intentando mejorar las cosas. No podía arreglar lo que les había pasado, pero podía gastarme parte de mi fortuna en ellos. J solo estaría con nosotros unos años más, y luego se iría a la universidad, a trabajar y a lo que decidiera hacer con su vida. X y yo no hablábamos de cómo sería eso, pero estaba llegando. Aún no estábamos preparados, así que enterrábamos la cabeza en la arena y fingíamos que no iba a ocurrir en menos de cuatro años.

Llamé al servicio de habitaciones, pidiéndoles que nos enviaran la mitad del menú. J encontró una película que quería ver y los dos se acurrucaron en el sofá con Kenny y esperaron a que me uniera a ellos. Miré fijamente la pantalla sin ver realmente la película. Mi mente no estaba en ello.

Cuando llegó el servicio de habitaciones, rechacé el intento de X de dar propina al chico y le entregué un billete de cien dólares. Siempre daba buenas propinas a mis empleados porque se aseguraban de que nadie me molestara. Las únicas personas autorizadas a entregar comida en mi ático eran empleados que llevaban trabajando en mi hotel más de un año. Gente que sabía que no nos haría fotos ni vendería nuestra historia a los tabloides.

Porque ser propietario de una cadena regional de hoteles, vivir con mi mejor amigo y criar a su hija juntos, definitivamente era material para los tabloides. No tenía el tipo de dinero que tenían la mayoría de los propietarios de hoteles, pero tenía más que suficiente.

Cenamos y terminamos la película, y McJenna se fue a la cama. X me preguntó cómo me había ido la tarde, pero solo estaba siendo educado. No pasó mucho tiempo antes de que él también se fuera a dormir, dejándome solo otra vez.

Finalmente cogí la cerveza que esperaba con ilusión horas antes, pero ya no tenía el mismo atractivo. La volví a meter en la nevera y saqué la botella de whisky que guardaba en el armario encima del frigorífico. Serví dos dedos en un vaso y di un sorbo. Dejé que la quemazón se filtrara por mi cuerpo y me empapara.

Guardé la botella y volví al sofá. Intenté no pensar en la

mujer de Cala MacKellar, pero después del día con J y X, la tenía en mente. Saqué el móvil y repasé los pocos mensajes que nos habíamos enviado antes de quedar para tomar una copa.

Era divertida e inteligente. Hacía mucho tiempo que una mujer no me hacía reír como ella. Y cuando entré en O'Kelley's y la vi en ese taburete, me llevé una grata sorpresa porque no solo no la reconocí, sino que era impresionante. Muchas curvas y una sonrisa fácil para Hudson que me hizo sentir celos del tipo en un segundo.

Pero fui yo con quien se marchó. Yo era a quien había ido a ver. El cavernícola que llevo dentro no podía negar que eso se sintió condenadamente bien. Casi tan bien como verla llegar al orgasmo mientras estaba profundamente dentro de ella.

Joder. Me había empalmado otra vez solo de pensar en ella. Normalmente no visitaba el lugar más de una vez cada pocos meses, pero revisé mi agenda para ver si podía escaparme pronto. Quería verla y no deseaba esperar mucho tiempo.

Tenía la agenda completa durante las próximas semanas, pero en aproximadamente un mes, podría hacer otro viaje. Si lo planeaba bien, podría reunirme con un agente inmobiliario durante el mismo viaje y averiguar cuáles eran mis opciones. Todavía no había decidido si quería vender, pero tenía que tomar una decisión. Y eso significaba recopilar más información. Un agente inmobiliario sabría por cuánto se vendería la casa y qué se necesitaría para mantenerla. Entonces podría decidir.

## 3

## FINLEY

Me senté en una silla de plástico duro con un café asqueroso e intenté que los nervios no me dominaran. Las manos todavía me dolían del agarre con los nudillos blancos que había mantenido mientras conducía hasta el hospital de Syracuse. Mi pierna se agitaba con energía inquieta. Estaba acostumbrada a estar de pie, no atrapada en una sala de espera.

—Todo irá bien —dijo Laura, con su voz tranquila que no resultaba ni de lejos lo suficientemente relajante como para frenar mi ansiedad.

—Ya lo sé, pero será un largo camino hasta la recuperación completa.

—Y estaremos ahí para ella.

La miré y sonreí. Tenía razón. Karissa estaba sola en la mesa de operaciones, pero después de la cirugía, Laura y yo íbamos a estar a su lado en cada paso del camino. Todos los demás también. Todos queríamos a la señora Georgia, la madre de Karissa, y apoyábamos la mastectomía doble preventiva de Karissa.

—¿Quién está atendiendo la tienda mientras estás aquí? —preguntó Laura.

—La he cerrado. No tengo realmente a nadie que pueda gestionarla a tiempo completo. Los pocos empleados que tengo solo vienen unas pocas horas a la semana.

—Vaya. ¿Cuánto tiempo estará cerrada?

—Solo esta semana. La próxima semana volveré con un horario modificado. Suelo hacerlo después del Día del Trabajo. Las cosas están demasiado tranquilas como para abrir a tiempo completo hasta la primavera, cuando los turistas empiezan a regresar.

—Tiene sentido. Hablando de turistas... ¿Has vuelto a saber algo de No soy local?

Sonreí y negué con la cabeza. Intentaba no hacerme ilusiones con él. No dijo cuánto tardaría en volver. La romántica que había en mí realmente quería que se convirtiera en algo, pero la realista era más fuerte y mucho más cínica. Fue la romántica quien abrió la boca y les contó a todos mis amigos sobre él en nuestro último club de lectura.

—Qué pena. Me pregunto por qué viene a Cala MacKellar. No hay muchos viajeros habituales.

—No lo sé. En realidad no quiero averiguar nada sobre él. El misterio evita que mi corazón se desboque con esperanzas.

Laura me sonrió con tristeza. —Siempre deberíamos tener esperanza.

Le devolví la sonrisa y la dejé estar. Claro que tenía esperanza, pero esa esperanza no llegaba hasta un romance mágico con un desconocido que resultara ser perfecto para mí. Ese tipo de cosas no era como funcionaba mi vida.

Charlamos intermitentemente mientras esperábamos que el cirujano nos informara sobre la operación de Karissa. Cuanto más se alargaba, más me carcomían los nervios. Cuando sonó el teléfono y alguien pronunció el nombre de

Karissa, Laura y yo nos levantamos de un salto para hablar con el médico.

—La operación ha ido perfectamente. Todavía no ha salido de la anestesia, pero quería llamar cuanto antes. Estará en la habitación ochocientos cincuenta y dos. Podéis subir a verla cuando queráis. Probablemente la subirán dentro de una hora, así que tenéis tiempo de comer algo antes de ir.

—Gracias —suspiramos las dos.

Colgué el teléfono y Laura y yo nos sonreímos y nos abrazamos con fuerza. Disimulaba bien, pero estaba tan nerviosa como yo.

Fuimos a la cafetería y tomamos un almuerzo rápido, luego subimos a la habitación de Karissa. Justo la estaban entrando con la camilla cuando llegamos.

—Me duele todo —se quejó Karissa.

—Lo siento, cariño. Me temo que va a ser así durante un tiempo —dijo Laura amablemente. Tenía una increíble forma de tratar a los pacientes y la capacidad de hacer que cualquiera se sintiera cómodo. Era una enfermera extraordinaria.

—Ojalá hubiera sabido cuánto iba a doler.

Laura se rio suavemente. —Aun así lo habrías hecho.

—Sí, pero al menos lo habría sabido. ¿Puedo tomar un poco de agua? Me duele la garganta.

—Voy a por un poco —dijo Laura. Cogió la pequeña jarra de la bandeja de Karissa y salió de la habitación.

Di un paso adelante y tomé la mano de Rissa. Odiaba verla tan incómoda. Sabía que solo iba a empeorar cuando empezara la fisioterapia y durante su proceso de recuperación.

—¿Qué tan mal me veo? —preguntó.

—Parece que te duele. Ojalá pudiera llevarme yo ese dolor.

Asintió. —Lo sé. Probablemente te lo daría.

Me reí con ella.

El médico entró poco después de que Laura regresara y nos dio más información sobre la cirugía, incluyendo la parte más importante: no había ningún indicio de cáncer de mama durante la operación. Karissa tenía todo tipo de pruebas por delante, pero todavía existía la posibilidad de que encontraran algo. Que no lo encontraran era la mejor noticia que podíamos esperar. Tan buena que Karissa lloró, lo que nos hizo llorar a Laura y a mí.

El resto del día fue tranquilo. Las enfermeras iban y venían, y las tres nos sentamos a ver películas y descansar. Cenamos y luego nos acomodamos para pasar la noche en los sillones reclinables que las enfermeras nos proporcionaron.

Los días siguientes fueron un poco confusos. Laura y yo nos turnábamos para quedarnos con Karissa y para ir a casa de Verónica, la amiga de Nico. Verónica y su marido se ofrecieron a dejarnos usar su habitación de invitados siempre que necesitáramos un descanso del hospital para dormir unas horas o ducharnos o cualquier cosa.

Todo mi cuerpo se sentía dolorido y adolorido. Estaba agotada, incómoda y estresada por Karissa y mi falta de conocimientos médicos para ayudarla a sanar. Cuando por fin le dieron el alta del hospital con una lista de instrucciones de dos páginas sobre cómo tratar las heridas y cómo hacer la fisioterapia, estaba a punto de vomitar.

Gracias a Dios por Laura, que se lo tomó todo con calma. Estaba allí con nosotras exactamente por esa razón. Ella era la enfermera, y se encargaría de la terapia de Karissa y ayudaría con cualquier otra cosa que hubiera que hacer durante los próximos meses. Yo iba a ayudar, pero iba a confiar en la experiencia de Laura tanto como fuera posible.

El viaje de regreso a Cala MacKellar fue largo y doloroso para Karissa. Cada bache que golpeábamos le hacía contener la respiración bruscamente. Cada giro la hacía buscar un asidero. Cada minuto me hacía tensarme más y más. Cuando finalmente llegamos a nuestro complejo, todas suspiramos aliviadas.

Laura ayudó a Karissa a subir las escaleras hasta nuestro apartamento mientras yo cogía nuestras bolsas del maletero. Las seguí un poco por detrás, dejando que Karissa avanzara tan despacio como quisiera. Cuando llegamos a nuestra puerta, le sonreí a Laura y le guiñé un ojo.

Todos nuestros amigos estaban dentro esperando para ver a Karissa.

Abrimos la puerta y nos recibió inmediatamente un aroma que hacía rugir el estómago. Karissa retrocedió. —¿Qué es eso?

—Es la cena —gritó Melody desde dentro del apartamento—. Entrad y comed algo.

Karissa avanzó tentativamente. Laura la sujetaba del brazo. Cuando llegaron a la cocina, Karissa rompió a llorar.

—Oh, mierda. ¿No deberíamos estar aquí? —preguntó Elise.

Todos rodearon a Karissa mientras ella luchaba por recuperar la compostura. Negó con la cabeza y sonrió a través de las lágrimas. —Gracias, chicos. No podría pedir mejores amigos que todos vosotros.

Todos abrazaron suavemente a Karissa y la ayudaron a sentarse en el sillón que compramos hace unas semanas solo para ella. Laura le advirtió que levantarse del sofá podría ser difícil y recomendó un asiento más firme del que pudiera levantarse sin necesidad de usar los brazos para impulsarse.

—¿Cómo te encuentras? —preguntó Blake.

—Dolorida. Te juro que me duele todo. No tenía ni idea de lo conectadas que estaban mis tetas con todo lo demás. —Karissa hizo una mueca mientras ajustaba su posición.

—Te peinaré durante los próximos meses —ofreció Trinity.

—Oh, gracias —suspiró Karissa—. Ya empezaba a molestarme.

—Piper y yo os traeremos comidas —dijo Melody.

—Y yo haré tu compra —añadió Blake.

—Todos estamos aquí para ayudar —dijo Elise.

—Gracias, chicos. Me sentía fatal por cargar tanto a Fin y Laura —dijo Karissa.

—Ellas pueden con ello —le dijo Blake con un guiño hacia nosotras.

—Podemos, pero sabíamos que no estaríamos solas —dijo Laura.

Todos nos acomodamos en el sofá y en el suelo, y charlamos como si fuera una reunión cualquiera. Preguntaron por la operación de Karissa y su recuperación. Hablamos sobre lo que había pasado en el pueblo durante los cinco días que estuvimos en Siracusa. Cenamos juntos, pusimos una película que ninguno vimos y seguimos conversando. Fue un gran final para una semana estresante.

A Karissa empezaron a cerrársele los ojos, y todos se dirigieron hacia la puerta. Melody y Willow limpiaron la cocina antes de marcharse. Blake y Elise dijeron que nos habían limpiado el baño. Trinity le recogió el pelo a Karissa en un turbante limpio y prometió volver cuando la necesitáramos. Laura fue la última en irse, prometiendo también regresar por la mañana.

Karissa me miró. —Estoy jodidamente cansada.

Me reí. —Lo sé. Vamos a acostarte.

—Siento estar cargándote con tanto.

—No me estás cargando con nada. Te quiero y estoy aquí para ti. Siempre.

—Gracias.

Karissa tomó su medicación y dejó que la ayudara a meterse en la cama. Se quedó dormida antes de que saliera de su habitación.

Me fui a la mía, dejando ambas puertas abiertas por si necesitaba ayuda durante la noche. Rápida y silenciosamente deshice mi maleta. Cogí la bolsa de tampones y compresas que había metido y me detuve. Pensé que me iba a venir la regla mientras Karissa estaba en el hospital. Todo el estrés de estar allí había causado estragos en mi cuerpo, y al final no me vino.

Sonreí. No iba a quejarme de ese efecto secundario.

Tres días después, me sentí mal. Me desperté con náuseas e inestable. Me tomé la temperatura, pero no tenía fiebre. Me preparé unas tostadas y me sentí mejor. Solo tenía hambre.

Dos días después, volvió a ocurrir. Me costó unos minutos levantarme de la cama. Fui al baño y me lavé las manos, luego me dirigí a la cocina para tomar unas tostadas. No podía permitir que Karissa enfermara. Me volví a tomar la temperatura y era normal, pero empezaba a preocuparme.

La tostada ayudó, pero advertí a Karissa que no me encontraba muy bien.

—Tengo un sistema inmunológico muy bueno. Estaré bien —dijo Karissa.

Cada día se sentía mejor. Todavía tenía muchos momentos en los que sentía dolor, pero en general, estaba mejorando. Fui a trabajar por primera vez desde su operación, dejándola en el apartamento con Blake durante el día.

Era un precioso sábado. Aunque casi estábamos en octubre, el tiempo estaba siendo más que cooperativo. La gente estaba fuera, paseando y disfrutando de las últimas semanas de calor antes de que el frío llegara a la zona. El aire fresco y limpio alivió mi estómago y, de nuevo, ignoré la sensación.

Llevaba abierta unos veinte minutos cuando entró una clienta. Me resultaba vagamente familiar, pero no podía recordar su nombre. Esa era la bendición y la maldición de vivir en un pueblo pequeño. Todo el mundo conocía a todo el mundo, pero si no podías recordar un nombre, parecías un capullo.

La mujer me sonrió y deambuló por la tienda. Esperé detrás del mostrador, poniéndome al día con el papeleo y viendo qué inventario se me estaba agotando.

—Disculpa, ¿puedes recomendarme uno de estos libros? —preguntó la mujer.

—Bueno, los dos son realmente buenos, pero depende de lo que estés buscando. Este tiene un alfa muy fuerte que es un poco brusco, pero es un auténtico trozo de pan con la protagonista. Este otro tiene una gran familia encontrada con dos amigos que finalmente admiten que están enamorados.

—Vaya. Eso no me ayuda en absoluto porque los dos suenan increíbles.

Me reí con ella. —Lo sé. Lo siento.

—Está bien. Supongo que es un buen problema para mí. Me prometí que solo iba a comprar uno hoy. Tengo tendencia a gastarme demasiado en libros.

—Yo también. Soy Finley, por cierto. Me resultas familiar, pero no consigo recordar tu nombre. Odio decir esto, pero fingir que lo sé sería una mierda. Vaya. Perdón. No debería soltar tacos delante de los clientes.

Resopló. —No pasa nada. Tengo un hijo adolescente y otro preadolescente. Digo más que mi cuota justa de palabrotas. Soy Anna Charlotte. Creo que viniste al evento de Oak Hill el año pasado.

—Oh, sí. Sabía que te reconocía. Soy amiga de James. Él y Trinity hablan de ti y tus chicos constantemente.

Anna sonrió. —Son muy amables por mantener el contacto con nosotros.

—Trinity adora a Matty. Hace fotos de los trabajos que realiza en el programa extraescolar.

—¿En serio?

Asentí. —Es muy talentoso.

Las mejillas de Anna se sonrosaron. —Gracias.

—Mira, tengo un programa de intercambio. Puedes devolver cualquier libro que me hayas comprado, en buen estado, y obtener crédito para un libro nuevo. No es algo que publicite porque la mayoría de mis clientes durante el verano son de fuera, pero para los vecinos del pueblo, me encanta ofrecerlo. También ofrezco descuentos si alguien quiere hacer una sección de recomendados. Solo tendrías que elegir tus libros favoritos, y yo dedicaré una estantería a tu selección. Siendo madre soltera, tengo la sensación de que a mucha gente le interesaría saber qué te gusta leer.

—¿Estás haciendo esto porque sabes que no tengo dinero?

—¿Qué? —pregunté. Normalmente la gente se alegraba cuando les ofrecía un descuento, pero Anna parecía enfadada.

—Mira, sé que no formo parte de vuestro círculo íntimo y que no soy un miembro activo de la comunidad o lo que sea, pero te agradecería que no me hicieras sentir como si no fuera capaz de pagar mis propias cosas. No he venido aquí buscando caridad.

—Y yo no estoy intentando dártela —dije. Intenté mantener la calma, pero ella estaba furiosa.

—¿En serio? ¿Por eso me ofreces cambiar mis libros y conseguir un descuento por recomendar libros? Porque nunca he oído hablar de esto antes.

—Como he dicho, no es algo que anuncie. La sección de última oportunidad son todos libros usados. Así lo indica el cartel, pero es pequeño para no atraer a demasiada gente intentando cambiar libros. La mayoría de mi inventario es nuevo, y quiero mantenerlo así para poder conseguir novedades. Y lo de recomendar libros es algo que he hecho desde que abrí la tienda.

—Sí, y ofrecérselo a la pobre madre soltera que apenas tiene suficiente dinero para alimentar a sus hijos es solo ser una buena vecina o lo que sea.

—Yo...

—Puedo pagar mis libros. Me llevaré los dos. Esto debería cubrirlo. Y puedes quedarte con el cambio.

Anna se marchó furiosa, dejándome allí mirándola y preguntándome qué demonios acababa de pasar.

El resto de mi día fue mucho menos agitado. Vinieron más clientes y me preguntaron cómo habían sido mis vacaciones. No les conté el verdadero motivo por el que cerré la tienda. Nadie pareció demasiado molesto por ello, que era siempre mi preocupación.

Abrí también al día siguiente, pero sin ningún alboroto ni clientes disgustados. Karissa estaba pasando el día con Trinity, así que recogí la cena de O'Kelleys para los tres antes de irme a casa. Hudson me preguntó cómo estaba Karissa y me dijo que le avisara si necesitábamos algo. Le prometí que lo haría y me fui a casa a desplomarme con mis amigas.

El lunes por la mañana, me desperté con un sabor amargo en la boca. Aparté las sábanas de golpe y corrí al baño, apenas llegando a tiempo antes de vomitar. Me senté en el suelo y vomité hasta que no salió nada más. Tuve arcadas secas y deseé morirme.

Un paño frío se posó en mi nuca.

—Karissa, tienes que irte. No puedes estar aquí. No quiero contagiarte.

—Fin, necesitas ayuda. ¿Estás bien?

—Me siento fatal.

—¿No se suponía que estabas mejorando?

—Yo también lo pensaba, pero parece que me equivocaba. Dios, esto es horrible.

—Mejor enferma que embarazada, ¿no?

Me recosté contra la pared y miré a Karissa, sintiéndome mal por una razón completamente distinta. No. No era posible.

—¿Finley? ¿Estás embarazada?

—Yo... No. No puedo estarlo.

—En realidad, sí puedes. ¿Con No soy local?

—Usó condón, y yo tomo anticonceptivos.

—Vale, pero eso no significa que sea efectivo al cien por cien. Has tenido náuseas al despertar casi toda la semana pasada. No tienes fiebre. Yo no me he puesto enferma. Te encuentras bien después de unas horas. Para mí son claramente náuseas matutinas.

—Dios mío. ¿Y si estoy embarazada?

—¿Tienes algún test?

Negué con la cabeza.

—Creo que hay uno ahí. Acércate y mira.

Me desplacé frente al armario. Karissa me indicó dónde había visto un test. Quedaba uno. Y no estaba caducado.

—Tienes que hacértelo. Ahora. Voy a prepararte unas tostadas.

—Se supone que soy yo quien tiene que cuidarte.

—Haz pis en el palito. A partir de ahí, ya veremos.

Karissa salió y cerró la puerta del baño. Me quedé mirando el ofensivo test y me mordí el interior del labio. No podía estar embarazada. Ni siquiera sabía el nombre del tío.

Suspiré y negué con la cabeza. Cuando saliera negativo, me sentiría mejor. Y entonces iría al médico y averiguaría qué me pasaba realmente.

Leí las instrucciones, dos veces, e hice el test. Lo dejé en la encimera para esperar y salí del baño.

—¿Y?

—Estoy esperando. No podía quedarme ahí mirándolo.

—Cómete la tostada.

Asentí. Ambas mirábamos fijamente la puerta del baño mientras yo comía la tostada y Karissa bebía una taza de café. Cuando terminamos, nos miramos la una a la otra.

Me mordí la parte interior del labio y tomé la iniciativa. Karissa me cogió de la mano, dándome un apoyo que no sabía que necesitaba hasta que bajé la mirada hacia el test y vi dos líneas rosas.

Joder.

## 4

*T*odo alrededor del test se volvió negro. Mi visión se estrechó, enfocándose solo en esas dos líneas. Mi mano se deslizó hasta mi vientre. Estaba embarazada. Joder.

—¿Estás bien? —preguntó Karissa, con voz suave y preocupada.

No tenía palabras. Ni siquiera tenía pensamientos coherentes. Era un revoltijo de emociones, desordenadas. Feliz y triste. Emocionada y asustada. Y luego estaban las náuseas con las que me había despertado, que volvían para tomar el control.

Me caí de rodillas y vomité otra vez. La tostada había desaparecido, el agua había desaparecido, toda mi vida había desaparecido. Era una mujer soltera de treinta y tres años embarazada del bebé de un hombre cuyo nombre ni siquiera conocía. Un hombre que no vivía en la misma ciudad que yo. Estar jodida ni siquiera empezaba a describir cómo me sentía.

—Mierda, Fin —suspiró Karissa. Puso otra toallita fría en mi cuello y me frotó la espalda suavemente.

—¿Qué voy a hacer? —pregunté.

—¿Qué quieres hacer?

Tiré de la cadena y me incorporé. Me apoyé contra la pared y cerré los ojos. Siempre había querido tener hijos, pero esto estaba lejos de ser ideal. —No lo sé.

—¿En serio? Porque siento que sí sabes lo que quieres hacer.

Miré a Karissa. Habíamos estado viviendo juntas durante años. Ella era tanto mi hermana como lo era Blake, quizás más después de vivir juntas durante tanto tiempo. Sabía cosas de mí que nadie más sabía.

—Siempre has querido ser madre, Fin. ¿Por qué ha cambiado eso ahora que vas a serlo?

—No ha cambiado, pero...

—Pensabas que sería con un marido, o al menos como parte de una relación estable.

Asentí y me mordí el labio. Se me llenaron los ojos de lágrimas y la emoción me invadió. Acababa de conseguir que mi tienda empezara a dar beneficios, y ahora iba a tener un hijo. Un hijo que nacería en algún momento de la primavera, justo cuando yo estaría volviendo a trabajar a tiempo completo y necesitaría abrir todos los días para mantenerme en números negros. Un hijo al que ya quería, aunque solo supiera de su existencia desde hacía unos minutos.

—Estaré aquí para ti.

—Acabas de operarte —protesté.

Karissa se rio. —Sí, pero a menos que te quedaras embarazada hace ocho meses y medio, ya estaré recuperada cuando tengas ese bebé.

Solté un suspiro y asentí. No era justo para Karissa, pero tenía tiempo para buscar otra solución. Mi error no debería trastocar su vida. Solo la mía.

Mierda.

—¿Por qué no te levantas y pasamos un día tranquilo? Películas en el sofá con el pijama puesto.

Asentí y me incorporé. Miré con mala cara el test que estaba en la encimera. Karissa lo envolvió y lo volvió a meter en la caja. Lo dejó a un lado, sin tirarlo. No pregunté por qué, pero lo agradecí.

Estábamos a mitad de la segunda película cuando Karissa hizo la pregunta que llevaba repitiéndose en mi mente.

—¿Qué vas a hacer con el padre?

Suspiré profundamente y negué con la cabeza. —No lo sé.

—Tienes que decírselo.

Asentí. —Lo sé, pero... ni siquiera sé su nombre. No hablamos. Tomamos una copa en O'Kelley's y nos marchamos, tuvimos sexo, y él se fue. No vive aquí. No me resultó familiar en absoluto.

—¿Quieres que busque su información de contacto?

—¡No! Rissa, está bien. Todavía tenemos nuestra conexión abierta. Dijo que se pondría en contacto la próxima vez que esté por la zona.

—¿A qué se dedica para que venga por aquí con regularidad?

Me encogí de hombros.

—Ya. Bebida, sexo y adiós.

Asentí.

—Podrías contactar con él. Pedirle que quede contigo en algún sitio. Yo iré contigo.

—Lo pensaré. Por hoy, solo quiero fingir que todo es normal.

Karissa asintió. No dijo nada más ese día sobre el bebé, el padre o mi reciente embarazo. Vimos películas y nos reímos, pero durante todo el tiempo, mi mente no paraba de dar vueltas.

Estaba embarazada. Del bebé de un desconocido. ¿Qué

iban a decir mis padres? ¿Qué iba a decir el pueblo? ¿Qué iba a decir Blake?

VOMITÉ todas las mañanas durante la semana siguiente. Estaba aprendiendo a vivir a base de galletas saladas y agua con limón, algo que leí que ayudaría con las náuseas. Ayudaba un poco, pero seguía estando enferma constantemente.

La mayoría de los días era manejable. Casi predecible. Karissa me convenció para que pidiera una cita con mi matrona. Me programaron una prueba de embarazo y una ecografía para dentro de dos semanas. La mujer que atendió el teléfono también dijo que Julie, mi matrona, podría ofrecerme algunas sugerencias sobre mis náuseas matutinas. Solo tenía que sobrevivir hasta entonces.

—¿Estás perdiendo peso? —preguntó Karissa.

Negué con la cabeza. —No lo sé.

—Parece que sí. Eso no es bueno.

—Apenas puedo retener nada. Y estoy estresada.

—Lo sé —dijo Karissa, con voz compasiva y comprensiva—. Ojalá pudiera hacer más por ti.

Negué con la cabeza. —Se supone que yo soy quien debe ayudarte a ti. Apenas han pasado tres semanas desde tu operación.

—Estoy bien. Laura dice que la fisioterapia va bien hasta ahora. Me estoy recuperando. Pero creo que deberías contarle a Blake y a todos los demás lo del bebé. Aunque solo sea porque querrán ayudarte también.

Estaba negando con la cabeza antes de que terminara de hablar. Ella sabía que iba a decir que no.

—Finley.

—Rissa, no puedo. Todavía no. Sé que tengo que decírselo, pero Blake está intentando quedarse embarazada. Me siento culpable por haberme quedado embarazada por accidente.

—No es algo que puedas controlar.

—Lo sé, pero me siento mal. Como si se lo estuviera restregando en la cara.

—Si ella se quedara embarazada, no pensarías lo mismo de ella.

—Claro que no, pero ella también está casada.

—Eso no significa que necesite procrear.

Suspiré. —Ya lo sé. Es solo que...

—Lo entiendo, pero Blake es tu mejor amiga y hermana. Querrá saberlo. Y también el padre. ¿Ya te has puesto en contacto con él?

—Vaya, realmente sabes cómo empeorar un mal día.

Karissa resopló. —No estoy aquí para facilitarte las cosas. Especialmente cuando sabes que tengo razón.

—Lo sé. De verdad. Eso no significa que tenga que gustarme.

Karissa me abrazó estrechamente, todo lo que pudo con sus pechos doloridos. Me dije a mí misma que haría pública la noticia, o empezaría a hacerlo, después de la ecografía. Una vez que escuchara el latido del corazón y supiera que todo estaba bien, entonces podría contárselo a la gente. Hasta entonces, había una pequeña parte de mí que temía que algo saliera mal.

Todo eso parecía una gran idea hasta que recibí un mensaje de No soy local unos días después. Venía a la ciudad y quería que nos viéramos.

—Joder —murmuré mientras leía su mensaje.

—¿Estás bien? —preguntó Karissa.

Negué con la cabeza y le mostré mi móvil. Lo leyó en silencio, y luego levantó la mirada sorprendida para encontrarse con la mía.

—Estará aquí en dos días. ¿Vas a decírselo?

Asentí. —Tengo que hacerlo. Iba a esperar hasta después de la ecografía, pero si él está aquí, no me parece bien mentirle.

—¿Quieres que te acompañe?

—Sí, pero sé que tengo que hacerlo sola. Estará bien.

Karissa asintió. —Sí, lo estará. Y si no, nos ocuparemos de eso también.

Respiré hondo y contuve el aire. No tenía ni idea de cómo decirle a un tío que estaba embarazada. Especialmente a un tío que pensaba que íbamos a quedar para tener más sexo. No me hacía ninguna ilusión volver a verle.

No soy local quería quedar en el O'Kelley's. Sugirió a las nueve, pero yo sabía que no podría mantenerme despierta hasta tan tarde. Con todas las náuseas matutinas, estaba agotada y me metía en la cama a las ocho casi todas las noches. Le pregunté si podíamos vernos a las seis. El bar estaría relativamente tranquilo tan temprano un viernes por la noche. Eso esperaba.

Me senté en la barra y esperé. Hudson estaba allí, y ver una cara amiga me dio un poco de valor.

—¿Vino?

Negué con la cabeza. —Solo un agua con gas. He estado lidiando con un problema de estómago.

Asintió observándome atentamente. No preguntó nada más, simplemente llenó un vaso con agua con gas y una rodaja de lima y me lo deslizó delante.

—¿Estás sola esta noche? ¿Quieres cenar algo?

—He quedado con alguien.

—¿En serio? —Hudson odiaba que organizáramos citas o ligues en su bar. No quería que se conociera como un sitio al que la gente venía para eso. Intentaba crear un ambiente seguro y cómodo. Y lo conseguía, por eso precisamente O'Kelley's era el lugar que solíamos elegir para quedar con desconocidos.

—Esta noche no, Hud.

Ladeó la cabeza y me miró con esos ojos oscuros que parecían saberlo todo. De repente sentí el impulso de soltarlo todo, de contarle la historia entera. Hudson era amable y considerado, pero también era el tipo de hombre que cualquier mujer desearía. Era increíblemente atractivo y tenía un lado protector que decía que haría cualquier cosa por mantener a salvo a la mujer que amaba. Para mí, era como un hermano mayor, otro más. Adoraba a Hudson, pero nunca lo vi como algo más que un amigo con el que sabía que podía contar para cualquier cosa.

—Yo...

—Hola —dijo mi cita. Se sentó en el taburete junto a mí y saludó a Hudson con un gesto de cabeza.

Hudson pasó la mirada de mí a NoEsLocal y de nuevo a mí. Levantó una ceja.

Me encogí de hombros. No tenía ninguna respuesta para él. No todavía.

Hudson se giró hacia NoEsLocal. —Bienvenido de nuevo. ¿Puedo ofrecerte algo?

—Una cerveza. ¿Algo local?

—Entendido.

Hudson se alejó unos metros pero siguió observándonos. No me gustaba tener público, aunque saber que Hudson estaba allí definitivamente me hacía sentir mejor.

Hudson colocó la cerveza delante de No soy local y me miró de nuevo. —¿Algo más que pueda traeros?

—No, todo bien. Gracias, tío.

Hudson asintió y se movió hacia el otro extremo de la barra, dándonos privacidad. Sabía que algo pasaba.

—Me gusta este vestido —dijo No soy local. Pasó una mano por mi brazo, y ese suave contacto envió chispas por todo mi cuerpo.

La última vez que estuvimos juntos, el deseo fue el sentimiento predominante. Esta vez, la ansiedad estaba tomando el control, pero el deseo seguía ahí, arremolinándose dentro de mí de una manera con la que no estaba familiarizada. Quería lanzarme sobre él allí mismo. Era intenso y ardiente, y casi nublaba la razón por la que quería reunirme con él.

Alguien chocó contra mi taburete. El tipo se disculpó y siguió su camino, pero me recordó lo expuestos que estábamos. —¿Podemos sentarnos en una mesa?

—Claro. —Cogió nuestras bebidas y me indicó con un gesto que lo guiara hasta una mesa. Encontré una a un lado, sin mucha gente cerca. Todavía era visible desde la barra, pero fuera del tránsito.

Nos sentamos y dimos sorbos a nuestras bebidas. Me miró con esa sonrisa que hacía que mis bragas se derritieran. Quería mandarlo todo a la mierda e irme, pero no podía. Tenía que decirle la verdad.

Me aclaré la garganta e incliné hacia delante. Abrí la boca, y...

—¿Quieres que nos vayamos de aquí? —preguntó él.

Apreté los labios. Quería asentir. Olvidarme de todo y simplemente disfrutar de otra noche con él. No preocuparme por quién era o lo que ocurriría cuando confesara la verdad.

Casi lo hice, pero entonces vi a Hudson observándonos. Estaba limpiando la barra, pero su atención estaba puesta en nosotros. Estaba demasiado lejos para oírnos, pero era evidente que nos prestaba atención. Cuidando de mí.

Tomé aire y reuní todo mi valor. —Estoy embarazada.

La expresión de su cara fue casi cómica. Casi. Durante medio segundo, su sonrisa seductora se congeló mientras asimilaba las palabras. Luego, la ira destelló en sus ojos. Se reclinó en su asiento y me miró con dureza. —¿Por qué me lo cuentas a mí?

Gruñí, pero contuve mi enfado. No nos conocíamos. No tenía forma de saber que él era el único chico con el que me había acostado en más de un año. —Es tuyo.

Puso los ojos en blanco y negó con la cabeza. —Usé condón. Buen intento.

—Sí, y yo tomo anticonceptivos. Me los tomo todas las noches antes de dormir. Créeme, estoy tan sorprendida como tú.

—Oh, yo no estoy sorprendido. Lo que quiero saber es cuándo decidiste hacer esto. ¿Fue cuando vine la última vez? ¿O fue un impulso cuando te envié el mensaje de que volvía a la ciudad?

—¿Crees que estoy mintiendo?

Se burló. —Por supuesto que creo que estás mintiendo. Nos acostamos una vez, hace casi seis semanas, y de repente estás embarazada. ¿Crees que puedes sacarme algo? ¿Que simplemente voy a entregarte un cheque?

—Eh, no. De hecho, no quiero nada de ti.

—Sí, seguro que es verdad. Negó con la cabeza y miró alrededor del bar. —Vaya. De verdad crees que soy tan estúpido. Que voy a creerte.

—No sé por qué es tan difícil de creer, pero es verdad. Tengo cita la semana que viene para una ecografía.

—¿Y qué?

—Escucha, esta no es la forma en que quería tener hijos, pero no podemos cambiar nada.

—Podemos. Dices podemos como si yo fuera a saltar y empezar a cuidarte. No hay ningún podemos. No hay nada. No somos nada el uno para el otro, y por lo que yo sé, te has acostado con la mitad de este maldito pueblo de mierda e intentas endosarme este crío. Buen intento, joder. No voy a caer en esa mierda. Aléjate de mí.

Me recosté, con la boca abierta mientras él empujaba la silla hacia atrás y se marchaba pisando fuerte. Desapareció entre la multitud, esfumándose de mi vista.

Vaya. No pensaba que se alegraría, pero no esperaba ese tipo de respuesta. Fue tan atento cuando nos acostamos que esperaba alguna muestra de compasión por su parte. En cambio, prácticamente me llamó puta.

—¿Estás bien? —preguntó Hudson, ocupando el asiento de No soy local.

Negué con la cabeza, mirando fijamente mi bebida con la mirada perdida.

—¿De qué iba todo eso?

Me quedé ahí sentada. No estaba segura de poder decirlo en voz alta. No iba a poder guardármelo para siempre, pero contárselo a alguien cuando mis emociones estaban tan crudas por ese rechazo era...

—¿Quieres que llame a Blake?

—¡No! —Miré a Hudson a los ojos y solo vi amabilidad reflejada—. Blake no lo sabe.

—Blake no sabe qué, Finley?

Hudson lo sabía. Podía verlo en sus ojos. Lo sabía, pero no iba a decirlo por mí. Yo necesitaba decirlo. —Que estoy embarazada.

—Mierda —susurró Hudson—. ¿Ese era el padre?

Asentí. —Nos conocimos el mes pasado. Nos lo pasamos bien. Usamos protección, condón y yo tomo la píldora. No funcionó, supongo. No me acuesto con cualquiera, Hudson. Es el primer chico con el que he estado en mucho tiempo. Es suyo, pero él dijo...

—¿Qué te dijo, Fin?

—Dijo: 'Por lo que yo sé, te has acostado con medio pueblo de mierda e intentas endosarme el crío a mí'. Ni siquiera sé cómo se llama.

—¿No lo sabes?

Negué con la cabeza. —No. En la aplicación solo hay nombres de usuario. Nada de nombres reales. Nunca le dije mi nombre y nunca le pregunté el suyo. Iba a hacerlo hoy, pero se enfadó y se marchó.

—Te mereces algo mejor.

—Mi bebé se merece algo mejor. Y si piensa así de mí, estaremos mejor sin él en nuestras vidas. Karissa dijo que me ayudaría.

—Yo también te ayudaré. Lo que necesites, Fin, solo dímelo. Extendió los brazos por encima de la mesa y cogió mis manos.

Le sonreí. —Gracias. Me siento tan estúpida.

Hudson negó con la cabeza y apretó mis manos. —Lo que dijo no tiene nada que ver contigo. Es un capullo, y debes olvidarte por completo de él.

Tomé aire. —Tienes razón. Os tengo a ti y a Karissa. La semana que viene voy a hacerme una ecografía, y después, se lo contaré a mis padres, a Blake, a Ian y a todos los demás.

—¿Karissa es la única que lo sabe?

—Y ahora tú también —dije con una sonrisa.

Me devolvió la sonrisa. —Gracias por compartirlo conmigo. Me alegro de haber estado aquí. Siento que te haya pasado esto.

Me encogí de hombros e intenté que no me afectara. Dolía, pero No soy local no era alguien en quien hubiese invertido mucha energía. Seguía siendo un desconocido, y ahora sabía quién era realmente.

Un egoísta capullo que no se preocupaba por nadie excepto por sí mismo. Pues que le den. No le necesitaba. Ninguno de los dos le necesitábamos.

## 5

## TRENT

Salí furioso de casa de O'Kelley, cabreado y listo para golpear algo o a alguien. Menuda cara más dura tenía. No sabía cómo había averiguado quién era yo, pero no iba a ser el billete de comida de nadie. Ya lo sufrí durante años en el instituto, chicas que querían salir conmigo y tíos que querían ser mis amigos, todos para conseguir algo. Por eso ya no le contaba a mucha gente lo que valía. Ese dinero era un lastre, no una ventaja.

Y una mujer más intentaba quitármelo bajo el pretexto de un embarazo.

Pues que le den. No iba a caer en su trampa.

Entré como un tornado en la mansión y subí las escaleras pisando fuerte. Andrew no estaba por ahí, pero no tenía duda de que me había oído. No podía preocuparme por eso en este momento. No cuando me sentía tan jodidamente estúpido.

Me cambié a ropa deportiva y me dirigí al gimnasio que mi padre construyó para mí en el instituto. El equipamiento era antiguo, pero era funcional y estaba en buen estado. No me importaba nada más que el saco de boxeo en la esquina.

Me puse los guantes de boxeo y los golpeé entre sí para

ajustarlos mejor. Sería mejor si pudiera atarlos, pero no estaba interesado en pedir ayuda a nadie. Solo necesitaba golpear algo.

Me acerqué al saco y lancé un golpe. Retumbó con el impacto y se movió unos centímetros. Una y otra vez, golpeé, mientras el saco absorbía mis puñetazos y volvía para más. Jadeaba y seguía, golpeando y golpeando y golpeando hasta que mis brazos dolían, mis pulmones ardían y mi cuerpo estaba demasiado cansado para moverse.

Exhausto y enfadado, tiré los guantes al suelo y me dirigí furioso a mi habitación. Me desplomé sobre la cama y perdí el conocimiento, ignorando todos los pensamientos sobre la mujer del bar y todos los pensamientos sobre bebés que no existían.

LA AGENTE inmobiliaria vino a mediodía del día siguiente. Quería largarme del pueblo, pero había concertado la cita y sabía lo que tenía que hacer, así que me quedé.

Tenía unos cincuenta años con el pelo gris pulcramente cortado a la altura de los hombros y un traje de color púrpura oscuro. Era un poco rechoncha en la cintura y unos quince centímetros más baja que yo. Lo más importante es que no parecía nada impresionada ni conmigo ni con la casa.

—Encantada de conocerle, señor MacKellar.

—A usted también, Sra. Weston.

—Dijo por teléfono que quería opciones. Reformas y construcción versus vender tal cual.

Asentí, aunque ya no necesitaba las opciones. Alguna parte enfermiza de mí no pudo evitar preguntar.

—Bueno, como seguramente sabrá, realmente no hay propiedades comparables para esta casa. Es la vivienda más grande en kilómetros, excepto algunas casas de la isla, y esas ofrecen un tipo de vida muy diferente al suyo. Me temo que probablemente tardará un tiempo en venderla, tanto en su estado actual como si le hace alguna reforma.

—¿De qué estamos hablando? ¿Meses o años?

—Posiblemente años. Este tipo de vivienda tiene un mercado muy reducido. No podríamos anunciarla localmente y conseguir mucho tráfico. Lo más probable es que el verano sea la mejor época para vender la casa, cuando los turistas están aquí buscando propiedades de inversión.

—¿Cuál sería su consejo?

La Sra. Weston miró detenidamente alrededor del salón, sopesando sus palabras. —Le sugeriría actualizaciones menores, nada demasiado costoso. Siendo el mercado objetivo personas que no son locales, querrán algo listo para entrar a vivir.

—¿Y esto no lo está?

—Lo está, pero también parece cansada. Los muebles necesitarían una renovación, toda la casa está anticuada, y las paredes necesitan una capa fresca de pintura.

—¿Qué paredes?

—Todas —dijo con franqueza—. Le sugeriría tomarse los próximos seis meses aproximadamente, durante el invierno cuando no hay mucho tráfico adicional aquí, y traer gente para hacer estas cosas. Puedo recomendarle algunos contratistas, si le interesa, y algunas instalaciones de almacenamiento y empresas de alquiler si quisiera preparar la casa adecuadamente para su venta.

—¿Y si simplemente quiero deshacerme de ella? —le pregunté.

Soltó un suspiro, indicándome que era una idea desastrosa. Quizás lo fuera, pero no soportaba la idea de volver. No después de la mujer de la aplicación de citas.

La Sra. Weston miró alrededor de la habitación otra vez, como si la viera por primera vez. Le había enseñado toda la casa, las siete habitaciones, los nueve baños, el salón y las salas familiares, las dos cocinas, todos los aposentos del personal, la sala de juegos y la sala de cine y todo lo demás. La casa tenía todo lo que una persona podría necesitar y más.

—Puedo ponerla en venta tal como está. Esa es siempre una opción. No va a conseguir tanto dinero por ella.

—No me importa el dinero. Solo quiero que la casa desaparezca.

—¿Qué le parece esto, Sr. MacKellar? Prepararé un anuncio. Podemos tomar fotografías y publicarlo. Cada mes, usted hace un proyecto. Una cosa que facilitará la venta de la casa. Podemos mantener el precio que decidamos y ofrecer los extras como bonificación para quien compre la casa.

—Entonces, ¿no recibiré dinero por el trabajo extra?

—Venderá la casa.

Su tono no dejaba espacio para discutir. Decía que la casa no se vendería sin hacer el trabajo que ella recomendaba. Si quería deshacerme de ella, tenía que aceptar que iba a llevar tiempo o necesitaba hacerla imposible de resistir.

—Bien. Consígame el papeleo. Firmaré todo tan pronto como lo tenga listo. Quiero estar lo menos posible en la ciudad.

—Entendido. Tendré todo listo para usted el lunes.

—¿Tanto tiempo?

—Necesito tiempo para hacer justicia al anuncio. Estaré aquí otra hora más o menos tomando fotografías de toda la propiedad, si le parece bien.

—Por supuesto. Puede hacer lo que necesite. Me apartaré de su camino un rato.

—Gracias, Sr. MacKellar. Me pondré en contacto con usted.

Asentí y la dejé trabajar. Cuanto antes pusiera la casa en venta, mejor. Lo único que hacía era recordarme el pasado. Mi madre y su pérdida, mi infancia, y ahora ser un necio pensando que podría pasar desapercibido en el pueblo donde todos sabían quién era yo.

Cogí mis llaves y salí. Si había algo bueno en la zona, eran las largas rutas para conducir. Me dirigí hacia el norte y me mantuve cerca del agua mientras conducía hasta Massena. No tenía un destino en mente, pero una vez que llegué allí, me detuve y comí un almuerzo rápido en una hamburguesería local, luego regresé a Cala MacKellar.

La Sra. Weston ya se había marchado cuando regresé a la casa. Era demasiado tarde para volver a Niagara Falls, así que preparé la cena y volví al gimnasio. Exhausto, me desplomé en la cama otra vez, ignorando todos los pensamientos, recuerdos y sueños sobre la mujer con la que había esperado pasar el fin de semana.

ME COMPORTÉ como un capullo durante el resto del fin de semana. Continué así durante la semana, y Jeffrey entró en mi despacho cuando le grité a una de las limpiadoras y la hice llorar.

—¿Está todo bien?

—Sí, genial —solté, comportándome como un completo adolescente malhumorado.

—¿Estás seguro de eso? Porque no es propio de ti descargar tus frustraciones con el personal. ¿Has recibido malas noticias sobre tu padre?

—No, él está bien. Hasta donde yo sé. No he hablado con Greta en una semana.

—Vale, entonces ¿qué está pasando? Porque te estás comportando como si alguien hubiera cagado en tu desayuno. —Jeffrey había sido mi asistente durante casi seis años. Era la única persona además de X y McJenna que me hablaba como si fuera mi igual. Lo agradecía porque necesitaba a alguien que me bajara los humos de vez en cuando.

—Volví a Cala MacKellar durante el fin de semana.

—Soy consciente de ello —dijo Jeffrey lentamente, como si yo fuera un idiota.

—Hay una mujer.

—¿En serio? ¿Todo esto por una mujer?

—Me dijo que está embarazada.

—¿Y es tuyo?

Asentí.

—Vaya mierda.

—Sí. Pero no creo que esté realmente embarazada. Quiero decir, nos acostamos una vez y usé condón.

—¿Y estás seguro de que lo usaste correctamente? ¿No estaba caducado ni nada?

—¿Por qué iba a llevar condones caducados encima?

—¿Cuándo los compraste?

—No lo sé. Da igual. No está realmente embarazada.

—¿Y cómo lo sabes?

El gesto de su ceja me cabreó. Todo en su interrogatorio me cabreaba. Lo sabía porque ya me habían engañado una vez. Porque sabía cómo me miraban las mujeres. Porque fui lo bastante estúpido como para caer en la misma mentira la última vez.

Jeffrey suspiró profundamente y negó con la cabeza. —Escucha, no conozco a esta mujer. No me importa si es la persona más dulce del mundo o el mismísimo diablo encarnado. Solo me importas tú. Creo que te debes a ti mismo averiguar más sobre ella. Si realmente tienes un hijo por ahí, querrás estar presente en su vida.

Negué con la cabeza, pero sabía que tenía razón. Aunque la idea de que una mujer cualquiera de mi antiguo pueblo se quedara embarazada accidentalmente la única vez que estuvimos juntos... Era un poco rebuscado.

—Hablemos de otra cosa.

—Bien, pero tienes que prometerme que dejarás de pagarlo con el personal. No podemos permitirnos contratar a gente nueva justo antes de las fiestas.

—Las fiestas están muy lejos todavía —refunfuñé.

—No lo suficientemente lejos como para formar un nuevo equipo. Enciérrate aquí si lo necesitas, pero déjalos en paz.

Me miró fijamente hasta que le di un asentimiento.

—Bien. Entonces voy a volver al trabajo e intentar evitar que Grace dimita.

—¿Quieres que hable con ella?

—No. Quiero que te quedes aquí sentado y alejado de los demás hasta que seas apto para el consumo humano. Quizás para Año Nuevo seas menos imbécil.

Resoplé. —No es probable.

Jeffrey me dedicó una sonrisa que decía que lo entendía perfectamente. —Averigua quién es, jefe. Partiremos de ahí. Y llama a tu abogado.

Asentí. Jeffrey me dejó a solas con mis pensamientos. Daban vueltas, bailaban y se retorcían dentro de mí hasta que lo único que sentía era la misma rabia. Jeffrey tenía razón. Hoy no estaba para nada.

Salí de la oficina y subí al apartamento. No había nadie en casa a esa hora tan temprana, así que tenía el lugar para mí solo y mi mal humor. J llegó de la escuela e hizo sus deberes, luego pedimos la cena y esperamos a que llegara X. Intenté mostrarme lo más normal posible con ellos, pero en cuanto J se fue a la cama, X se abalanzó sobre mí.

—¿Qué te pasa? Has estado raro desde que volviste.

Sabía que iba a enterarse tarde o temprano, pero decir las palabras otra vez era más difícil de lo que pensaba. Incluso a mi amigo más cercano.

—¿Es por la mujer? ¿Pasó algo con ella? ¿Ha elegido a otro en lugar de a ti?

Resoplé ante su tono de broma. Pensaba que estaba siendo gracioso, pero dio demasiado cerca del blanco.

—Es ella. ¿Qué pasó? Ibas a quedar con ella. ¿Te dio plantón?

—No, la vi.

—¿Y? ¿No fue bueno esta vez? No parabas de hablar de ella durante semanas. Pensé que tendría que mandar a J unos días fuera mientras detallabas todas las cosas sucias que hiciste con Deben amar los libros.

—Esta vez no hubo diversión sucia.

—¿Por qué no? ¿Está saliendo realmente con alguien?

—Sí, con un niño.

—¿Perdona? —la cara de X se puso furiosa y me di cuenta de cómo sonaban mis palabras.

—No en ese sentido. No. Está embarazada. O eso dice.

—Joder —suspiró X.

Era la única persona que sabía lo de Michelle. El único a quien se lo había contado. Y eso después de media botella de whisky. No podía admitir que la mujer con la que había estado saliendo durante casi un año me dijo que estaba embarazada con la esperanza de conseguir un anillo. Cuando no lo consiguió, salió e intentó quedarse embarazada de verdad. Solo lo descubrí cuando pasó su primer trimestre y se negó a ir al médico. Le concerté una cita y la obligué a ir para asegurarnos de que el bebé estaba bien, solo para descubrir que no había ningún bebé y nunca lo hubo.

Michelle intentó decir que había sufrido un aborto espontáneo, pero el técnico se negó a seguirle la mentira. Dejé a Michelle ese día y nunca miré atrás. Tampoco debería haber mirado alrededor.

—No puedo creer que fuera tan estúpido como para caer en la misma trampa por segunda vez. Ni siquiera sé quién era la tía. Era guapa y divertida y... Da igual. De alguna manera ella sabía quién era yo.

—¿No la conoces? ¿Qué edad tenía?

—No lo sé. Supongo que algo más joven que yo. Nunca tuve que buscar amigos mientras crecía. No es que tuviera muchos, no verdaderos, pero nunca fui yo quien buscaba a los demás.

—¿Tienes un anuario antiguo por alguna parte?

—No voy a buscar a esta mujer en un anuario.

—Vale, entonces por internet. ¿Dijiste que trabajaba en una librería? ¿Cómo se llamaba?

—No lo sé. No es como si hubiéramos entrado por la puerta principal.

—Joder, no sirves para nada. Está cerca de ese bar, ¿verdad?

—Sí, el O'Kelley's.

—Vale, Novios Literarios Ilimitados. Hay una página web. ¿Es ella? Esta mujer es la dueña.

Giró su móvil y me mostró la pantalla. La mujer que quería que me gustara me devolvía la mirada con sus brillantes ojos marrones y su descarado pelo castaño. Un destello se reflejaba en el piercing que llevaba en la nariz. Tres anillos colgaban de la única oreja visible.

—Es ella —le devolví el teléfono.

—Vale, Finley Jameson abrió...

—¿Finley Jameson? —pregunté.

—Sí —X me miró—. ¿La conoces?

Negué con la cabeza. —No realmente. Es más joven que yo. Cuatro o cinco años, creo. Quizás más. Me gradué con su hermano.

—¿En serio?

Asentí.

—Así que es de aquí, y es muy fácil suponer que sabía exactamente quién eras tú.

—Sí, muy fácil.

—¿Qué vas a hacer al respecto?

Negué con la cabeza de nuevo. —¿Qué puedo hacer? Es una desconocida para mí. Una a la que no pienso volver a ver nunca.

AL FINAL DE LA SEMANA, decidí que no podía ignorar las mentiras que Finley Jameson me había contado. Jeffrey tenía razón. Quería respuestas sobre quién era ella y por qué hizo lo que hizo. La única persona que conocía capaz de conseguir esas respuestas era mi abogado.

Concerté una cita para primera hora del lunes por la mañana. Le pedí que tuviera preparado un informe completo sobre ella cuando llegara. Y cumplió.

—Es un caso realmente interesante. ¿Cómo la conoce? —preguntó el Sr. Whiteside después de intercambiar cortesías y preguntar por mi padre.

—Un rollo de una noche que salió mal —admití. Aprendí muchas lecciones de mi padre, pero la más importante fue nunca mentir a mi abogado. Nunca acababa bien.

Silbó. —Vaya que sabe elegirlas. Es una persona bastante respetada, pero no siempre fue así. Cuando abrió esa librería suya, recibió muchas críticas por ello. Nadie en el pueblo quería que abriera. Tuvo que esperar años antes de que la aprobaran.

—¿Qué quiere decir?

—Es resiliente. Su librería está llena de novelas románticas, y la gente de Cala MacKellar no estaba de acuerdo con eso. No querían algo que consideraban 'porno para madres' en exposición tan cerca del centro del pueblo. Todo esto según los registros municipales. No me extraña que te marcharas.

—Ahora es un poco diferente.

—Eso espero. Pero sea diferente o no, está pasando apuros.

—¿Qué quiere decir? —pregunté. Me incliné hacia delante en mi asiento, apoyando el antebrazo en el borde de su escritorio.

—Apenas está consiguiendo mantenerse a flote. Y solo ha logrado eso recientemente. Estuvo en números rojos durante los últimos dos años.

—¿Qué cambió?

—Parece que organizó algunos eventos este verano que tuvieron buena asistencia. Varias firmas de libros y algunos eventos del pueblo que supo aprovechar. Tengo la impresión de que no es la mejor empresaria del mundo.

Me recosté en mi asiento y negué con la cabeza. No debería molestarme que una mujer a la que no conocía intentara aprovecharse de mí. No era la primera vez, y casi con toda seguridad no sería la última.

Intenté ignorar la parte de mí que pensaba que lo habíamos pasado bien. No le debía nada solo porque hubiéramos tenido sexo. No importaba lo bueno que hubiera sido el sexo, no requería una vida entera de pagos.

—Dice que está embarazada de mi hijo —confesé.

El Sr. Whiteside me miró durante un largo minuto, luego se rio entre dientes. Sacudió la cabeza y dijo: —Vaya, hijo mío.

—¿Encontraste algo que demuestre que está embarazada?

—No, pero no estaba buscando nada de ese tipo. La única opción sería ver si puedo encontrarla en alguna agenda. No puedo acceder a sus registros médicos.

—Aunque pudieras, no habría ninguna prueba de que el niño fuera mío, si es que está realmente embarazada.

—No sin una prueba. No podrá conseguir nada de usted a menos que se haga una prueba de paternidad. Incluso si le pone a usted en el certificado de nacimiento, el estado no puede exigirle responsabilidades a menos que haya pruebas. Su palabra no es una prueba.

—Entonces, ¿qué hago ahora?

El Sr. Whiteside se reclinó en su silla y se frotó la barba. El negro estaba salpicado de blanco, dándole un aspecto distinguido. Había sido mi abogado desde que me mudé a Niagara Falls, alguien muy recomendado. Se aseguraba de que todos mis negocios se realizaran de la manera más ventajosa para mí, y organizó todo para mi padre cuando se jubiló en California.

—Puedo redactar unos documentos que indiquen que usted mantendrá al niño únicamente, a la espera de los resultados de una prueba de paternidad. Como ella tiene su propio negocio, es posible que no tenga un buen seguro. Yo diría que podría ofrecerse a pagar la mitad de los gastos médicos hasta el nacimiento, si se siente generoso, y si el niño es suyo.

—¿Y qué hay de la custodia?

—¿Quiere usted la custodia? —preguntó el Sr. Whiteside.

—Simplemente asumí...

—Trent, esta es la verdad. Ella va a tener la custodia completa. Es muy poco probable que un juez te la conceda a ti. Tú tienes la mejor situación económica, con diferencia, pero ella es la madre. A menos que puedas demostrar que no es apta, lo mejor que puedes esperar es la custodia compartida. Pero, si todo lo que quieres es un régimen de visitas, también puedes conseguirlo. La custodia compartida significa que vas a tener que escolarizar al niño. El régimen de visitas significa que puedes ser el padre divertido que disfruta de las vacaciones escolares.

Me dolía la cabeza con la realidad de la situación. Ni siquiera creía que estuviera embarazada y ya estábamos hablando de vacaciones escolares y custodia compartida. ¿No eran esas cosas de las que te preocupabas cuando el bebé ya estaba aquí? ¿Cuando realmente importaba?

—Podemos resolver todo esto en otro momento, pero tienes que empezar a pensar en lo que quieres. Si realmente está embarazada, te sugeriría preparar un caso para la custodia completa. Probablemente perderás, pero puedes usarlo para demostrar que quieres involucrarte con el niño. Si es lo que realmente quieres. Si no te importa, envíale un cheque cada mes y no te preocupes por ello.

Me dolía pensar en que mi hijo creciera creyendo que no me importaba. Yo había vivido demasiados días así. Días en que mi padre estaba trabajando y no estaba presente. Cuando se perdió un partido de béisbol o de baloncesto o cualquier otra cosa. Días en los que me preguntaba cómo habría sido la vida si mi madre siguiera viva.

¿Realmente podría hacerle eso a mi hijo?

—Averigüemos primero si está embarazada. Luego confirmaremos si es tuyo. Todo lo demás puede resolverse después de eso.

Asentí. Sonaba razonable. Encontrar pruebas.

## 6

## FINLEY

Estar en la consulta de mi matrona me resultaba surrealista. Había estado allí muchas veces a lo largo de los años y había observado a todas las mujeres embarazadas, pero ahora que yo era una de ellas, veía todo de manera diferente.

La mujer en la esquina cogiendo la mano de un hombre, con la mirada vacía. Me preguntaba si habría sufrido un aborto espontáneo o recibido malas noticias. La mujer que acariciaba su vientre muy redondo y embarazado con una sonrisa de satisfacción estaba definitivamente feliz. La mujer sola al otro lado podría haber sido como yo, en una fase muy temprana de su embarazo.

—¿En qué estás pensando? —preguntó Karissa.

Ella era mi persona de apoyo. Todavía se estaba recuperando y se sentía incómoda constantemente por su operación, pero insistió en acompañarme a ver a la matrona.

—Solo estoy observando a la gente.

—¿Estás nerviosa?

Asentí. Estaba aterrada. Cuando llamé para pedir cita, la recepcionista me dijo que no aceptaban citas hasta que estuviera al menos en la octava semana para que hubiera más posibilidades de escuchar los latidos del corazón. No había pensado realmente en perder al bebé hasta que ella dijo eso, y desde entonces, era lo único en lo que podía pensar.

Amaba a mi bebé. Aunque solo tenía nueve semanas de embarazo y no conocía a mi bebé, lo amaba con cada centímetro de mi ser.

Karissa me cogió la mano y la apretó. Le sonreí. Pasar por el embarazo sola habría sido duro, pero ella se aseguró de que no tuviera que hacerlo. No habíamos hablado sobre lo que pasaría una vez que llegara el bebé, pero sabía que ella estaba ahí para mí.

—¿Finley Jameson? —llamó alguien desde la puerta abierta.

Karissa y yo nos levantamos y nos acercamos a la mujer. Ella nos miró a ambas con las cejas levantadas.

—Soy Finley. Esta es mi amiga y persona de apoyo. Me gustaría que entrara conmigo, si no hay problema.

—Por supuesto. Solo quería asegurarme de saber quién era la paciente. Soy Ally. Tomaré sus constantes vitales y la pondré en marcha.—La enfermera tenía una sonrisa amable y un rostro afable. Nos condujo hacia la parte de atrás y me indicó que me subiera a una báscula. Después, me entregó un vaso para una muestra de orina. Cuando terminé, nos guió hasta una sala.

—Entonces, ¿nueve semanas de embarazo, creemos?
Asentí.

—¿Cómo se encuentra?

—Me encuentro bien.

—Ha tenido náuseas matutinas cuatro o cinco mañanas cada semana,—dijo Karissa.—Le duran unos veinte minutos cada vez. Desayuna tostadas secas todas las mañanas. Ha eliminado toda la cafeína de su dieta y se está centrando en beber agua y té si lo necesita. El limón y la lima le ayudan con las náuseas, pero si no come con regularidad, las náuseas vuelven a lo largo del día.

La enfermera sonrió a Karissa mientras tomaba notas.—Tiene usted una buena amiga aquí, Finley. Gracias por la información.

Extendí la mano y apreté la de Karissa.—Gracias.

—Sabía que no se te ocurriría contarle ninguna de estas cosas. He estado llevando un registro.

—Eres lista. Bien, para la consulta de hoy, vamos a confirmar los resultados del test de embarazo. Julie entrará para hacer un examen general, seguido de una ecografía. ¿Le parece bien?

Asentí aunque las palmas de mis manos empezaron a sudar.

—Está nerviosa,—dijo Karissa.

—Todo el mundo lo está. Seremos rápidos y pasaremos a la ecografía lo antes posible.

Se movió por la habitación mientras hablaba. Sumergió un test de embarazo en la muestra de orina y lo dejó reposar en la encimera mientras me tomaba la tensión, registraba mi pulso y escuchaba mi corazón y mis pulmones.

—¿Hay algún cambio en su historial médico desde su última visita?

—Aparte de todo el asunto del embarazo, no.

Ally sonrió. —Lo entiendo perfectamente. ¿Hay alguna razón para hacer una prueba de ETS?

Miré a Karissa con los ojos como platos.

—El padre es un desconocido. Usaron condón, pero obviamente no fue efectivo.

—Podemos añadirla si lo desea.

Asentí. —Probablemente debería. Dios, me siento tan estúpida.

—No hay razón para sentirse estúpida—dijo Ally. Me ató una banda alrededor del bíceps y me dio una pelota antiestrés—. La gente tiene relaciones sexuales con desconocidos constantemente y no pasa nada. Usted es simplemente quien ha tenido la mala suerte de que le ocurra algo importante. ¿Ha podido localizar al padre para contarle lo del bebé?

Karissa resopló.

—Sí. Básicamente me acusó de ser una cualquiera y dijo que no hay forma de que el bebé sea suyo ya que usamos condón.

—Pero usted sabe que lo es.—No era una pregunta.

—Es la única persona con la que me he acostado en un año.

—Una prueba bastante sólida—dijo Ally mientras me clavaba la aguja en el brazo—. También podemos hacer una prueba de paternidad. Lo más probable es que la necesite, eventualmente. Durante el embarazo, conlleva riesgos. No tiene un embarazo de alto riesgo, pero Julie probablemente recomendará esperar hasta que nazca el bebé si eso es una opción.

—Dudo que tenga que preocuparme por eso. Nunca volveré a verlo.

Nos quedamos todas calladas mientras mi sangre se bombeaba hacia el pequeño tubo que me diría si había recibido algo más de No soy local además del embarazo. Dios, esperaba que no. No podía soportar más sorpresas.

Ally retiró la aguja y me puso una bolita de algodón con una tirita en el brazo. Agitó el tubo y luego le colocó una etiqueta. —Julie vendrá en breve para revisarla y hacerle la ecografía. Esto llevará algo de tiempo, normalmente unos días. Nos pondremos en contacto con los resultados. Y como la prueba es positiva, oficialmente, puedo darle la enhorabuena.

Sonreí. —Gracias.

Ally salió de la habitación, dejándonos a solas a Karissa y

a mí. Quería tumbarme en la camilla de exploración y olvidarme de todo.

—Todo va a salir bien —dijo Karissa.

Asentí y recé para que tuviera razón.

Un minuto después, un golpe en la puerta precedió a Julie. —Hola, señoras. ¿Cómo están ustedes?

—Bien —dijimos al unísono.

—Excelente. ¿Y cómo nos sentimos respecto al bebé? He visto las notas de Ally.

—Ansiosa —admití.

—¿Qué le preocupa?

—No sé nada sobre el padre, y me preocupa que me haya contagiado algo. Y me preocupa el latido del corazón. Y estoy embarazada y soltera y tengo mi propio negocio y...

—Es mucho —dijo Julie con calma. —Lo entiendo. Vamos a ir paso a paso. Comenzaré con un examen físico rápido, y luego escucharemos el latido del corazón.

Asentí, dejando que su tranquila presencia me envolviera y me calmara. Su examen fue rápido, terminó en pocos minutos. Luego acercó el ecógrafo al lado de la camilla.

—A las nueve semanas, deberíamos poder escuchar el latido. Voy a buscar muchas más cosas, así que esto llevará unos minutos. ¿Está lista?

Asentí.

—Vale, reclínate y levántate la camiseta. También necesito que te bajes un poco los pantalones, ya que tu útero todavía está bajo.

Hice lo que me indicó.

Puso gel en la sonda y la colocó por debajo de mi ombligo. Hizo clic en algunas cosas en el ordenador y un sonido de oleaje llenó la habitación.

—Ahí está el latido. Fuerte y constante. Justo lo que queremos oír. Si miras aquí, este es tu bebé.

Miré la manchita que señalaba en la pantalla. Se me

humedecieron los ojos. Karissa me cogió la mano y la apretó con fuerza.

—Hola, bebé —susurró Karissa. —Encantada de conocerte. Eres un bebé con suerte porque tienes a la mejor mamá del mundo entero.

Las lágrimas rodaron por mis mejillas al escuchar sus palabras. No podía decir nada debido al enorme nudo que tenía en la garganta.

Julie siguió trabajando, tomando medidas de cosas que yo no lograba distinguir. Fue rápida y eficiente, y cuando terminó, me entregó dos fotografías impresas y un pendrive. —Ahí están todas las imágenes que he tomado para que puedas compartirlas con familiares y amigos, y con el padre si lo deseas.

—Gracias —dijo Karissa por mí.

—¿Ally le habló de una prueba de paternidad?

Asentí con la cabeza.

—Siempre recomiendo esperar hasta que nazca el bebé. Sin embargo, sé que eso no siempre es posible. ¿Qué opina?

Me encogí de hombros y negué con la cabeza. —No veo la necesidad de apresurarnos. Ya se lo dije y él se marchó, así que supongo que nunca más lo volveré a ver. Necesita una muestra de él, ¿verdad?

—Así es. Dejémoslo por ahora. Podemos hacer la prueba después de que nazca el bebé si sigue siendo necesario. Si no puede contactar con él, no es algo que podamos hacer. Pero ya resolveremos eso en otro momento.

Lo único que pude hacer fue asentir.

Julie me dio unas palmaditas en la mano. —Sigue tomando tus vitaminas prenatales y haciendo lo que estás haciendo. Las náuseas matutinas deberían mejorar en el segundo trimestre. Si no mejoran, o si empeoran más de lo que están ahora, podemos hablar de otras cosas que podemos hacer.

—Vale —susurré, todavía luchando por hacer algo más que llorar. Me quedé mirando la imagen de mi bebé.

—Sé que esto no es fácil, Finley, pero tienes una gran amiga aquí. Tienes suerte de tenerla contigo.

Asentí. —Lo sé. Tengo mucha suerte.

Julie me entregó una caja de pañuelos y me limpió el gel de la barriga. Me dijo que programara mi próxima cita dentro de un mes y que me vería entonces.

Cuando se marchó, respiré hondo e intenté calmar mi corazón acelerado. Iba a tener un bebé. Sola.

—¿Te sientes mejor? —preguntó Karissa.

Asentí. —Sí. Sigue siendo aterrador, pero saber que él está bien lo hace todo más fácil.

—No estás sola en nada de esto.

Me reí, preguntándome cómo había leído mi mente. —Gracias.

—De nada. ¿Qué te parece un almuerzo? ¿O'Kelley's?

Asentí, sintiéndome por una vez hambrienta y sin náuseas. —Suena bien.

—¿CUÁNDO vas a contarle a los demás lo del bebé? —me preguntó Karissa durante el viaje de vuelta a Cala MacKellar.

Suspiré. —No lo sé. Me siento mal por ocultárselo a todos, pero simplemente no estoy preparada para hablar de ello todavía.

—Hablas de ello conmigo.

Me reí. —No me diste muchas opciones. Y de todas formas, no habría podido superar todo esto sin ti. Sé que no me estás juzgando, pero...

—¿Crees que todos los demás lo harán?

Negué con la cabeza. —No lo sé. Blake me dijo en la recepción de Sebastian y Zoey que ella e Ian están intentando tener un bebé. ¿Y si tienen problemas para quedarse embarazados? Y luego estoy yo, que me quedé embarazada sin ni siquiera intentarlo de un tío que no solo conozco ahora, sino que no quiere saber nada de mí ni del bebé. Ya me siento fatal por haberme quedado embarazada, y la culpa es muy difícil de llevar.

—No tienes nada de qué sentirte culpable. Incluso si estuvieras casada y te quedaras embarazada y ellos no, no sería para restregárselo en la cara. Sé que no es así como querías formar una familia, pero este bebé es amado. Y será aún más amado cuando llegue.

Sonreí y aparqué el coche frente a O'Kelley's. —Gracias. Puse la mano en mi vientre. —Es extraño, ¿sabes? Hay una persona ahí dentro. Un pequeño bebé real y vivo. Está creciendo y desarrollándose, y un día estará por ahí dejando embarazadas a mujeres y comportándose como un capullo como su papá.

Karissa resopló. —O será amable y compasivo y amará todas las cosas sobre el amor como su mami, y cambiará nuestra opinión sobre los hombres.

Me reí. —Me gusta más esa opción.

—A mí también. Vamos a comer algo.

Asentí y la seguí al interior de O'Kelley's. Karissa no había salido mucho desde su operación, especialmente no a O'Kelley's, donde podía estar lleno y podían empujarla. Pero el lugar estaba tranquilo a la hora de comer y conseguimos asientos en la barra sin encontrarnos con nadie.

—Esto es una agradable sorpresa. ¿Qué hacéis las dos por aquí? ¿Cómo te encuentras, Rissa? preguntó Hudson.

—Estoy bien. Solo estamos disfrutando del día. Queríamos comer algo.

—Eso tenemos. ¿Queréis un minuto o ya sabéis lo que queréis?

—Un sándwich club de pavo para mí con queso frito, dijo Karissa. —Y un agua con gas con limón.

—¿Y Fin?

—Lo mismo. Suena bien.

—Marchando.

Hudson llenó nuestros vasos y luego se fue a la parte trasera para hacer nuestros pedidos mientras Karissa y yo le observábamos alejarse.

—Ojalá pudiera sentirme atraída por Hudson, dijo Karissa. —Es un tío tan bueno.

—Estoy de acuerdo. Debería haberme quedado embarazada de él.

Karissa soltó un resoplido. —Sería un padre entregadísimo. Si alguna vez vuelve a enamorarse, esa mujer será muy afortunada.

Asentí justo cuando la puerta principal se abrió de golpe. Karissa y yo nos giramos para ver a Anna Charlotte cruzar el bar a pisotones.

—¿Habéis visto a Hudson Grant? nos ladró.

—Está en la parte de atrás, dijo Karissa.

—Escondiéndose, seguramente, gimió Anna.

—¿Qué está pasando? pregunté. No me gustaba la idea de interponerme entre Anna y Hudson, pero ya me había enfrentado a su ira. Si iba a perder los nervios con Hudson, quería defenderle si era posible.

—Debería haber sabido que erais amigos. ¿Acaso todo el mundo piensa que necesitamos limosnas?

—Eh, yo no intenté darle una limosna. Y sea lo que sea lo que está pasando con Hudson, estoy segura de que tampoco es eso lo que pretende.

—Sí, claro.

—¿Qué ha hecho? preguntó Karissa.

—¡Ha contratado a mi hijo para trabajar aquí! gritó Anna.

Abrí la boca para preguntarle por qué eso era un

problema cuando Hudson salió de la cocina con cara de pocos amigos. —¿Qué está pasando aquí?

—¡Tú! —gruñó Anna—. ¡Cómo te atreves!

—Lo siento, pero ¿quién es usted y de qué demonios me está acusando?

—Esto. De esto estoy hablando. Ha contratado a mi hijo, a mi hijo adolescente, sin siquiera hablar conmigo. ¡Tiene quince años!

—Vaya, ¿está hablando de Joey?

—Sí, estoy hablando de Joey. Mi hijo. Al que ha contratado sin consentimiento de los padres porque nos tiene lástima o algo así. No necesitamos caridad. Yo trabajo. Tengo dos empleos. Nos apañamos. No necesitamos que usted, ni ninguno de vosotros, nos haga ningún favor.

—Vale, tranquilícese, yo...

—¿Tranquilizarme? En serio, me va a decir que me tranquilice. Me insulta, y soy yo la que está siendo ridícula.

—Escuche, señora, no la estoy insultando. No le di el trabajo a Joey porque me dé pena. Necesitaba un ayudante de camarero. Alguien que pudiera estar aquí por las tardes. La mayoría de las tardes hay poco movimiento, así que mis empleados habituales no están muy contentos trabajando en ese turno. Buscaba a alguien que pudiera hacerlo. Pregunté por ahí, y James dijo que se pondría en contacto con Joey. No tenía ni idea de que usted no estaba al tanto de lo que pasaba.

—Bueno, ahora lo sabe, así que puede ponerle fin.

—Ni hablar.

—¿Perdón? —Se echó hacia atrás como si la hubiera abofeteado. Dejó caer su enorme bolso al suelo y apretó los puños. La mujer estaba lista para pelear.

—No sé qué cree que voy a hacer, pero no voy a despedir a Joey. Estuvo aquí a finales de la semana pasada para una entrevista. Es educado y capaz de hacer el trabajo. Solo puede trabajar horas limitadas, lo que significa que es perfecto para lo que necesito. Él quiere trabajar, y yo quería contratarle. Si tiene algún problema con eso, entonces tiene que decirle que no se le permite trabajar aquí. No voy a hacer su trabajo sucio ni ser el malo de la película por usted.

—Nunca debería haberlo contratado sin hablar conmigo.

—Quizás no, pero cuando un adolescente aparece y dice que quiere trabajar, supuse que su tutor sabía dónde estaba.

—Trabajo en dos sitios para poder mantener a mis hijos. No estoy en casa todo el tiempo. —Su espalda se puso rígida mientras sus mejillas enrojecían.

—Y Joey quiere trabajar. ¿Por qué es eso un problema? ¿Estás enfadada porque no aceptas la ayuda de tu hijo o porque crees que todos aquí te compadecen? Tengo noticias para ti, señora. Tengo mis propios problemas que resolver. No busco meterme en tu mundo.

Tomó aire bruscamente y miró alrededor del bar. Aparte de Karissa y yo, nadie le estaba prestando atención.

—Joey recoge a mi hijo pequeño de la parada del autobús por las tardes. Solo tiene once años. No quiero que esté solo en casa todo el día.

—El autobús pasa justo por aquí. Tengo un despacho en la parte de atrás. Tu hijo puede usarlo para hacer sus deberes. Cuando termine, si Joey sigue trabajando, tu otro hijo puede sentarse aquí fuera.

—¿En el bar?

Hudson asintió. —No pedimos identificación en la puerta, solo en la barra, lo que significa que legalmente este lugar es para todas las edades.

Ella se mordió el labio y negó con la cabeza. Me sentía como si estuviese esperando una decisión importante mientras la veía debatir internamente. Cuando suspiró, Karissa y yo también lo hicimos.

—Vale. Joey puede trabajar aquí. Pero con horario limitado.

—Eso es lo que dice la ley.

—Te pagaré por cuidar de Matty después del colegio.

—¿Esperas que sea un incordio?

—No. Es un buen chico.

—Entonces no hace falta.

—Pero...

—Acepta solo una pequeña cosa y déjalo estar —gimió Hudson.

Anna cerró la boca de golpe y asintió. Cogió su bolso y respiró hondo. Luego se dio la vuelta y salió, dejándonos mirándola mientras se marchaba.

—Eso ha sido interesante —dijo Karissa—. A Trinity realmente le cae bien. Me pregunto por qué está tan enfadada contigo.

Hudson se encogió de hombros.

—Estuvo en mi tienda el otro día. Le mencioné mi programa de intercambio y lo de prepararle un estante. Se comportó igual. Dijo que no quería ningún favor.

—Eso nos lo ofreces a todos.

Asentí. —Lo sé, pero ella pensó que lo hacía porque creía que no podía pagar o algo así.

—Esa mujer tiene más orgullo que sentido común, si me preguntas —refunfuñó Hudson. Miró hacia la puerta y luego se dirigió a la cocina.

—No debe ser fácil criar a dos niños sola. Especialmente aquí, donde todo el mundo conoce sus asuntos. Me da pena —dijo Karissa.

—Voy a acabar como ella.

Karissa me frotó el brazo. —No estás sola.

## 7

## TRENT

Realmente no estaba seguro de por qué había vuelto tan pronto. Me dije a mí mismo que no iba a regresar a Cala MacKellar. Incluso después de que Finley Jameson me dijera que estaba embarazada, sabía que no solo era todo mentira, sino una trampa. Una emboscada. Una forma de sacarme dinero.

Debería haberlo dejado pasar, pero no lo hice. No pude. Seguí investigando incluso después de lo que el Sr. Whiteside descubrió sobre ella. Estuve acechando sus redes sociales y leyendo todo lo que pude encontrar sobre ella y su vida. Si no me hubiera mentido ya, habría dicho que era el tipo de persona en quien podría confiar. El tipo de persona que no me trataría como Trent MacKellar, el chico dorado de Cala MacKellar.

Me equivoqué.

Aunque odiaba poner un pie en el pueblo otra vez, necesitaba saber más sobre ella. Una parte retorcida de mí quería saber por qué lo hizo. Por qué decidió mentirme e intentar utilizarme. Sabía que lo descubriría en O'Kelley's. Hudson Grant era un buen tipo. No exactamente un amigo, pero alguien en quien confiaba para ser discreto. Alguien que sabía que me diría la verdad, sin ponerse digno con estas cosas. Sabía que él la conocía. Su bar era donde conocí a Finley la noche que nos acostamos. Y donde me dijo que estaba embarazada.

No esperaba que fuera el lugar donde la vería de nuevo.

Estaba en la esquina, acurrucada en medio de un grupo numeroso. Reconocí a algunos de ellos, incluida Karissa Thomas. Estaban sentadas una junto a la otra, susurrando y hablando. Casi me hizo que Finley me cayera bien, pero no lo suficiente como para perdonar lo que hizo. Lo que intentó hacer.

—¿Puedo traerte algo? —preguntó Hudson en voz baja.

—Lo que tengas de barril —respondí, volviendo a centrar mi atención en él—. ¿Están celebrando algún tipo de fiesta?

Su mirada se deslizó hacia el grupo que yo había estado observando, y asintió. —Fiesta de compromiso. ¿Quieres que te presente?

Resoplé y alcancé la cerveza que puso delante de mí. —Nah, estoy bien. Solo voy a sentarme aquí y ser invisible.

Hudson asintió y siguió adelante. Había algo en su mirada que me hizo preguntarme si sabía algo. No es que hubiera algo que saber. Excepto las mentiras.

Había pasado mi vida, y mi carrera, leyendo a las personas. Aprendiendo cuándo decían la verdad y cuándo mentían. Me había jugado mi futuro en poder distinguir la diferencia entre ambas, incluso cuando se trataba de completos desconocidos.

Era un don, me dijo una vez mi padre, poder leer a las personas. En mi trabajo, era más que un don, era un requisito. En mi vida personal, era incluso más importante. Durante años, había conseguido ocultar quién era a mis compañeros de trabajo y fingir que era un tipo normal en lugar del adinerado heredero de la fortuna de mi padre.

Pensaba que incluso había logrado ocultar quién era durante mis visitas a Cala MacKellar. No podía evitar preguntarme cómo Finley sabía quién era yo, pero no importaba. No iba a recibir ni un céntimo de mí para su inexistente, o al menos no mío, futuro hijo.

Los vítores del grupo que tenía detrás me hicieron girarme y observarlos de nuevo. Mejillas sonrojadas y champán que fluía libremente rodeaban la mesa. Incluso en la mano de la mujer que afirmaba estar esperando un hijo mío.

Vaya. Ni siquiera pudo mantener la mentira durante tres semanas.

Me levanté despacio de mi taburete y dejé mi cerveza donde estaba. Me acerqué a ellos, con los ojos fijos en Finley todo el tiempo. Ella no me vio aproximarme, lo cual era bueno. Me gustaba tener el factor sorpresa y poder pillar a la gente desprevenida.

—Hola —dije cuando llegué a la mesa.

Todos se giraron para mirarme, algunos con los ojos muy abiertos, otros evaluándome con naturalidad. Los únicos que me importaban eran los de ella. Se abrieron tanto que estaba seguro de que se le saldrían. Se mordió los labios.

—He oído que estáis celebrando un compromiso esta noche.

—Así es —dijo una pareja a un lado. Reconocí vagamente al hombre, pero la mujer negra que tenía en el regazo era alguien nueva para mí.—Esta preciosa mujer por fin ha aceptado ser mi esposa.

—Bien, enhorabuena. Quería ofreceros la siguiente ronda a todos —dije con suavidad, manteniendo mi atención en Finley. Ella seguía sin hablar.

Karissa le dio un codazo y le susurró algo. Finley negó con la cabeza.

—¿No? —le pregunté.—¿No quieres champán?

Karissa entrecerró los ojos mirando a Finley, luego se volvió para mirarme con la misma expresión confusa.

—Nos encantaría el champán —dijo el novio en voz alta.

—¡Joder, sí! Estamos celebrando.

Finley levantó la copa que tenía delante y casi se la llevaba a los labios cuando dije,—¿Qué demonios estás haciendo?

—Trent, ¿qué está pasando? —me preguntó Karissa.

—¿Trent? —chilló Finley—. ¿Le conoces?

—Creo que todo el mundo conoce a Trent MacKellar, Fin. ¿Por qué?

La sangre desapareció cómicamente de su rostro. Al menos, habría sido cómico si no pareciera que iba a desmayarse.

Alcanzó su vaso de nuevo.

—¿No crees que deberías dejar de beber si estás embarazada? —dije en voz alta. Lo suficientemente alto como para que todos en su mesa se detuvieran y la miraran. Lo suficientemente alto como para que la sala pareciera quedarse más silenciosa. Lo suficientemente alto como para que estuviera seguro de haber escuchado cómo contenía el aliento, haciendo que se elevaran esos pechos con los que había soñado durante semanas después de habernos acostado.

—¿Estás embarazada? —dijo otro chico.

—¿Habla en serio? —preguntó una mujer.

—¿Cómo demonios lo sabría él? —dijo alguien más.

—Oh, Finley, no —dijo Karissa—. ¿Es él el padre?

El labio inferior de Finley tembló durante un largo momento hasta que asintió y estalló en lágrimas. Pasó empujando a Karissa y a los demás que le bloqueaban el paso y se dirigió hacia la parte trasera del bar, donde estaban los baños y la salida posterior.

Quería sentirme triunfante por exponer su mentira, pero las palabras de Karissa me calaron hondo. Encontré su mirada y la mantuve.

—¿Finley está embarazada? —preguntó una de las otras mujeres, captando la atención de Karissa.

—Sí. Está de poco tiempo, así que no se lo ha contado a nadie todavía. Tuvo náuseas matutinas durante algunas semanas. Se hizo una ecografía la semana pasada. Es la única otra vez que he salido desde mi operación —dijo Karissa—. Las únicas personas a las que se lo ha contado han sido a mí y al padre, pero como no ha podido tomarse ni un refresco sin que *él* se ponga todo digno y piense que estaba bebiendo, ahora todo el pueblo también lo sabe. —Se movió pasando al resto del grupo—. Siento tener que irme de vuestra fiesta, chicos. Ya nos pondremos al día más tarde. Necesito ir a buscar a Fin.

—Voy contigo —dijo otra mujer.

Karissa asintió hacia ella, luego me lanzó una mirada fulminante y negó con la cabeza de una manera que no había visto desde que murió mi madre.

Se alejaron, dejándome frente a una mesa llena de desconocidos. —Eh, sí. Lo siento por eso.

—¿Has dejado embarazada a mi hermana? —preguntó el tipo que había estado abrazando a la mujer que se fue con Karissa.

Joder. Ian Jameson. Ahora le reconocía. —No a propósito. Y ni siquiera sé si es mío. Quiero decir, nos acostamos una vez. Es bastante conveniente que aparezca embarazada con mi hijo, ¿no? Y no hay forma de que yo sepa con cuántos tíos se ha acostado.

Ian se abalanzó sobre mí con los puños preparados. Dos tipos le sujetaron mientras yo retrocedía. —Lárgate de aquí. Y nunca vuelvas a decir cosas así sobre mi hermana. No mereces estar en su vida. Ni en la vida de mi sobrino o sobrina. No te preocupes, Niño de Oro, no te pediremos nada.

Me reí. —Me parece bien porque no tengo intención de

mantener al hijo de otro. Negué con la cabeza y volví a la barra. Hudson seguía allí, observando toda la escena. —¿Puedes creerlo?

Hudson me miró fijamente durante un buen rato y luego negó con la cabeza. —En realidad, sí. Karissa se equivocaba en una cosa. Finley le contó a una persona más que estaba embarazada. Cuando vino aquí para hablar con el padre de su bebé. Cuando él salió furioso después de acusarla de acostarse con medio pueblo. Estaba estresada y asustada y lo soltó todo. Es dueña de la librería de al lado. Ha invertido todo en ella. Todo su tiempo y dedicación, y no ha salido con nadie desde hace más de un año. Conoció a un tío en una aplicación de citas, solo uno. Curiosamente, yo también estaba aquí esa noche. Y os vi marcharos juntos. Puedes desaparecer como siempre haces. Puedes fingir que este pueblo no importa. Puedes seguir con tu vida. Finley y tu hijo estarán bien cuidados por todos nosotros. No necesita nada de ti. Pero creo que ya es hora de que dejes de venir aquí a tomar copas porque no sirvo a capullos prepotentes que intentan humillar a mis amigos.

Hudson se estiró por encima de la barra y me arrebató el vaso. Intenté cogerlo, pero fue demasiado rápido.

—Lárgate de mi bar. Y no vuelvas nunca, Trent.

—¿Hablas en serio?

Hudson tiró el resto de mi bebida y se cruzó de brazos. Siempre pensé que era un tipo decente, pero si estaba metido en todo este asunto, me alegraba de largarme.

—Vale. Lo que sea. No os necesito a ninguno de vosotros.

—Perfecto.

Fulminé a Hudson con la mirada, y él me devolvió la misma mirada. Solo había ido allí para obtener información, y en lugar de eso, me estaban echando. Por una mujer que convenientemente se quedó embarazada, a pesar de que yo había usado condón.

Que les den a todos.

Me levanté, tirando el taburete en el que estaba sentado. Lo miré, luego volví a mirar a Hudson, y me alejé.

Salí del bar dando un portazo y me dirigí hacia la plaza. Mi vehículo prestado estaba aparcado al otro lado, pero no era por eso por lo que me dirigí hacia la plaza.

El pueblo estaba tranquilo, la mayoría de la gente estaba en casa o en el bar de O'Kelley. Las suaves farolas se desvanecían mientras subía la colina hacia el centro de la plaza. Hacía frío para estar fuera, pero el aire fresco me aportaba la claridad que desesperadamente necesitaba.

Me senté en una silla Adirondack y contemplé la cala. Mi finca brillaba en la oscuridad a la derecha. Posada Cala MacKellar iluminaba el lado izquierdo. La cala estaba oscura, el agua negra, pero el sonido del agua lamiendo suavemente la costa rocosa resultaba reconfortante.

¿Podría haberme equivocado con Finley? Aceptar que estaba equivocado era difícil, pero ¿era posible? ¿Podría estar embarazada de mi hijo? ¿Podría haber estado diciendo la verdad?

Si se hubiera hecho una ecografía, habría un registro de ello. Yo no podía acceder a sus historiales médicos, pero el señor Whiteside no encontró ninguna prueba de que hubiera ido a ver a nadie.

Aunque, si fue a una pequeña clínica, es posible que no informen de las cosas de inmediato.

Me incliné hacia delante y hundí la cabeza entre las manos. Todo el asunto me enfurecía. Durante toda mi vida he tenido que tener cuidado con quién me relacionaba. Personas que querían utilizarme por mi dinero y poder. Dejé Cala MacKellar para poder ser otra persona. Para poder encontrarme a mí mismo sin todo lo que conllevaba ser el único nieto del hombre que fundó el pueblo.

Pero siempre había algo que me hacía volver. Quizás era

mi madre. Quizás era una retorcida necesidad de aprobación de las personas que me trataban como un peón en lugar de un rey. Quizás era el deseo de no tener que esconderme. Fuera lo que fuese, traía consigo riesgos. Riesgos como dejar embarazada a una mujer y que viniera a por mí por dinero.

*Excepto que no pidió dinero* susurró en mi mente.

Todavía no. Lo haría en algún momento. El dinero era lo que todos querían de mí. Yo no era real. Solo era una cuenta bancaria. Y para una mujer que apenas podía mantener a flote su negocio, el dinero era lo que necesitaba.

Me levanté de la silla y caminé hacia el agua. Me detuve en la orilla y respiré hondo, intentando aclarar mis ideas.

Necesitaba pruebas. El señor Whiteside me dijo que pidiera una prueba de paternidad. También quería ver la ecografía. Si es que realmente existía.

Karissa Thomas dijo que lo había. Ella lo sabía todo. Sabía quién era yo, pero también fue quien interrogó a Finley. No conocía bien a Karissa, pero lo poco que sabía de ella, me inspiraba confianza. ¿Por qué seguiría este juego?

A menos que Finley no se lo hubiera contado. No podía habérselo dicho. Karissa estaba sorprendida.

*Pero Finley también lo estaba.*

Negué con la cabeza y me alejé del agua. No se podía confiar en Finley Jameson. Y yo iba a demostrar que estaba mintiendo.

## 8

## FINLEY

No podía respirar. Tenía que largarme de allí inmediatamente. La expresión en su cara... ¡Trent MacKellar! ¿Cómo no supe quién era?

No era de extrañar que estuviera cabreado. Aunque no tenía derecho a decir lo que dijo, en cierto modo lo entendía.

Pero la forma en que me miró. La forma en que todos me miraron.

Salí disparada al fresco aire nocturno y giré a la izquierda. Necesitaba llegar a casa. Alejarme de todos. No podía enfrentarme a ellos. Las lágrimas corrían por mis mejillas mientras me apresuraba. Si alguna vez hubo un momento para una copa, era cuando el padre de mi bebé anunció mi embarazo a todo el pueblo. Lástima que esa no fuera una opción.

Llegué hasta la puerta de mi edificio antes de escuchar mi nombre. Karissa. Sabía que vendría tras de mí. Me sentía mal por haberla dejado allí, pero ella lo entendería.

—Hola, Rissa —dije en la oscuridad.

—¿Trent MacKellar es No soy local? —soltó de golpe.

—Al parecer. Te juro por Dios que no tenía ni idea de quién era.

—Te creemos.

—¿Creemos?

—Yo también estoy aquí —dijo Blake. Por fin se acercaron lo suficiente como para no estar en la oscuridad. Los ojos de Blake escrutaron mi rostro. No podía interpretar su expresión. Era inusual que no supiera lo que estaba pensando, pero en ese momento, ni siquiera podía adivinarlo.

—Lo siento —le dije.

—¿De qué tienes que disculparte?

—¿De haberme quedado embarazada? ¿De no habértelo contado? Probablemente de otras cien cosas.

Blake resopló y me abrazó con fuerza. —Voy a ser tía. ¿Cómo podría enfadarme por eso? Aunque sí, deberías habérmelo contado.

Me reí entre dientes y asentí.

—Vamos dentro —dijo Karissa—. Por si acaso nos sigue.

—No nos va a seguir —dije mientras abría la puerta y las guiaba al interior. Las tres permanecimos en silencio mientras subíamos las escaleras hacia nuestro apartamento. Les abrí y me dirigí directamente al sofá. Me acurruqué en un extremo con los pies recogidos debajo de mí y me cubrí con una manta peluda.

Karissa vino y se sentó conmigo mientras Blake se dirigía a la cocina.

—¿Estás bien? —preguntó Karissa.

Solté una risa seca. —Yo... No. No realmente. Todo el mundo lo sabe. Y todos saben que no tenía ni idea de quién era cuando me acosté con él. Ya soy la dueña cutre de la librería. Ahora tengo un bebé para darles la razón a todos.

—Que les den. Fin, eres una empresaria. Eres exitosa y creativa, y no les debes nada. No importa si te quedas embarazada diez veces de diez hombres diferentes, eso no le da a nadie el derecho a juzgarte. Que les den a todos, especialmente a Trent jodido MacKellar.

Asentí e intenté no reírme. Pero era una batalla perdida. Se me escapó un resoplido. Karissa me miró con la cabeza ladeada. Levantó una ceja en señal de interrogación y yo estallé en carcajadas.

—¿Qué es tan gracioso? —preguntó mientras una sonrisa se dibujaba en sus labios.

—Estás tan enfadada por esto. Lo aprecio, pero es simplemente divertido. Normalmente no sueltas tantos tacos.

—Bueno, él definitivamente se los ha ganado. Trent jodido MacKellar. Vaya, de entre todos los hombres. Ni siquiera sabía que había vuelto.

—Obviamente, no ha vuelto.

—Espera, te dijo que venía aquí de vez en cuando. ¿Crees que ha estado escabulléndose por el pueblo sin que nadie supiera que estaba aquí?

Negué con la cabeza. —No tengo ni idea. No lo reconocí la noche que nos conocimos. —Lo pensé un momento—. Pero ahora que lo dices, Hudson casi parecía reconocerlo. Me pregunto si Hudson sabía que andaba por aquí.

—Oh, mierda. Hudson. Se va a poner como una madre protectora contigo. —Karissa sonrió.

—Ya lo ha hecho. Le conté lo del embarazo el mismo día que se lo dije a Trent.

—¿Qué? —preguntó Karissa.

—Me encontré con Trent en O'Kelley's ambas veces. Cuando salió furioso, Hudson me preguntó si estaba bien. De alguna manera le vomité toda la historia.

—¿Y no te dijo quién era Trent?

Negué con la cabeza.

—Quizás Hudson no lo sabía. Me sorprende un poco. Él conoce a todo el mundo.

Asentí. —Tal vez pensó que estaría mejor sin Trent involucrado. Realmente no sé nada sobre él. Ni ahora. Ni siquiera cuando éramos pequeños.

—Definitivamente estás mejor sin él —dijo Blake. Me entregó una taza humeante de chocolate caliente—. Si va a tratarte así, no lo necesitas en tu vida ni en la de tu bebé.

—Le llevo diciendo eso durante semanas —dijo Karissa.

—Deberías hacerle caso —dijo Blake. Le dio una taza a Karissa también, luego volvió a la cocina y cogió una para ella.

Las tres nos sentamos y bebimos nuestro chocolate caliente en silencio durante un minuto. La calidez se filtró en mí y hizo que todo se sintiera mejor.

—Siento que estuvieras preocupada por contármelo —dijo Blake en voz baja.

Le sonreí. Ella había sido mi persona durante la mayor parte de mi vida. Todavía lo era, pero también era la persona de Ian. Se convirtieron en una unidad de la que yo no formaba parte. Y me encantaba que estuvieran juntos, pero significaba que Blake no estaba tan disponible. Cuando salía con Willie, seguía por aquí todo el tiempo. Con Ian, él se mudó con ella poco después de que empezaran a salir. Llevaban casados casi un año, y no veía a Blake sin mi hermano muy a menudo. No significaba que la quisiera menos, solo que las cosas eran diferentes.

—No quería que te disgustaras ya que yo no lo estaba intentando. Me sentía, me siento, culpable.

—No hay razón para que te sientas culpable. Te prometo que me alegro por ti. Y estoy segura de que Ian también lo estará, una vez que supere el shock de descubrir que su hermana pequeña ya no es virgen.

Resoplé. —Sí, me imagino que eso le escandalizó un poco. A todos les escandalizó.

—Todo irá bien —me aseguró Karissa.

—Necesito disculparme con Trinity y James. Y supongo que debo contárselo a mis padres, ya que medio pueblo lo sabe ahora.

—Uy, dijo Blake con una mueca.

—Trinity y James se alegrarán por ti. Y nos aseguraremos de que no planeen su boda cerca de tu fecha de parto.

Me reí suavemente. —Buen plan.

—Necesito preguntarte algo. Como estoy atrasada en todo esto, dijo Blake.

Asentí para que continuara.

—Supongo que es el chico del fin de semana del Día del Trabajo, ¿verdad?

Asentí.

—Ahora que sabes quién es, ¿cambia eso algo?

Negué con la cabeza. —No. Supe cuando se lo dije y él salió furioso que estábamos mejor sin él. No va a ser fácil, pero es mejor que estar con alguien que actúa así. Hay una parte de mí que puede entender que las cosas son más difíciles para él y que no me conoce y no sabría que realmente no me importa su dinero, pero aun así se comportó como un imbécil. Tener dinero no te da derecho a tratar a alguien como una mierda.

—Así se habla, dijo Karissa.

—Estoy orgullosa de ti, Fin, dijo Blake. —Sé que te gustó mucho cuando os conocisteis, y sé que es difícil aceptar que no es quien pensabas que era. Incluso si no esperabas o pensabas en construir algo juntos, sigue siendo un golpe descubrir que es un cretino.

Asentí. —Lo es, pero es mejor que lo descubra ahora en lugar de después de que nazca el bebé. Él no formará parte de nuestras vidas.

Blake y Karissa me cogieron de las manos y me sonrieron. —Nosotras sí lo seremos. Siempre.

Asentí porque ellas eran todo lo que necesitaba. Mis mejores amigas.

BLAKE IMPIDIÓ que Ian viniera al apartamento, pero dijo que me transmitiera sus felicitaciones y una oferta para patearle el trasero a Trent MacKellar si quería. Ian dijo que los otros chicos se habían ofrecido a ayudar.

No era como quería que todos se enteraran, pero estaba bien. Nadie me llamaba zorra. Y a la mañana siguiente cuando abrí mi tienda, todo seguía como siempre.

Casi.

Llevaba una hora con la tienda abierta cuando él entró. Trent MacKellar. Debería haberle saludado, pero no fui capaz de hacerlo. Me limité a mirarlo fijamente, con los brazos cruzados, deseando poder escupir fuego o algo así. No, el fuego quemaría todos los libros. Unos puñales funcionarían. Sí, puñales.

—Supongo que debería haber imaginado que eras la propietaria cuando vi que tenías las llaves de este lugar.

—Hubo muchas cosas que ninguno de los dos dijo aquella noche.

Resopló como si le hubiera contado un chiste.

No lo dignifiqué con una respuesta. Si tenía algo que decir, no iba a esforzarme en sacárselo.

—¿Cuándo descubriste quién era yo?

—Cuando Karissa dijo tu nombre anoche.

—Es una buena historia. ¿La sacaste de alguno de estos libros?

—¿Qué quiere?

—Quiero una prueba de paternidad.

—¿Perdone? —suspiré. Mis manos cayeron a mis costados. Estaba mareada. ¿Iba a quitarme a mi bebé? Él tenía dinero y seguridad y probablemente una ciudad en alguna parte esperando hacer lo que él dijera. Si quería a mi bebé, no habría nada que yo pudiera hacer para impedirlo.

—Estás afirmando que el niño es mío. Si hay un niño, quiero pruebas de que soy el padre.

—¿Y entonces qué?

—Entonces llegaremos a un acuerdo.

—No va a quitarme a mi bebé.

Se burló. —No quiero. Solo quiero pruebas de que estás mintiendo. De que me viste como una salida a tu situación actual y te aprovechaste.

—¿Qué situación? ¿El embarazo?

—No. Perder tu librería.

Me agarré al borde del mostrador antes de desmayarme. Me costaba respirar. —¿Qué tiene que ver mi tienda con todo esto?

—He visto tus finanzas. Apenas estás en números negros. Yo era una buena solución. Quizás te quedaste embarazada unas semanas antes de conocernos y yo era un blanco fácil. Pero no voy a mantenerte a ti ni a un niño con el que no tuve nada que ver. Si es que realmente hay un niño.

Enderecé la columna y le hice frente. Si hubiera podido arrancar las dagas de uno de los libros, habría apuntado directamente a sus huevos. De ese modo, ninguna mujer tendría que preocuparse de que las acusara de ser manipuladoras.

—De acuerdo. Aceptaré la prueba de paternidad. Pero mi matrona ya me ha aconsejado no hacer ninguna hasta después del nacimiento. Cuando nazca, me haré la prueba.

—Me gustaría que fuera antes.

—Y a mí me gustaría un hombre diferente como padre biológico de mi hijo. Estamos jodidos los dos. Pero tengo una condición para este acuerdo.

Arqueó una ceja mirándome, y lo odié. Lo odiaba en ese momento. Dios, había sido tan bueno la noche que estuvimos juntos. Soñé con él después de eso. Lo deseaba. Esperaba volver a verlo, no porque quisiera una relación, sino porque quería volver a sentirme así de bien. Me hizo olvidarme de todo. Me hizo sentir. Me hizo creer que aún quedaba algo bueno en el mundo.

Y luego me robó todo eso. Estaba vacía por dentro por su culpa. Estaba de pie en mi tienda, el único lugar que había podido llamar mío, rodeada de libros que amaba, y no sentía nada. Ya no era yo misma. Por su culpa.

—¿Cuál es tu condición? —preguntó después de un momento.

Reuní cada pizca de valor que tenía y me negué a dejarle ver otra cosa que no fuera mi determinación. —Quiero que renuncies a todos tus derechos como padre.

—¿Qué? —soltó de golpe. Sus cejas se juntaron. La arrogancia en su postura desapareció. Pensaba que iba a pedirle dinero. Algo. Pensaba que quería que me mantuviera. Pues estaba equivocado.

Lo quería fuera de mi vida, fuera de la vida de mi hijo. Mi bebé apenas era lo suficientemente grande como para existir, y su padre ya actuaba como si no fuera nada. Pues eso era exactamente lo que pretendía que fuera él para mi hijo para siempre. Nada.

—Me haré una prueba de paternidad. Te daré la prueba que quieres. Pero quiero que renuncies a todos los derechos legales y financieros sobre este niño. No te quiero cerca de nosotros. Has dejado perfectamente claro que eso es lo que deseas también, así que supongo que no será un problema para ti.

—¿Y si es mi hijo?

Me encogí de hombros. —Ya has decidido que no lo es. ¿Qué más te da?

—Si es mi hijo, debería participar en su vida.

—No, en realidad no deberías. Deberías seguir con tu vida allá donde la tengas y olvidarte de que existimos. Tengo familia aquí, y amigos, y proporcionaré un hogar a mi hijo. Un hogar que no te incluye a ti.

Su rostro se endureció. Me fulminó con la mirada. Creía que podía intimidarme, pero no sabía con quién estaba tratando.

Me robó mis sentimientos. Me robó mi dignidad. Y me robó la capacidad de confiar en otra persona. Pero no iba a robarme a mi hijo. Si pensaba que podía, estaba muy equivocado.

—Vale, dijo después de un minuto. —Haré que mi abogado prepare los papeles.

—Bien. Haré que mi abogado los revise. De hecho, quizás deberían encargarse ellos para que no tengamos que volver a vernos.

—Me parece perfecto. De todas formas, me voy de la ciudad.

—Estupendo.

—Bien.

Nos miramos fijamente durante un largo minuto, luego él giró sobre sus talones y se marchó.

Me desplomé en el suelo detrás del mostrador. Me temblaban las manos mientras sacaba el móvil. Llamé a Karissa, pero no respondió. Todavía estaba durmiendo cuando me fui a trabajar. Blake tampoco contestó. Le debía al resto de mis amigos una conversación sobre lo que estaba pasando antes de poder llamarlos y pedirles que vinieran a darme la mano. Excepto a Hudson.

—Hola, Fin, ¿qué pasa? —respondió al primer tono.

—¿Estás al lado?

—Sí. ¿Por qué?

—¿Puede venir aquí? ¿Por favor?

—Voy para allá.—Apenas había colgado cuando ya estaba irrumpiendo en mi tienda y gritando mi nombre.

—Estoy aquí—grité. No podía levantarme. Cada parte de mi cuerpo temblaba. No estaba segura si iba a vomitar o desmayarme, pero sabía que estar sola no era buena idea.

—Joder, Fin, ¿qué ha pasado?

—Trent ha venido a verme.

—¿Te ha hecho daño? Lo mataré.—Hudson se arrodilló junto a mí y recorrió mi cuerpo con sus manos.

—No me ha tocado. Quiere que me haga una prueba de paternidad.

—Menudo capullo.

Me encogí de hombros.—No me importa la prueba, pero no puedo dejar que se lleve a mi bebé, Hudson.—Las lágrimas comenzaron a brotar al expresar mi miedo.

—Dios, Fin. No dejaremos que eso ocurra. No permitiré que eso ocurra. Estuve allí cuando se lo dijiste, y cuando te fuiste con él. Le diré a un juez o al tribunal o a quien sea que no es apto.

Sorbí por la nariz.—Ambos sabemos que eso no es cierto. Es rico. Tiene personal para su personal. Puede permitirse los mejores colegios del país y tutores privados y cualquier cosa que un niño pueda desear o necesitar. Yo tengo una librería de novela erótica para madres y apenas llego a fin de mes.

—El dinero no es lo único que importa, Fin. Vas a ser una madre increíble. Y Trent no os merece. Ni a ti ni al bebé.

—Gracias, Hud.

—¿Quieres intentar levantarte?

—Supongo que debería, pero creo que no puedo estar aquí más tiempo hoy.

—Cerraré la tienda y puedes venir conmigo a O'Kelley's. Te conseguiré algo de comer y llamaré a alguien para que me cubra, luego te llevaré a casa.—Me guio alrededor del mostrador mientras hablaba.

—No puedo pedirte que hagas todo eso.

—La última vez que comprobé, no me debías nada. Es lo que haces por las personas que quieres. Estoy aquí para ti, Fin. Siempre.

—¿Por qué no pudiste ser tú quien me dejara embarazada?

Hudson echó la cabeza hacia atrás y se rio. —Al menos habrías sabido quién era yo.

Resoplé. —Cierto. ¿Cómo es que no le reconocí?

Hudson se encogió de hombros. —Hace tiempo que no le veías. Y probablemente no le conociste realmente en el instituto.

—¿Sabías quién era cuando quedé con él?

Hudson se detuvo en medio de la tienda. Se quitó la gorra y se pasó la mano por la cabeza, luego se la volvió a poner, del revés como siempre. —Sí, lo sabía. Realmente no pensé que fuera a ser importante. Sabía que ninguno de los dos os reconocíais.

—¿Y qué hay de cuando te dije que él era el padre?

—No lo sé, Fin. Supongo que debería habértelo dicho, pero pensé que no cambiaría nada. Siempre fue un poco un capullo con aires de grandeza. Tenía dinero, así que actuaba como si fuera mejor que la mayoría de nosotros. Tú estabas dolida, y yo sabía que no ibas detrás de su dinero. Pensé que desaparecería.

—Ojalá lo hubiera hecho.

Hudson asintió. —Yo también. Ojalá no tuvieras que pasar por todo esto. Pero no estás sola. Me alegro de que me llamaras. Siempre estoy justo al lado. No dudes nunca en llamarme.

—Gracias.

—Cuando quieras. Ahora, vamos a cerrar y a sacarte de aquí antes de que entre alguien más y necesite algo de porno para mamás.

Resoplé burlonamente. Él esquivó mi puñetazo y se rio conmigo. Me sentía mejor, pero me merecía un día libre después de todo lo sucedido con Trent. Pasarlo con Hudson era justo lo que el médico había recetado.

## 9

Unos días después de mi confrontación con Trent, llamé a mis padres y les pregunté si podía ir a cenar. Ian y Blake tenían el día libre y accedieron a acompañarme para contarles lo del bebé. Había seguridad en los números, ¿verdad?

Fui la primera en llegar. Entré por mi cuenta en la casa donde crecí y seguí el olor hasta la cocina, donde mi madre estaba de pie junto a la estufa.

—Hola, cariño —dijo cuando entré. Sin fallar, siempre sabía cuándo estábamos allí. Como adolescente, significaba que no podía escaparme de casa. Como adulta, era simplemente un consuelo.

—Hola, mamá. ¿Qué estás preparando?

—Chili. Tu padre dijo que era un buen día para chili. En realidad lo preparé ayer, ya que está mejor al día siguiente, así que solo lo estoy calentando.

—¿Has hecho también macarrones con queso?

—Por supuesto. —Dejó la cuchara y se volvió hacia mí—. ¿Cómo estás?

—Bien —dije automáticamente. Era mi respuesta estándar. Lo había sido durante años. Nunca me gustaba exponer mis problemas para que todos los vieran. Bien era mejor que regular y no levantaba tantas cejas como genial.

—Me alegra oírlo. Han pasado unas semanas desde que nos reunimos todos. ¿Cómo está Karissa? ¿Se está recuperando bien?

Asentí. Era la primera vez que dejaba a Karissa sola desde su operación, aparte de cuando estaba trabajando. Ella me aseguró que estaría bien, y me aseguré de que Trinity estuviera en casa por si Karissa necesitaba algo. —Se está recuperando bien. Todavía tiene bastante dolor a veces, pero está volviendo poco a poco al trabajo. Tuvo una llamada de un cliente hace unas semanas y ha estado trabajando en eso tanto como puede.

—Es muy fuerte. Sé que Georgia estaría muy orgullosa de ella.

Asentí, apretando los labios. El pensamiento de Georgia me llenó los ojos de lágrimas. La echaba de menos. Todos lo hacíamos. Era como una segunda madre para mí, una a la que echaría de menos tanto como echaría de menos eventualmente a mi propia madre.

—Podrías haber invitado a Karissa a venir esta noche.

Negué con la cabeza. —Sí lo hice, pero necesitaba la noche para descansar. Creo que las escaleras le cuestan, así que todavía no sale mucho.

—Me imagino que todo le cuesta.

—¡Hola! —gritó Ian desde la puerta principal. Esta se cerró mientras mi madre le respondía.

—Estamos en la cocina.

Ian y Blake entraron en la cocina, haciendo que el espacio se sintiera acogedor y un poco pequeño.

—Hola, mamá. ¿Dónde está papá? —preguntó Ian. Besó a nuestra madre en la mejilla y luego se apartó para que Blake pudiera abrazarla.

—Papá está en el garaje. Quería terminar algo antes de que llegarais. ¿Por qué no vas a ver cómo está?

Ian asintió. Apretó la mano de Blake y me dio un abrazo rápido, luego pasó por la puerta al otro lado de la cocina hacia el garaje.

No había tenido una conversación real con mi hermano desde que se enteró del bebé. Blake llamaba casi a diario para ver cómo estaba, pero Ian no lo hacía. No estaba segura si eso significaba que estaba enfadado conmigo, decepcionado de mí, o simplemente no le importaba. Fuera lo que fuese lo que sentía, me hacía sentir incómoda.

—¿Qué tal os va, chicas? ¿Cómo están todos los amigos? —preguntó mamá.

—Todos están bien. Trinity y James se han comprometido —dijo Blake. Sus ojos se abrieron a medida que las palabras salían, pero mi madre no reaccionó.

—Esas son buenas noticias. Felicítales de mi parte. Finley me estaba contando que Karissa se está recuperando. Todavía queda camino, pero va mejor.

Blake asintió. —Sí. Estoy realmente impresionada con ella. Siempre lo he estado, pero esto me demuestra lo fuerte que es. Yo habría estado muerta de miedo.

—Es cierto, pero ver a su madre pasar por los tratamientos y saber que muy probablemente se enfrentaría a lo mismo algún día fue una buena motivación.

—Definitivamente lo fue. Yo también me hice las pruebas.

—Nunca me contaste eso —dije.

Ella se encogió de hombros. —Fue justo cuando murió la Sra. Georgia. Sé que es genético, y mi madre no ha tenido cáncer de mama, pero eso no significaba que no fuera portadora. Yo no soy portadora del gen, pero quería saberlo.

—Vaya. Me alegro por ti.

Mi madre asintió. —Tener una imagen completa de tu historial médico es muy importante.

—...funciona mucho mejor ahora —dijo mi padre mientras entraba en la cocina con Ian.

—Sí, es una herramienta muy útil. Quizás debería plantearme conseguir una.

—Vosotros dos y vuestras herramientas. Vamos a tener que empezar a guardar cosas en tu taller antes de que pase mucho tiempo —bromeó mamá con Ian.

Ian se encogió de hombros. —Solo si puedo usarlas libremente.

Papá se rio. —Solo si las devuelves en el mismo estado en que las encontraste.

—¿No lo hago siempre? —preguntó Ian.

Mi madre se interpuso entre ellos antes de que comenzaran su vieja discusión de siempre. —Creo que ya estamos listos para comer. ¿Por qué no sacas unos cuencos del armario, Johnnie?

—Sí, cariño —dijo papá. Me guiñó un ojo y me dio un rápido abrazo antes de hacer lo que mamá le pidió. Colocó los cuencos junto a la cocina. Yo cogí cucharas para todos. Blake e Ian se ocuparon de las bebidas y los complementos para el chili. Habíamos hecho esto tantas veces que ni siquiera pensábamos antes de movernos por la cocina al mismo tiempo.

Todos llenamos nuestros cuencos y nos sentamos juntos. Estuvimos en silencio durante unos minutos mientras empezábamos a comer. El chili tenía justo el punto de picante necesario para hacerme buscar mi agua, pero los macarrones con queso, la nata agria y el queso cheddar que añadí templaron ese picante.

—Está realmente bueno, mamá —dijo Ian con la boca llena de chili.

—De acuerdo. La mejor hasta ahora —dijo papá.

—Bueno, gracias. Probé algo un poco diferente con las especias esta vez —dijo mamá.

—Gran elección —le dijo papá.

—Gracias. Lo anoté por si acaso salía bien.

—¿Y si no hubiera salido bien? —preguntó Ian con una sonrisa.

Mamá se encogió de hombros. —Entonces todos habríais sufrido comiéndolo y me habríais dicho que no era un plato ganador.

Nos reímos con ella. Muchas veces, mamá hacía exactamente eso. Nunca se cortaba a la hora de probar nuevas recetas o cambiar las cosas. Le gustaba cocinar.

Hablamos sobre cómo iban las cosas con los trabajos y los amigos mientras terminábamos la cena. Cada oportunidad para contarles lo que estaba pasando pasó sin que yo dijera una palabra. Sabía que tenía que decírselo antes de que se enteraran por otra persona, pero tenía miedo. No tenía ni idea de cómo iban a reaccionar. No estaba segura de poder soportarlo si se decepcionaban conmigo.

La cena terminó y se retiraron los platos. Papá e Ian estaban empezando a moverse para volver al garaje, pero finalmente reuní mi valor y dije que necesitaba hablar con todos.

Papá se volvió hacia mí, alzando las cejas expectante. Mamá tenía una amable sonrisa en su rostro. Blake e Ian permanecieron en silencio, dejándome decir lo que necesitaba decir.

—Bueno, no hay una manera fácil de decir esto, así que voy a soltarlo directamente. Estoy embarazada.

La habitación quedó en silencio durante un largo momento. Esperé una respuesta o reacción de mis padres, pero ninguno de los dos se movió ni dijo nada.

Nunca se me dieron bien los silencios largos. Los odiaba. Habría sido una pésima delincuente porque lo único que alguien tendría que hacer sería esperar y yo confesaría todo. Que es exactamente lo que hice en ese momento.

—Conocí a este chico en la aplicación de Karissa y nos acostamos juntos. Solo una vez. Usamos protección, pero obviamente no fue suficiente. Hace unas semanas descubrí que estoy embarazada. El padre... Bueno, él no es importante. Sabe lo del bebé, pero no quiere involucrarse. Karissa va a ayudarme, y Blake e Ian y todos mis otros amigos. Sé que esto es decepcionante y que estáis avergonzados de mí, pero...

—¿Avergonzarnos de ti? ¿Por qué en el mundo nos avergonzaríamos de ti? —preguntó mamá.

—Porque me quedé embarazada de un hombre que no conozco. Y tengo una librería contra la que luchó todo el pueblo. Y no estoy casada y estoy sola y no soy la hija que os merecéis. A esas alturas estaba teniendo una fiesta de autocompasión en toda regla. Quería meterme en un agujero y no salir nunca. No podía soportar ver las expresiones en sus caras, así que las evité.

—Finley, cariño, no estamos avergonzados de ti. Ni decepcionados contigo. Ni ahora ni nunca. Estamos orgullosos de ti. Tu librería es un éxito. Es una celebración de mujeres que reclaman su independencia sexual y se sienten orgullosas de ello. Eso es algo hermoso. Y que te hayas quedado embarazada... Bueno, ¿cómo crees que fuiste concebida? Un bebé nunca es algo malo. Este bebé es una bendición, y el padre es un idiota si no quiere participar. —Mi madre dio un paso adelante y me abrazó fuerte.

No pude contener las lágrimas y lloré sobre ella. —Lo siento.

Ella negó con la cabeza y me hizo callar. —No más disculpas, cariño. No tienes nada de qué disculparte.

—¿Quién es el padre? —preguntó papá, con voz dura e implacable.

—No importa.

—A mí sí me importa. Voy a ir a patearle el culo. Nadie hace sentir a mi niña que no es lo suficientemente buena.

Negué con la cabeza.

—¿Tú lo sabes? —le preguntó papá a Ian.

Ian me miró, sus ojos me decían que no iba a mantener ese secreto por mí. —Trent MacKellar.

—¿Trent? —preguntó mamá. —No sabía que había vuelto últimamente.

—Al parecer vuelve de vez en cuando. Ninguno de nosotros lo sabía realmente. Fin no sabía quién era. No intentó atraparlo ni nada por el estilo —me defendió Ian.

—Por supuesto que no. ¿Por qué alguien pensaría eso? —dijo mamá.

—Es lo que piensa Trent —dijo Blake—. Por eso no está en la foto.

—Entonces necesita doble paliza —dijo papá—. Una por hacerte sentir mal y otra por ser un idiota.

—Papá, tiene la mitad de tu edad —dije.

—¿Y?

Mi padre era un hombre fuerte, pero no iba a ganar a Trent en una pelea.

—Déjalo estar, papá. No merece la pena. Quiere una prueba de paternidad para poder demostrar que no es el padre, palabras textuales, y le dije que lo haría si renunciaba a todos sus derechos.

—Vaya, ¿qué? —preguntó Ian.

—No quiero que se involucre. Estamos mejor sin él. Y no quiero que se haga una prueba de paternidad y luego intente quitarme a mi bebé. —Mi voz tembló al decir aquellas palabras.

Mamá me abrazó de nuevo. —No vamos a permitir que eso ocurra.

—Lo sé. Ya he hablado con Ramsey. Me recomendó un buen abogado de familia en Siracusa. El abogado de Trent está redactando algo y la mujer a la que me envió Ramsey va a revisarlo. No voy a arriesgarme con Trent porque tiene el dinero para hundirme si quiere.

—Dejemos de hablar de las partes malas de todo esto y celebremos. Los abogados se encargarán, y tu padre y yo haremos todo lo necesario para ayudarte. Por esta noche, no hay nada que podamos hacer excepto estar contentos. He hecho tu tarta favorita —dijo mamá.

—¿De verdad? —pregunté.

—Por supuesto. No todos los días tu hija vuelve a casa embarazada.

—¿Lo sabías?

Mamá se encogió de hombros y apartó la mirada con aire coqueto.

—Oh, ella definitivamente lo sabía —dijo Blake.

—Puede que oyera algo en el pueblo, pero no estaba segura de que fuera cierto hasta que llamaste y dijiste que querías venir a cenar.

—Todo el mundo lo sabe —gemí.

—Bueno, no todos saben que el hombre que te delató en O'Kelley's fue Trent. Y todo el mundo te apoya. Más de una persona me ha dicho lo contentos que están y lo maravillosa madre que vas a ser. Te quieren mucho en este pueblo, Finley. Y todos están de tu lado.

Intenté tomar aire y sentí un nudo en la garganta por la emoción. Quizás Trent no me lo había quitado todo.

LAS SIGUIENTES SEMANAS pasaron en un abrir y cerrar de ojos. Mis náuseas matutinas iban y venían, pero sobre todo se quedaban conmigo. Cuando fui a mi cita de las trece semanas con Julie, me dijo que había perdido kilo y medio y que debía tener cuidado. Le aseguré que no era intencionado. Nunca en mi vida había conseguido perder peso por accidente.

Cuando volví a las diecisiete semanas, no había perdido más peso y me sentía casi normal de nuevo. Por fin estaba en mi segundo trimestre, y era una verdadera bendición. Julie programó la ecografía para revelar el sexo para mi próxima cita a mediados de enero y me envió a casa.

Sin darme cuenta, la Navidad ya había llegado. Podía sentir los cambios en mi cuerpo y me cambié a pantalones elásticos o vestidos. Todavía evitaba la ropa premamá. Algo en comprar ropa con una banda elástica hacía que el bebé que revoloteaba en mi vientre fuera mucho más real.

Sí, lo sé, a mí tampoco me tenía ningún sentido.

Hudson, Karissa y Eddie se unieron a mi familia para Navidad. Mi madre los había invitado a todos en el pasado, pero el año en que murió la Sra. Georgia, Karissa y Eddie pasaron tiempo juntos. El año pasado y el anterior, no se sentían muy alegres. Karissa pareció recuperar su espíritu navideño con la llegada del bebé y con su operación ya superada.

Hudson casi siempre se mantenía aislado durante las fiestas. El año pasado, fue a cenar con Piper al hostal, pero había sido mi apoyo durante los últimos meses y aceptó cuando le invité a unirse a nosotros.

Saqué un vestido rojo elástico del fondo de mi armario y me lo puse. La tela era suelta y fluida, pero se ceñía a mi vientre y acentuaba la creciente barriga. Fruncí el ceño frente al espejo.

—Es precioso, —dijo Karissa, entrando en mi habitación con un vestido de punto plateado que había combinado con un collar rojo y unos pendientes de copo de nieve plateados.

—Me siento como un hipopótamo.

—Creo que todas las embarazadas se sienten así. Ya verás en mayo.

—No te estoy hablando.

Karissa se rio. —Solo intento darte perspectiva.

—Necesito una perspectiva que no me haga parecer que ya estoy de doce meses.

—Ese vestido es precioso. Y no tienes ninguna razón para esconder esa sexy barriguita de embarazada. Deberías llevarte ese vestido a nuestro viaje de la semana que viene.

Me giré frente al espejo y lo pensé. Karissa y yo habíamos hablado hace meses de escaparnos de Cala MacKellar durante unos días. Con su operación, no estaba segura de cómo se sentiría, y luego con mi embarazo, yo tampoco estaba segura de cómo me sentiría. Ambas nos encontrábamos en un buen momento y aprovechamos la oportunidad para salir del pueblo.

Nuestro plan original era alojarnos en un B&B en Finger Lakes, pero como ninguna de las dos estaba bebiendo por el momento, decidimos ir a las Cataratas del Niágara para Año Nuevo. No podía esperar.

—No sé. Es que no me siento yo misma ahora mismo. Nada me queda bien y no quiero ponerme otra cosa que no sean mis chándales. ¿No podemos quedarnos en casa en pijama?

Karissa se rio y negó con la cabeza. —No. Tu madre nos está esperando. Tenemos que ir. Este vestido te queda genial. Ponte esos pendientes de madera que te hizo Trinity y vámonos.

Le lancé una mirada de enfado, pero ella no se inmutó lo más mínimo. Cinco minutos después, estábamos saliendo por la puerta.

Todos los demás ya estaban allí cuando llegamos a casa de mis padres. Blake y mi madre se deshicieron en elogios sobre el vestido y lo bien que me quedaba, tanto que me pregunté si Karissa les habría enviado un mensaje antes. Todas dijeron que no, y pude disfrutar de los cumplidos.

Mi madre tenía la cena casi lista cuando llegamos, así que Blake y yo ayudamos a mi madre a llevar todo a la mesa mientras Karissa reunía a Ian, Eddie, Hudson y mi padre. Hudson se acercó a mí y me dio un abrazo, luego ocupó el asiento junto al mío.

Cuando todos nos sentamos, mi padre levantó su copa. —Gracias a todos por estar aquí hoy. Estamos muy agradecidos de tener la casa llena de familia, y sí, Hudson, Karissa y Eddie, vosotros sois familia para nosotros. Hemos sido bendecidos este año con una nueva incorporación, y estamos muy agradecidos por el bebé. También estamos agradecidos de que la cirugía de Karissa haya terminado y que el proceso de recuperación esté prácticamente superado. Y tenemos la esperanza de que Ian y Blake pronto aumenten el número de nietos. Os queremos a todos.

—Te quiero, papá —dije.

—Te quiero, cariño. Salud. —Levantó su copa, luego se detuvo. —Ah, es zumo de uva con gas para todos, para que todos podáis disfrutarlo. Tenemos vino, pero está en la cocina. ¿Alguien quiere vino?

Todos negaron con la cabeza, y papá tomó asiento. Pasamos los platos y llenamos nuestros estómagos. Hudson se aseguró de que yo me sintiera bien y tuviera todo lo que necesitaba. Sentí el calor de mi familia a mi alrededor, una tranquilidad después de los últimos meses de estrés.

Me quedaban poco más de cinco meses antes de que naciera el bebé, y por primera vez, no estaba ansiosa por ello. Muchas cosas habían cambiado en mi vida desde que descubrí que estaba embarazada, pero muchas otras no. Tenía familia y amigos con los que podía contar. Personas que me querían y a las que yo quería. Mi bebé no necesitaba un padre. Iba a tener tías y tíos, abuelos, amigos y más amor del que podría imaginar. No estábamos solas. Y nunca lo estaríamos.

## 10

Después de comer, nos sentamos todos en el salón y charlamos. Papá e Ian encendieron la chimenea y el cálido crepitar junto con la compañía hizo que todo se sintiera bien. Perfecto. Justo como debía ser.

—¿Cómo se ha encontrado, Finley? —preguntó Eddie.

Me encogí de hombros. —Mucho mejor estas últimas semanas. Las náuseas matutinas han desaparecido y tengo más energía.

—Esas son buenas noticias. ¿Cuándo volverá a ver a la matrona?

—A mediados de enero. Es otra ecografía. No he tenido ninguna desde que me enteré de que estaba embarazada.

—¿Tienen esa cosa en cuatro d? ¿Donde hacen un vídeo?

—Sí. Nada de manchas o imágenes borrosas. —Sonreí. Mi madre había mencionado muchas veces lo malas que eran las ecografías cuando estaba embarazada de Ian y de mí.

—Eso será estupendo. Tiene que traerme ese vídeo y enseñármelo algún día —dijo Eddie. Sonrió y levantó las cejas, como si hablara en serio y tuviera intención de que cumpliera mi palabra.

—Lo haremos. Karissa tiene pensado acompañarme.

—¿Quieres que os lleve? —preguntó Hudson—. Estaré encantado de ir también.

Miré a Karissa, y ella se encogió de hombros. —No quiero molestarte. Ya has hecho tanto por mí.

Hudson negó con la cabeza. —No estás sola, Fin. Te lo dije hace meses. Julie está a casi una hora de distancia. Y con el tiempo que hace en enero, no quiero que os pase nada a las dos.

—Gracias. Yo no soy importante —dijo Karissa con ironía.

—Me refería a ti y a Fin, no a Fin y al bebé. Siguen siendo uno hasta que el bebé pueda sobrevivir por sí mismo —dijo Hudson.

Karissa le lanzó un beso. —Entonces gracias. Eres muy amable.

Hudson puso los ojos en blanco y le sonrió.

—Sería estupendo. Gracias. —Hudson asintió y continuó su conversación con mi padre. Había estado ahí para mí tanto como Karissa durante los últimos meses. Desde que lo llamé el día que Trent apareció en Novios Literarios Ilimitados, Hudson había estado pendiente de mí y pasando más tiempo con nosotras. Nos traía la cena a Karissa y a mí al menos una vez por semana, y casi todos los días o bien me traía el almuerzo o yo iba a O'Kelley's y comía allí con él.

No dejaba de desear que él fuera el padre del bebé, pero no había ninguna chispa entre nosotros. Hudson me contó que Ian y algunos de los otros chicos le habían preguntado por nuestra relación. Les dijo, y a mí también, que se sentía culpable por no haberme impedido liarme con Trent en primer lugar. Estar cerca ahora era en parte para intentar compensar eso, algo que le dije que no necesitaba hacer, y en parte porque no quería que pasara por todo esto sola.

Mis otros amigos habían sido comprensivos y maravillosos, pero Hudson y Karissa eran los dos que estaban ahí para mí día tras día sin fallar. Nunca podría compensarles por todo lo que hacían.

—Antes de que la gente empiece a marcharse, porque sé que todos lo vais a hacer pronto, Johnnie y yo hemos conseguido un pequeño detalle para todos vosotros—dijo mamá.

—Creía que habías dicho que nada de regalos—dijo Karissa, mirándome.

—Eso es lo que ella me dijo—repliqué. —¡Mamá!

—Oh, tranquila. Es Navidad y me lo he pasado muy bien buscando algo especial para cada uno de vosotros. Nada es grande.—Mamá se levantó y cogió una cesta de regalos escondida detrás del árbol. Recorrió la habitación, entregando una cosa a cada uno de los presentes.

—No hemos comprado nada para el bebé todavía, pero cuando crees una lista de regalos, tu padre y yo queremos comprarte la cuna—dijo mamá.

Los ojos se me llenaron de lágrimas. Había estado muy preocupada por cómo iba a pagar todo lo que necesitaría para el bebé. Karissa insistía en organizar un baby shower cuando estuviera más cerca de mi fecha de parto, pero los artículos grandes siempre eran difíciles.

—Yo te voy a conseguir la silla para el coche. Y tendré una de esas bases en mi todoterreno para poder ser un respaldo si me necesitas—dijo Hudson.

—Queremos comprarte una de esas sillas mecedoras. He leído que son realmente buenas para los bebés y muy relajantes —dijo Blake.

—Y yo te voy a comprar un carrito —dijo Eddie—. Uno que funcione con la silla de coche para que puedas pasar al bebé del coche al carrito sin tener que sacarlo.

Rompí a llorar, incapaz de contener lo mucho que todos significaban para mí. Esos eran los artículos que sabía que necesitaba más pero sobre los que no estaba segura. Y todos estaban siendo cubiertos por mi familia. —No sé qué decir —logré decir finalmente entre sollozos.

—Entonces no digas nada, cariño. Te queremos. Todos te queremos. Y estamos muy felices por ti. Todos queremos formar parte de la vida de este bebé —dijo mamá.

Asentí y abracé a mi madre, luego recorrí la habitación y abracé al resto, agradeciéndoles sus regalos. Todo lo relacionado con el bebé me había estado pesando. Trent todavía no había renunciado a sus derechos, diciendo que si la prueba de paternidad demostraba que el bebé era suyo, quería la custodia. Mi abogado estaba presionando al suyo, pero hasta ahora, ninguno de los dos cedía.

Saber que mi familia estaba detrás de mí y que lucharía conmigo para asegurar que mi bebé tuviera la mejor vida posible hacía que toda la fealdad con Trent fuera un poco más fácil de sobrellevar. Y saber que no tendría que preocuparme por las compras más importantes aliviaba mi mente más de lo que ellos sabían.

—Ahora que tenemos todo eso resuelto, adelante, abre tus regalos —dijo mamá.

—¿Todos a la vez o uno por uno? —preguntó Ian. Cuando éramos niños, nuestros padres nos hacían abrir uno por uno para poder ver nuestras caras cuando se abría cada regalo.

—Uno por uno —dijo mamá.

—Eddie, empieza tú primero —dijo Karissa.

Todos nos sentamos mientras Eddie abría una pequeña caja. Se le saltaron las lágrimas cuando vio lo que era. —Uno de esos marcos de fotos digitales. Dije que quería conseguir uno para poder tener más fotos mías y de Georgia.

Mamá asintió. —Lo recuerdo. Ya he cargado algunas, unas que tenía de Finley de vuestra boda, pero también algunas otras. Puedes añadir cincuenta fotos, así que hay mucho espacio para más.

—Gracias, Kim, Johnnie. Es precioso —dijo Eddie.

Mamá sonrió y le apretó la mano. —¿Quién sigue?

—Yo —dijo Ian. Abrió su regalo y mostró un pequeño anillo metálico con púas.

—¿Qué es eso? —pregunté.

—Es la multiherramienta que estaba buscando. Esto es genial. Significa que no tengo que llevar diez destornilladores y llaves diferentes conmigo. Gracias —dijo Ian.

Papá asintió. —De ese me responsabilizo yo. Sabía que era algo que no comprarías para ti mismo.

—Tienes razón —admitió Ian.

Blake fue la siguiente y abrió un juego de pinceles que había estado deseando pero que aún no había comprado. Karissa recibió un respaldo masajeador para su silla, ya que estaba sentada todo el día, todos los días.

Hudson recibió un bate de béisbol hueco convertido en una jarra de cerveza. Se rió cuando vio que tenía Yankees en el lateral. —He estado pensando en conseguir esto durante un año y siempre me olvido. ¿Cómo lo supisteis?

Mamá se encogió de hombros. —Más o menos nos arriesgamos. Sabemos que el béisbol siempre ha sido importante para ti, y tienes un bar.

Él se rió. —Cierto. Es genial. Gracias.

—Gracias por venir hoy. Y por estar ahí para Finley tanto tiempo. Cada vez que hablamos con ella, te menciona.

—No te hagas ilusiones, mamá —dije.

Papá se rio. —Ya le has dado ideas a tu madre.

—Fin y yo solo somos amigos —dijo Hudson. —La quiero como a una hermana.

—Y es otro hermano mayor —dije.

—No sé si volveré a estar abierto al amor —admitió Hudson en voz baja. —Hillary era mi mundo, y seguir adelante todavía es... simplemente no estoy preparado.

—Siento que te hayamos incomodado —dijo mamá. —Yo también quería a Hillary.

Hudson sonrió. —Todo el mundo la quería. Era maravillosa.

—Cuando estés listo, encontrarás a alguien. Y si nunca lo estás, siempre tendrás un lugar con nosotros aquí —dijo papá.

—Gracias —dijo Hudson con voz ronca.

Le di unas palmaditas en la rodilla y sonreí. Últimamente hablábamos mucho de Hillary. De cómo estaban intentando tener un bebé cuando ella murió. Una parte de mí se preguntaba si ese era el motivo por el que pasaba tanto tiempo conmigo, pero si eso nos hacía a ambos sentirnos un poco menos solos, no me importaba.

—Finley, solo quedas tú. Ábrelo.

Examiné el paquete que tenía en mi regazo. No era demasiado pesado. Por la forma y el peso, supuse que sería un libro, pero podría haber sido casi cualquier cosa si estaba en una caja. Arranqué el papel y no podía creer lo que estaba viendo cuando se reveló.

—¿Una portada con un pavo real? —jadeé. —¿Cómo?

—Lo hemos estado buscando desde hace una eternidad. Tu padre lo encontró en una subasta online hace meses —dijo mamá.

—Dios mío. Esto es increíble. —Orgullo y prejuicio había sido mi libro favorito desde que lo leí en el instituto. Fue el libro que me inspiró a abrir una librería, y el libro que me hizo enamorarme de la lectura y del romance. Tenía más ejemplares de los que podía contar, pero nunca había encontrado uno con la cubierta de cuero rojo y el pavo real dorado. Era raro, y era impresionante.

—Sabemos que tienes muchos ejemplares, pero siempre estás buscando más.

Asentí, pasando la mano sobre la cola del pavo real. —Lo soy. Especialmente con este. Solo lo había visto por internet.

No había muchas librerías de segunda mano, o ninguna,

cerca, y había perdido más subastas de las que podía contar intentando conseguir uno de estos.

—¿Te gusta?

Asentí. —Me encanta. Gracias. Vaya. No podía apartar la vista del libro.

—Bien. Ahora que todos han abierto sus regalos, vamos a tomar el postre. Tenemos tarta, pastel y galletas. ¿Quién quiere qué?

Todos se dirigieron a la otra habitación mientras yo abría el libro y leía la primera página. Me encantaba. Siempre me habían gustado las copias de Orgullo y Prejuicio, pero esta era especial.

—¿Buen libro? —preguntó Hudson.

Le miré y sonreí. —Mi favorito. ¿Lo has leído alguna vez?

Negó con la cabeza. —Los libros y yo no nos llevamos muy bien.

—Hay una película —le dije.

Sonrió. —Eso va más con mi ritmo.

Me reí y dejé que me ayudara a ponerme de pie. —Tendremos que verla juntos alguna vez.

—Suena bien.

—Oye, lo siento por lo de mi madre metiéndose en tus asuntos.

Se encogió de hombros. —Estoy acostumbrado. La mayoría de la gente piensa que ya debería haber superado la pérdida de Hillary. Quizá deberían, pero la idea de seguir adelante me asusta.

—Podemos estar solteras juntas. Con un bebé en camino, no veo citas en mi futuro durante las próximas dos décadas.

Él se rio. —Trent es un idiota, pero estoy más que feliz de beneficiarme de eso.

Me estiré y abracé a Hudson. Era el mejor premio de consolación posible.

Cuatro días después de Navidad, Karissa y yo cargamos mi todoterreno y salimos hacia las Cataratas del Niágara. Ella encontró un hotel que presumía de vistas increíbles de las Cataratas y estaba en el centro de todas las actividades. Empacamos ropa de abrigo y nos aseguramos de tener bastante espacio en la parte trasera para las compras.

El hotel ofrecía servicios de spa, así que programamos manicura, pedicura y tratamientos faciales para nuestro segundo día allí. El primer día era todo sobre relajarnos y comer una buena cena en una ciudad que ninguna de las dos había visitado antes.

—¿Qué te apetece esta noche? —preguntó Karissa mientras pasábamos por Rochester. Todavía nos quedaba más de una hora. Nos habíamos detenido para almorzar durante el camino y estábamos tomándolo con calma.

—No lo sé. ¿Viste alguna opción en el hotel? Podemos pedir servicio de habitación si nos apetece quedarnos dentro. Especialmente si está nevando tanto en las Cataratas del Niágara.

Karissa arrugó la nariz. —Deberíamos salir esta noche. A bailar. Va a estar abarrotado en Nochevieja, y ninguna de las dos va a querer lidiar con las multitudes. Si salimos esta noche, nos lo sacaremos del sistema.

—¿Alguna vez tienes el baile fuera de tu sistema? —le tomé el pelo.

Karissa se rio. —Buen punto. Pero podemos bailar en nuestra habitación en Nochevieja.

—O podemos ver qué está pasando y decidir sobre la marcha. Me siento bien estos días y quiero disfrutar de este viaje. Podría ser el último que tenga durante los próximos dieciocho años.

—Simplemente tendremos que hacer viajes que sean aptos para niños.

—Sí.

Karissa permaneció callada durante un minuto. Yo conducía, sin pensar nada al respecto, hasta que me preguntó, —¿Tienes algún arrepentimiento?

—¿Sobre el bebé?

Se encogió de hombros. —El bebé. Trent. ¿De algo de todo esto?

—¿Por qué me preguntas eso?

Se puso a juguetear con una de sus uñas. —Siento que es culpa mía que te quedases embarazada. Como si mi aplicación no estuviera haciendo realmente lo que yo pretendía. He estado pensando en retirarla.

—Oh, Rissa, no. No es culpa tuya. Y no me arrepiento del bebé. ¿De Trent? Quizás un poco. Pero solo porque acabó siendo un capullo.

—Desearía que no hubiera sido así para ti. Sabía que era bastante creído en el instituto, pero pensaba que la mayoría de nosotros habíamos madurado un poco desde entonces.

—No pasa nada. Supongo que debería haber sabido cómo era, pero no puedo cambiar nada de eso ahora.

—Si pudieras volver atrás y nunca acostarte con él, ¿lo harías?

Tomé aire y lo solté lentamente, negando con la cabeza. —Probablemente sea una tontería por mi parte, pero no. Aquella noche con él fue el mejor sexo que he tenido nunca. Fue increíble. Ya sabes. Estuve hablando de él durante semanas. No sabía que el sexo podía ser tan bueno. Fue atento y joder, tan bueno.

Karissa se rio.

—Lo único negativo es el bebé, pero no puedo considerarlo algo negativo. Lo quiero, y aunque no es como yo quería, o pensaba que formaría una familia, no voy a desear que no hubiera ocurrido.

Karissa respiró hondo y asintió.

—No creo que debas retirar la aplicación, Rissa. De verdad que no. Vale, a mí no me trajo el amor, pero ha unido a muchas otras personas. Siempre habrá gente que la use para un rollo, pero está mejorando la vida de otras personas. Es algo bueno.

Estiró el brazo y me apretó el brazo. —Gracias.

Asentí. A medida que nos acercábamos a las Cataratas del Niágara, empezamos a contemplar las luces que decoraban los pueblos por los que pasábamos. El espíritu navideño seguía vivo y coleando, y era contagioso.

El tráfico se ralentizó en la ciudad de Niagara Falls. No nos importó, absorbiéndolo todo. Hablamos de conducir más allá de las cataratas para intentar verlas, pero optamos por ir primero al hotel.

Aparqué en el garaje al otro lado de la calle del hotel. Cogimos nuestras bolsas y nos subimos las cremalleras de los abrigos para cruzar la calle bajo la ligera nevada. Hacía frío con el viento azotando las calles, pero aún era de día y el sol ayudaba a calentarnos.

Karissa nos guio hasta el mostrador para registrarnos. El hotel era lujoso e impresionante, con suelos de mármol y una entrada enorme. Los sofás formaban círculos alrededor de pequeñas mesas con arañas de cristal colgando sobre cada una. Una chimenea en el extremo más alejado caldeaba el lugar, por lo demás frío, dándole un ambiente ligeramente más relajado y acogedor.

—Buenas tardes —dijo la mujer tras el mostrador, sonriéndonos radiante. —¿Vienen a registrarse?

—Así es —le dijo Karissa. —Karissa Thomas.

La mujer, Emily, según su placa identificativa, tecleó y

asintió. —Excelente. Tenemos una estancia de cuatro noches con tres tratamientos de spa mañana para cada una. ¿Es correcto?

—Sí, es correcto.

—Estupendo. Esos cargos pueden añadirse a su habitación. Y también podemos dividir la cuenta o separar los cargos como deseen si les gustaría utilizar dos tarjetas diferentes.

—Oh, eso sería genial —dije. —Gracias. ¿Debería darle la mía ahora?

—Podemos hacerlo ahora, o pueden configurarlo en cualquier momento durante su estancia.

Karissa y yo intercambiamos una mirada. —Mejor lo hacemos ahora.

—Puedo ocuparme de eso. —Emily añadió mi tarjeta al expediente y me la devolvió. —No tengo a ninguna de las dos en nuestro sistema. ¿Han estado alojadas con nosotros antes?

Nos miramos y negamos con la cabeza.

—Os damos la bienvenida. Estamos encantados de que hayáis decidido uniros a nosotros. Algunos datos de interés. Tenemos tres restaurantes en el recinto y dos bares. Uno de los bares es más bien un salón y el otro es una discoteca. Servimos desayuno, comida y cena en los tres restaurantes, y el servicio de habitaciones está disponible las veinticuatro horas. Cualquier cosa del hotel puede cargarse a vuestra habitación, y tenemos un conserje disponible de nueve a nueve por si necesitáis sus servicios.

—Eso suena exactamente a lo que estábamos buscando —dijo Karissa.

—Excelente. ¿Hay algo más en lo que pueda ayudaros?

—Estoy abajo ahora. Subiré en unos minutos. ¿Puede esperar hasta entonces? —preguntó otra voz.

No. Dios, no, por favor. No era posible.

Me di la vuelta y miré, y nuestras miradas se encontraron. Él retrocedió.

—Tengo que irme —murmuró al teléfono mientras lo apartaba de su oreja sin dejar de mirarme—. ¿Finley?

—Vaya mierda —suspiró Karissa.

## 11

—*B*uenas tardes, señor MacKellar —dijo Emily—. Estas señoras se hospedarán con nosotros durante unos días.

—Karissa —susurré.

Se volvió hacia mí. —No tenía ni idea, te lo prometo. Jamás habría hecho una reserva aquí si lo hubiera sabido.

—¿Te alojas aquí? —preguntó Trent. Su mirada se desvió de mi cara a mi vientre redondeado. Se notaba claramente, pero cualquiera que no me conociera podría haber pensado que simplemente tenía sobrepeso. Trent evidentemente sabía la verdad.

—Vamos a coger esas llaves rápidamente. Gracias por tu ayuda, Emily —dijo Karissa. Me empujó por detrás, sacándome de mi aturdimiento.

Miré hacia atrás a Trent. Nos observaba mientras nos alejábamos y no parecía nada contento al respecto.

—¿Sabías que vivía aquí? ¿O que era el dueño del hotel? ¿O lo que sea? ¿Por qué está aquí? ¿Qué demonios está pasando? —siseé.

Karissa no me respondió. Pulsó con fuerza el botón para

llamar al ascensor. Una puerta se abrió detrás de nosotras y entramos, arrastrando nuestras maletas con nosotras.

Cuando las puertas se cerraron, Karissa se volvió hacia mí. —No sabía que este era su hotel. No sabía que era el propietario ni que vivía aquí o que lo visitaba o lo que sea. No le he visto desde el instituto, excepto en O'Kelley's. ¿Tú no sabías que vivía aquí?

Negué con la cabeza.

—¿Dónde está su abogado?

—¡No lo sé! Mi abogada se encarga de todos esos asuntos. Hablo con ella sobre lo que estoy dispuesta a aceptar, pero aparte de eso, ella se ocupa de todo.

—Joder —murmuró Karissa—. Vale, vamos a nuestra habitación y ya veremos qué hacer. Podemos buscar otro hotel en la zona y cambiarnos mañana por la noche. Y vamos a investigar a fondo al padre de tu bebé para no toparnos más con él.

Asentí mecánicamente. Maldito Trent y sus ojos sexys. No había tenido sexo desde la noche en que me dejó embarazada, y no había pensado mucho en ello desde entonces, pero una sola mirada suya y ya estaba húmeda, lista y deseándole por completo otra vez.

Lástima que nunca más le permitiría tocarme.

Karissa y yo nos cambiamos a pijamas y nos acurrucamos en mi cama con su ordenador. Buscó todo lo que pudo sobre Trent MacKellar, que era mucho. Había artículo tras artículo sobre su generosidad hacia organizaciones benéficas locales, especialmente aquellas que ayudaban a niños. Tenía una fundación establecida en nombre de su madre que apoyaba a empresas dirigidas por mujeres.

Y luego estaban los hoteles. Su nombre aparecía por

todas partes. Era propietario de cincuenta establecimientos en el noreste. Iban desde hoteles lujosos como en el que estábamos hasta posadas más pequeñas con ambientes más acogedores.

En todos los artículos que leímos sobre Trent, ninguno mostraba fotos de él.

—¿No te parece raro que su cara no aparezca en ninguna parte? —preguntó Karissa.

—Sí. Aunque supongo que me hace sentir un poco menos tonta por no haberle reconocido.

—No eres tonta. Pero es extraño. Me pregunto por qué no quiere que nadie sepa cómo es. Si no le hubiera visto y supiera lo guapo que es, pensaría que es feo y está ocultándose.

Resoplé. —Eso haría todo esto mucho más fácil.

—¿Te afectó?

Asentí. —¿Cómo no iba a hacerlo? Le había apartado de mi mente, pero ahí estaba, tan guapísimo con ese jersey ajustado. Sus ojos parecían arder.

—Eso es porque te estaba mirando a ti —dijo Karissa en voz baja con tono burlón.

—Sí, deseando quemarme viva. —Suspiré profundamente —. Pidamos servicio de habitaciones y busquemos otro hotel.

—De acuerdo.

—Sé que querías ir a bailar esta noche, pero-

—No. Eso fue emotivo. No necesitamos encontrárnoslo otra vez. Quedémonos aquí. Mañana por la noche encontraremos algún local que no sea propiedad del padre de tu bebé y lo pasaremos en grande.

—Gracias.

Karissa me dio un codazo con el hombro. —¿Qué quiere cenar la futura mamá?

—Una hamburguesa, dije sin vacilar. —He estado deseando una todo el día.

—¿Una hamburguesa o carne roja? Porque tienen un filete en el menú que suena increíble.

—¿Un filete del servicio de habitaciones? ¿No te preocupa que vaya a estar reseco y soso?

Negó con la cabeza. —Dice que garantizan que estará caliente y jugoso cuando lo entreguen. ¿Qué te parece?

—Vamos a por ello. Si solo tenemos una noche en este lujo, tenemos que aprovecharlo.

—Estoy de acuerdo.

Karissa llamó y pidió nuestras cenas mientras yo empezaba a buscar un nuevo hotel. Uno tras otro, no encontré habitaciones disponibles.

—¿Has tenido suerte? preguntó cuando colgó el teléfono.

—No. No veo nada cerca de aquí.

—Me temía eso. Simplemente nos iremos a casa mañana.

Mi mirada se clavó en la suya. —¡No! No nos vamos a casa. No nos estamos escondiendo de él. Estamos aquí de vacaciones. No hemos hecho nada malo. Si él no puede soportarlo, que le den. De hecho, que le den de todos modos. Puede que sea dueño de este hotel, pero no es dueño de nosotras. Vamos a hacer todas las cosas que planeamos. No nos va a echar.

—¿Estás segura?

Asentí. —Voy a estar luchando contra ese hombre durante mucho tiempo. Cuando lleguen los resultados de la prueba de paternidad, mi abogada dice que cree que él va a solicitar la custodia completa. Su abogado ha insinuado que por eso no ha renunciado a sus derechos. Está intentando negociar un acuerdo y esperar a que lleguen los resultados, pero yo no quiero nada de él. No voy a empezar a ceder ahora.

—Bien por ti.

Era lo que debía hacer, pero eso no significaba que me gustara. Trent MacKellar era el hombre más poderoso que conocía. Como dijo cuando vino a Novios Literarios Ilimitados, apenas me estaba manteniendo a flote. Podía enterrarme en gastos legales y quitarme a mi hijo sin pestañear.

Rodeé mi vientre con una mano protectora. Mientras el bebé estuviera dentro, estaría a salvo de Trent. Estaría conmigo. Si pudiera quedarme embarazada para siempre, lo haría solo para mantener a mi bebé como mío.

Karissa y yo nos acomodamos en la cama y esperamos a que llegara nuestro servicio de habitaciones. Cuando un camarero llamó a la puerta, Karissa abrió y le dejó entrar. Le dimos propina y cerramos la habitación para pasar la noche.

Nos atiborramos de comedias románticas y nos relajamos. No era muy diferente de una noche en casa, excepto por mi ansiedad al saber que Trent estaba allí, bajo el mismo techo.

Por la mañana, pedimos el desayuno al servicio de habitaciones y holgazaneamos hasta la hora de nuestras citas en el spa. Cuando llegó el momento de ir, Karissa me dio una charla motivadora que me hacía mucha falta.

—Trent no es nada para ti. Solo fue un donante de esperma. No tiene ningún poder sobre ti ni control sobre lo que hacemos. Eres una mujer independiente, y yo estoy aquí para asegurarme de que no le cedas en nada.

Asentí, sintiéndome mejor al saber que me respaldaba.

El spa estaba en la cuarta planta del hotel. En cuanto salimos del ascensor, me sentí más tranquila. El espacio estaba decorado como si estuviéramos en una playa, con suaves tonos grises, verdes y azules. La puerta del spa aislaba el sonido del ascensor, y una música suave contribuía a la atmósfera general del lugar. Mi estrés ya se estaba evaporando.

—Buenos días, dijo la mujer detrás del mostrador. —¿En qué podemos atenderlas hoy?

Karissa y yo nos miramos. —Tenemos cita. Karissa Thomas y Finley Jameson.

La mujer miró el ordenador y sonrió. —Excelente. María os llevará a las dos a cambiaros. Si hay algo que vuestros consultores deban saber, podéis compartirlo directamente con ellos.

—¿Algo como qué? —preguntó Karissa.

—Información médica principalmente. Tu manicura y pedicura no supondrán ningún problema, pero vuestros tratamientos faciales pueden modificarse ligeramente según lo que vuestro cuerpo necesite o lo que queráis evitar. Todos nuestros productos son seguros, pero nuestros clientes con piel sensible o problemas médicos crónicos a veces optan por opciones más suaves para el cuerpo.

—Eso probablemente sea una buena idea para ambas —dijo Karissa.

La mujer asintió. —Haré una nota para que vuestras esteticistas hablen con las dos.

—Gracias —dijo Karissa.

Seguimos a María hasta un vestuario. Nos dio albornoces y nos dijo que dejáramos nuestra ropa en una taquilla. Como no íbamos a recibir masajes, podíamos mantener puesta la ropa interior. Gracias a Dios.

Lo primero fueron nuestras manicuras. María nos mostró el spa, explicándonos todas las demás opciones disponibles durante nuestra estancia. Había una piscina de terapia climatizada abierta a todos los huéspedes, que sonaba maravillosa pero no especialmente segura para mí. Los sillones de masaje funcionaban durante diez minutos cada vez y eran gratuitos. Karissa y yo acordamos que volveríamos para probarlos.

Nos sentamos una al lado de la otra en mesas individuales. María se sentó frente a Karissa, y una mujer llamada Tiffany se sentó frente a mí.

—Buenos días, señoras —dijo Tiffany. —Bienvenidas.

Estamos encantadas de que nos acompañéis hoy. ¿Estáis celebrando algo o simplemente estáis de vacaciones?

Karissa y yo nos miramos. —Solo vacaciones —dijimos al unísono.

—Muy bien. Hacemos todo lo posible para proporcionaros todo lo que podríais necesitar aquí mismo, bajo un mismo techo. ¿Habéis visto mucho del hotel?

—El vestíbulo fue suficiente —murmuré.

Tiffany vaciló en su sonrisa por un momento. Inclinó la cabeza.

—Quiere decir que llegamos anoche y estábamos cansadas del viaje, así que pedimos servicio de habitaciones. Esta mañana no queríamos perder nuestras citas, así que pedimos servicio de habitaciones otra vez. Ya exploraremos más.

La sonrisa de Tiffany volvió a su lugar. —Bueno, puedo entenderlo. Viajar es divertido, pero definitivamente agotador. Tenemos algunos restaurantes estupendos aquí, y nuestros bares son increíbles.

—Estábamos pensando en ir a bailar —dijo Karissa—. ¿Puedes recomendarnos un buen sitio?

—Uno de nuestros bares es una discoteca. Se llama Pulse. Está en la segunda planta. Es mi favorito. Hay algunos otros a poca distancia a pie del hotel, pero no son tan divertidos.

—Bueno saberlo —dijo Karissa diplomáticamente. No había ninguna posibilidad de que fuéramos a una discoteca en el hotel de Trent.

Para celebrar la Nochevieja, Karissa y yo elegimos esmalte de uñas brillante para nuestras manicuras. Después de que nos frotaran, exfoliaran y pintaran las manos, pasamos a nuestras pedicuras. El agua caliente era mágica, y el masaje relajante se sentía como el cielo en mis pies y pantorrillas.

—¿Podemos quedarnos aquí todo el día? —le pregunté a Karissa.

—Sí. La mejor idea de todas.

Nos reímos y cerramos los ojos. Ninguna de las dos sacaba tiempo en nuestros días para mimarnos, pero era maravilloso. Definitivamente algo para lo que necesitaba encontrar tiempo en el futuro.

¡Ja! Tiempo. Mi tiempo iba a reducirse drásticamente en el futuro. Iba a tener suerte si encontraba tiempo para ducharme. Pero podía soñar.

Karissa eligió un color morado intenso para sus pies, y yo elegí un rosa fucsia. No quería levantarme de esa silla, pero nuestros tratamientos faciales eran lo siguiente y tenía ganas de eso.

Por primera vez, Karissa y yo fuimos separadas. No tenían una sala facial para dos, así que entré en mi sala con Hannah y saludé con la mano a Karissa mientras ella desaparecía en su sala.

—Aquí dice que quizás prefiera una opción más suave para su facial —dijo Hannah mientras me acomodaba.

Asentí. —Estoy embarazada. No estoy muy segura de si eso es un problema, pero quería asegurarme de que lo supiese.

—Nunca ha sido un problema, pero nuestra piel definitivamente se comporta de manera diferente durante esos periodos. Tienes una piel preciosa. ¿Te apetecería un masaje facial, de cuello y de cuero cabelludo?

—Suena maravilloso.

—Perfecto. Normalmente empiezo con eso, pero como vamos a tratar tu piel con suavidad, lo extenderé un poco más. Aun así, recibirás un tratamiento facial completo.

—Estoy dispuesta a lo que sea —le dije.

Hannah me sonrió y tocó mi hombro. —Me parece bien.

Hannah empezó con mi cuero cabelludo, hablando suavemente mientras masajeaba mi cabeza. Nunca me habían hecho algo así antes, y resultaba extrañamente relajante. Mis ojos se cerraron lentamente, y Hannah dejó de hablar.

Pasó a mi cuello, añadiendo algún tipo de loción en sus manos mientras liberaba la tensión que atormentaba mi cuello y hombros. En un momento solté un gemido, y luego me disculpé.

—No tiene que disculparse. Me alegra que le esté ayudando a relajarse.

—Gracias —dije. Era condenadamente bueno.

Cuando Hannah pasó a mi rostro, sus manos expertas aliviaron aún más la tensión. —¿Sabes que acumulas el estrés entre los ojos?

Negué con la cabeza.

—Juntas las cejas cuando estás pensando o preocupada. Puedo notarlo. A veces, ser consciente de cosas como esta nos ayuda a relajarnos y superarlas. Retener el estrés es la forma que tiene nuestro cuerpo de evitar que afrontemos nuestro malestar.

—Tengo mucho de eso últimamente.

Hannah se rio suavemente. —Mi primer embarazo fue difícil. El segundo fue mucho más fácil.

—Bueno, este probablemente será mi único embarazo, así que...

—Entiendo eso. Yo tampoco estaba segura de si quería más de uno.

—No es solo eso —admití—. No fue planeado. Voy a ser madre soltera.

—No es un trabajo fácil. Mi madre fue madre soltera. La persona más fuerte que he conocido en mi vida. Hay un lugar especial en el cielo para todas las madres, pero especialmente para las madres solteras.

Sonreí. —Sinceramente, no sé si puedo hacerlo sola. Tengo familia y amigos que han dicho que me ayudarán, pero tengo mi propio negocio. Eso ha sido mi bebé durante años. No estoy segura de poder mantenerlo y ser una buena madre al mismo tiempo.

Hannah presionó sus pulgares entre mis cejas y los subió hasta mi frente. Al instante, sentí la tensión que se estaba acumulando allí.

—No es algo fácil. Nunca he pasado por ninguna de las dos situaciones. Pero tengo fe y creo que las personas que quieren ayudarnos siempre estarán ahí. A veces tenemos que pedir ayuda, sin embargo. Esa es la parte más difícil.

Asentí. —Lo es. Muy difícil.

Hannah rio suavemente conmigo y continuó con mi facial. Limpió mis poros y mi piel se sintió tensa, fresca y muy bien. Antes de marcharme, la abracé y le di las gracias. Ella me devolvió el gesto y me deseó lo mejor.

Karissa salió de su sala al mismo tiempo que yo. Volvimos juntas al vestuario y nos cambiamos a nuestra ropa.

—¿Y ahora qué? —preguntó.

—Salgamos a explorar un poco.

Asintió, con una sonrisa curvando sus labios. —Me parece estupendo.

Volvimos a nuestra habitación y nos abrigamos. Salimos del hotel y fuimos primero a las Cataratas, sacando fotos y maravillándonos con la vista. Era impresionante, pero hacía un frío terrible.

Encontramos un pequeño café para comer, luego deambulamos por las calles e hicimos algunas compras. Antes de volver al hotel, cenamos en un restaurante local que presumía de tener la mejor pizza de la ciudad. Salimos sin querer discutirlo. Estaba condenadamente buena.

El hotel estaba lleno cuando entramos. La gente iba a cenar, hacía el registro o simplemente deambulaba, charlando. Llevamos nuestras bolsas hasta el ascensor y pulsamos el botón. Nos giramos para mirar atrás, y Karissa se quedó paralizada.

—¿Estás bien? —le pregunté.

El ascensor sonó detrás de nosotras, pero ella no hizo ningún movimiento para entrar.

—¿Karissa?

—¿Sí? ¿Eh? ¿Qué?

—¿Estás bien?

Asintió y volvió a mirar hacia la multitud. —Creí ver a alguien que conocía.

—¿A quién?

—Xavier.

—¿Tu ex de la universidad?

Asintió de nuevo. —Solo vi su perfil. Estoy segura de que no era él.

—¿Sabes dónde vive?

Negó con la cabeza. —No, pero estoy segura de que me equivoqué. Hace mucho tiempo que no le veo. Vamos a la habitación y cambiémonos. Esta noche vamos a bailar.

Asentí y esbocé una sonrisa. Xavier le rompió el corazón a Karissa. Muchas veces me he preguntado si seguía enamorada de él o si simplemente era el que se le escapó. Viendo su expresión atormentada, seguía sin estar segura.

Esperamos el ascensor de nuevo y subimos. Entramos en nuestra habitación y tiramos todas nuestras compras sobre las camas. Karissa revisó las cosas que había comprado y eligió su vestido nuevo para la noche.

—¿Qué vas a ponerte tú? —me preguntó.

Seguía negándome a comprar ropa premamá, así que me quedaba con algunos vestidos holgados y cómodos. Quizás no ideales para salir a bailar, pero cómodos y suaves. Exactamente lo que necesitaba.

—Creo que me voy a poner mi vestido rojo —le dije.

—Me encanta ese. ¿Quieres ducharte antes de salir? Tenemos tiempo.

—Buen plan. Peli, ducha y arreglarnos.

Karissa se rio. —Me parece perfecto.

Cuando salimos de la habitación, ya eran más de las diez. No recordaba la última vez que había salido tan tarde, pero me sentía bien. Hasta que llegamos abajo y vimos la nieve cayendo en gruesos copos.

—Vaya, mierda —dijo Karissa. Me miró con los ojos como platos.

—No vamos a salir con ese tiempo.

—Lo sé.

—Vamos a subir, dejar los abrigos e ir a Pulse.

—¿Estás segura?

Asentí. —He dicho que no voy a dejar que él dicte nada, y no lo haré. Vamos a ir.

Sin abrigos ni bolsos por esa noche, Karissa y yo seguimos el ritmo pulsante de la música desde el momento en que salimos del ascensor. El club estaba oscuro y ruidoso, pero era impresionante. Una iluminación suave colgaba del techo, dando a todo el lugar un ambiente etéreo. Los camareros y barmans vestían de blanco, lo que les hacía brillar bajo la tenue iluminación del local. La barra estaba a rebosar y la pista de baile era una masa de cuerpos.

Era exactamente lo que necesitábamos para esta noche.

## 12

## TRENT

Ir a Pulse no estaba planeado. Ni siquiera podría explicar qué me hizo decidir ir allí. Y entonces ella entró.

La vi inmediatamente. Estaba observando la puerta, debatiendo si marcharme, pero entonces ella apareció. El vestido rojo abrazaba cada una de esas curvas en las que no podía dejar de pensar. Habían pasado meses, y no había conseguido sacarla de mi mente.

Fue aún peor cuando la vi registrándose en mi hotel. La expresión de su cara dejaba claro que no tenía ni idea de que era mi hotel. Por alguna razón, eso me molestó. Quería que ella deseara estar cerca de mí. En cambio, estaba horrorizada cuando lo descubrió. Como si yo fuera una enfermedad de la que intentaba desesperadamente huir.

Ella era lo contrario. Era todo lo que yo quería. La deseaba de una forma en que nunca había deseado a una mujer antes. Y ver su vientre redondeado, sabiendo que estaba realmente embarazada y posiblemente llevando a mi hijo... Joder, la quería otra vez.

Ya había empezado a planear otro viaje a Cala MacKellar.

Era temerario y una locura, pero no podía resistirme a ella. Quería volver a verla. Y entonces apareció en mi hotel.

Miró alrededor del club, diciéndole algo a Karissa. Se cogieron de la mano y fueron directamente a la pista de baile. No podía quitarle los ojos de encima. Movía las caderas y cantaba junto con la música. Giraba, se retorcía y reía. No sabía que la estaba observando.

Me quedé en las sombras, fuera de su vista. Mi polla se endureció mientras observaba cada uno de sus movimientos. Mis ojos la devoraban, de la misma manera que mi cuerpo lo había hecho hace meses. La prueba de eso presionando contra el vestido rojo que la envolvía.

No sé cuándo cambié de opinión y decidí que ella no había estado mintiendo, pero cuando la vi en el vestíbulo, supe que estaba diciendo la verdad y que el bebé era mío. No solo el bebé, sino la mujer. La idea de que otro hombre pudiera tocarla hacía que me hirviera la sangre y apretara los puños.

Karissa señaló hacia la barra e hizo un gesto para pedir una bebida. Finley asintió y señaló en la otra dirección, hacia los baños. No pude evitar que mis pies me llevaran en la misma dirección que ella iba.

El pasillo que albergaba los baños era pequeño y oscuro, con luces a lo largo del suelo. Dos puertas conducían a los baños de hombres y mujeres, con una tercera al final que llevaba a la zona de personal. Estaba vacío cuando llegué, lo que significaba que Finley ya estaba en el baño.

Esperé, apoyado contra la pared, a que saliera. Cuando lo hizo, pronuncié su nombre.

Dio un respingo y giró hacia mí, con la mano sobre su pecho agitado. Cuando vio que era yo, aquellos ojos marrones se encendieron con furia. —¿Qué quieres de mí?

Dejé que mi mirada recorriera su cuerpo. Cuando la levanté hacia la suya, no oculté lo mucho que la deseaba.

Ella jadeó y dio un paso atrás.

—¿Por qué estás aquí?

La lujuria que empezaba a acumularse en sus ojos desapareció, dejando solo el fuego. —Que te jodan, Trent.

Me aparté de la pared y me acerqué a ella acechante. Podría haber huido si quisiera, pero no lo hizo. Se quedó allí, apretándose contra la pared mientras yo la acorralaba. Apoyé mis manos a ambos lados de su cabeza, disfrutando de la forma en que su pecho subía y bajaba entre nosotros. Su vestido le quedaba ajustado en el pecho, permitiéndome vislumbrar más profundamente su escote con cada inhalación.

—¿Has venido aquí para torturarme? —pregunté.

—No sabía que estarías aquí —suspiró.

—¿En mi propio hotel?

—No sabía que era tuyo. Y todo lo demás está reservado. Yo

—¿Te está molestando este tipo? —preguntó un hombre mientras salía del baño.

Finley y yo nos giramos para mirarlo. Capté el destello de gratitud en su rostro antes de que sonriera para él.

—Estoy bien. Gracias.

—¿Estás segura? No tienes que hacer nada que él te obligue a hacer.

Finley asintió y puso su mano en mi pecho. A regañadientes, me aparté, dejándola escabullirse y desaparecer entre la multitud.

El tipo me miró con desprecio. —No significa no, tío.

Le devolví la mirada fulminante, incapaz de hablar. El tipo no tenía ni idea de quién era yo o cuál era nuestra relación, pero se preocupaba más por ella que yo. Asentí, luego me di la vuelta y me alejé con paso airado. Empujé la puerta de servicio y rodeé la cocina para salir del bar sin atravesar la pista de baile ni volver a ver a Finley.

Mi suite estaba en silencio cuando regresé. La luz de la entrada estaba encendida, pero las de las habitaciones de X y J estaban apagadas. Resistí el impulso de atravesar la suite a pisotones y dar un portazo, optando por no despertarlos. Llamé a Kenny para que me siguiera a mi habitación y cerré la puerta suavemente tras nosotros.

Todavía estaba alterado y duro como una roca, así que encendí la ducha y dejé que mi mente visualizara a Finley. Mientras me tomaba con la mano, cerré los ojos y la imaginé allí conmigo. De rodillas con sus labios alrededor de mí, inclinada sobre un sofá con el trasero en alto, de espaldas conmigo embistiéndola. No me importaba cómo la tuviera, siempre que la tuviera otra vez.

Me corrí intensamente, cayendo de rodillas y gruñendo su nombre mientras gruesos chorros de semen salían de mí. Apoyé la mano en la pared y contuve la respiración.

—Joder —susurré. Solo pensar en ella era suficiente para ponerme de rodillas. No podía imaginar cómo sería si realmente volviera a tenerla.

Terminé mi ducha y entré en mi habitación. Me desplomé desnudo sobre la cama y me quedé dormido, soñando, como siempre, con Finley Jameson.

La mañana llegó demasiado pronto. Tenía un día ocupado, y se me haría largo con lo poco que había dormido. Además, era Nochevieja.

El primer asunto era encontrar a Finley y terminar la conversación que habíamos comenzado la noche anterior.

Nunca había usado mi posición como propietario para manipular a un huésped. Hacerlo ahora significaría que mis empleados se enteraran de que Finley no era solo una huésped normal. No estaba dispuesto a informarles a ninguno de ellos quién era ella todavía.

Con suerte, la encontraría en algún lugar del hotel. Revisé el spa, pero no estaba en la agenda. Fui a las tiendas y no la vi allí. La busqué en los restaurantes y también me quedé sin resultados.

A la hora de la comida, me sentía algo desesperado. Anoche estuve lo suficientemente cerca de ella como para sentir el calor de su cuerpo, y desde entonces, me sentía como un loco. Necesitaba encontrarla.

Entonces la vi. Estaba sola, cruzando el vestíbulo. Llevaba una pequeña bolsa de la tienda de regalos. Y se dirigía hacia el ascensor.

Me apresuré para llegar justo después de ella. Pulsó el botón y dio un paso atrás, sin darse cuenta de que yo estaba detrás. Cuando el ascensor se abrió, di gracias a Dios de que no hubiera nadie más alrededor.

Ella jadeó, con los ojos muy abiertos al verme entrar en el ascensor con ella. Se apretó contra la pared y me miró fijamente.

—Finley —dije simplemente. Pulsé el botón de su planta y esperé a que el ascensor comenzara a moverse. Luego pulsé el botón para detenerlo.

—¿Qué estás haciendo? —siseó ella.

Me giré hacia ella y me apoyé en la pared. Crucé los brazos sobre el pecho y la observé detenidamente. Sin mediar palabra, me excité. Las cámaras del ascensor grabarían toda nuestra interacción, pero aun así me sentí tentado de hacerla mía allí mismo.

—Déjame ir, Trent —dijo en voz baja.

Su tono derrotado captó mi atención. La mujer que yo conocía era enérgica y feroz. No era de las que se rendían. Pero así es como sonaba.

—Quería hablar contigo —dije simplemente, aunque sabía que no era del todo cierto.

—Nuestros abogados son los que se están encargando de todo, Trent.

—No quiero que sea así —confesé.

—No tengo elección —dijo ella suavemente.

—¿Por qué?

—¡Porque no soy multimillonaria! No tengo fondos ilimitados. Cuando vengas a por mi hijo, voy a perder. Así que tengo que hacerlo todo según las normas. No voy a renunciar a mi bebé. —Su mano cubrió protectoramente su vientre. Las lágrimas corrían por sus mejillas. Se encogió en la esquina.

—Finley —suspiré. ¿Cómo le explicaba que no tenía intención de quitarle al bebé? ¿Que yo no era quien ella pensaba? Lo de la custodia era estratégico, destinado a demostrar ante un tribunal algún día que no me estaba desentendiendo de mis responsabilidades, como probablemente alegaría su abogado para probar que no debería tener visitas ni custodia.

—No pedí nada de esto. Sé que piensas que lo hice a propósito, pero no quería un hijo así. Pero ahora que está sucediendo, no voy a dejar que me quites a mi bebé. Sé lo que piensas de mí y sé que no me crees. Solo... ¡Oh, Dios! —Se agarró el vientre y se quedó inmóvil.

—¿Finley? ¿Qué pasa? ¿Qué ha ocurrido?

—Ha dado una patada —suspiró ella.

—¿Qué? —pregunté, acercándome a ella sin pensarlo.

—He sentido movimientos antes, pero nunca una patada tan fuerte —Movió su mano y sus labios esbozaron una sonrisa.

Puse mi mano en su vientre, deseando sentir al bebé, nuestro bebé. Ella agarró mi mano con la suya y la movió. Esperamos, ambos inmóviles, hasta que el bebé dio otra patada. El suave golpe contra la palma de mi mano fue como una patada en mi corazón. Mis ojos se encontraron con los suyos, y compartimos una sonrisa.

—¿Ese es el bebé? —susurré.

Ella asintió. —Ha estado cada vez más activo. Mi matrona me dijo que debería hablarle, pero me siento rara.

Me agaché y luego la miré. Ella asintió, observándome. —Hola, bebé. Encantado de conocerte. Soy tu papá.

Tan pronto como pronuncié esas palabras, ella se apartó de mí. Volvió a proteger su vientre, su mirada volviéndose fría y dura.

—Finley.

Ella negó con la cabeza. —No, Trent, no puedo. Dejaste muy claro que no me crees. No puedo lidiar con idas y venidas. Simplemente no puedo. Por favor, déjame ir.

El dolor en su voz y en sus ojos me hizo moverme al otro lado del ascensor. Pulsé el botón para que volviera a moverse, sin decir una palabra hasta que llegamos a su planta. En cuanto se abrieron las puertas, ella se dispuso a salir corriendo, pero la agarré del brazo.

Ella se volvió para mirarme.

—Lo siento —dije, con las palabras atoradas en la garganta que salieron como un susurro.

Mantuvo mi mirada durante un largo momento, después asintió una vez.

Me dolía soltarla, pero lo hice. Y ella no miró atrás mientras corría.

Su rostro me persiguió durante el resto de la tarde. Me quedé mirando el ordenador, leyendo los mismos documentos una y otra vez sin procesar las palabras en la página.

Frustrado, cerré mi portátil de golpe y caminé de un lado a otro por mi despacho. Necesitaba hacer algo. Disculparme con ella. Asegurarme de que supiera que yo no era el hombre que ella creía. Nunca le había dado motivos para pensar que era otra persona, pero eso iba a cambiar. Ahora.

Antes de que pudiera dudar, llamé a Jeffrey. Le expliqué lo que necesitaba. Escuchó pacientemente y no hizo preguntas antes de acceder a lo que le pedí.

Colgué con una sonrisa satisfecha. Ella lo entendería. Comprendería quién era yo. Vería que estaba intentando ser un buen hombre. Que ahora creía lo del bebé. Ella no era como Michelle, que me dijo que estaba embarazada cuando no lo estaba. Y Finley no me perseguía pidiendo dinero. Había rechazado cada céntimo que mi abogado le ofreció. Lo único que quería era que yo saliera de su vida.

Eso no iba a ocurrir.

Jeffrey me llamaría cuando todo estuviera hecho, así que me senté y esperé su llamada, con una sonrisa satisfecha en mi rostro.

Pasó más de una hora antes de que sonara mi teléfono. Lo cogí rápidamente. —¿Está hecho?

—Sí, pero la señorita Jameson desea hablar con usted. Pidió saber dónde está.

—Tráela a mi despacho, Jeffrey. Estaré encantado de hablar con ella.

—Estaremos allí en breve.

Colgué y sonreí. Me levanté, ajustándome la corbata y alisando mi traje. Si quería agradecérmelo en persona, estaría encantado de aceptarlo.

Un golpe en la puerta me alertó de su llegada. Invité a Jeffrey y a Finley a entrar. Jeffrey abrió la puerta, con expresión de disculpa y curiosidad. No tenía sentido. Hasta que vi la cara de Finley.

El fuego brotaba de sus ojos. Su boca se retorció en una mueca.

Mierda.

—¿Señor MacKellar? —dijo Jeffrey, con cautela y aprensión en su tono.

—Eso es todo, Jeffrey. Gracias.

Mantuve la mirada fija en Finley mientras Jeffrey salía apresuradamente de la habitación. Me pregunté qué le habría dicho ella para que le tuviera miedo. No tenía dudas de que más tarde él tendría tantas respuestas como preguntas.

En cuanto se cerró la puerta, se me ocurrió una idea.

—¿Quién coño te crees que eres? Yo no pedí esto. No pedí nada de esto.

—¿Una mejora gratuita a una suite para vosotros dos, vuestra cuenta pagada y cualquier cosa que necesitéis durante el resto de vuestra estancia?

—No quiero nada de ti —espetó.

—Estoy intentando disculparme contigo.

—No quiero tus disculpas. Ni nada más. Quiero que me dejes en paz.

—Sabes que no puedo hacer eso.

Me miró fijamente. Su pecho subía y bajaba con cada respiración profunda que tomaba y soltaba. Sus ojos marrones brillaban salvajes. Su pelo se mecía alrededor de sus hombros con cada movimiento brusco. Todo su cuerpo estaba tenso por la tensión.

Y lo único que podía pensar era en lo mucho que la deseaba.

—Simplemente devuélvenos nuestra habitación y finge que no estamos aquí. Me mantendré fuera de tu camino. Podemos volver a como estábamos antes de vernos. Completos desconocidos.

Se giró y caminó hacia la puerta como si hubiera decidido lo que iba a pasar y yo simplemente lo aceptaría. No tenía ni idea de con quién estaba hablando.

—No.

Se detuvo ante el tono áspero de mi voz. Tenía la mano en

la puerta. Tras un minuto, la soltó y se giró para mirarme. —Disculpa.

Negué con la cabeza y me moví alrededor de mi escritorio. Lentamente, la acorralé, manteniendo mi mirada fija en la suya mientras me acercaba paso a paso. Su respiración se entrecortaba con cada paso que daba hasta que estuve justo frente a ella.

Inclinó la cabeza hacia atrás y me miró. Su aliento acarició mi rostro. Su vientre rozaba el mío con cada inhalación.

—He dicho que no—repetí—. —No vamos a volver a ser extraños, Finley.

Cerró los ojos y tomó aire lentamente. Aproveché el momento para estudiar su rostro. La oscura caída de sus pestañas sobre sus mejillas. La raya ligeramente desigual de su pelo. La ligera elevación de su nariz al final. El perfecto arco de sus carnosos labios. La hilera de pendientes en cada una de sus orejas.

—No puedo deberte nada, Trent. Sabes que no puedo pagarte.

—No te estoy pidiendo que lo hagas.

—No, estás pidiendo mucho más.—Abrió los ojos y me fulminó con su mirada. Temor, dolor y pérdida. Todo ello envuelto en un pulcro paquetito de deseo.

Eso era lo que necesitaba ver.

Sin pensar, me incliné y capturé sus labios. Se quedó paralizada durante medio segundo, y después gimió profundamente. El sonido fue directo a mi polla. La empujé hacia atrás hasta que chocó con la puerta por la que intentaba salir momentos antes.

Me mordió el labio, pero no me aparté. Gruñí y me lancé, separando sus labios con mi lengua. Ella luchó contra mí, mi mujer combativa en plena forma.

Agarré sus caderas y apreté mis manos, hundiendo las

yemas de mis dedos en su suave carne. Todo en ella era suave. Tan suave, perfecta y mía.

—Te odio—murmuró mientras buscaba mis labios con los suyos.

—No puedo resistirme a ti—admití, las palabras fluyendo de mí sin pensar. Era la verdad, y estaba harto de luchar contra ello.

## 13

Finley arañó mi traje, quitándome la chaqueta de los hombros. Me la saqué, agarrando el borde de su vestido. Mi mano se encontró con su piel desnuda y suave, y gemí. Seguí hasta encontrar el suave algodón de sus bragas. Húmedas y calientes.

Deslicé mis dedos por debajo del borde, separando sus muslos para encajar mi mano entre sus piernas. Gruñó, pero separó los muslos y gimió cuando introduje un dedo dentro de ella.

—Sofá —gruñí, guiándola hacia donde quería mientras jugueteaba con su cuerpo.

—Te odio —repitió ella.

—Entendido —le dije. —Desnúdate para mí.

—¿Por qué?

—Porque quiero verte. —Saqué mi mano de entre sus piernas y levanté su vestido. Me gruñó pero no opuso resistencia cuando se lo quité y lo tiré a un lado. —Joder. Estás impresionante.

—Cállate —dijo, con un rubor extendiéndose por su cuerpo.

—No. Eres preciosa. No pude verte la última vez. He estado soñando contigo.

—Me voy a ir si sigues hablando.

La miré fijamente y negué con la cabeza. Luego cubrí su cuerpo con el mío, evitando apoyar mi peso sobre su vientre, y la besé con toda mi alma.

Jadeó y se retorció debajo de mí. La besé con fuerza, sin darle oportunidad de resistirse. Me perseguía, intentando seguirme el ritmo pero sin poder predecir lo que yo hacía. Y con cada sorpresa, gemía de nuevo.

Me sumergí entre sus piernas, introduciendo dos dedos en ella sin avisar. Gritó y se arqueó contra mí. Me encantaba. Curvé los dedos y pulsé contra su punto G.

Su cuerpo se tensó justo antes de gemir. —Oh, Dios. Por favor.

Su interior apretó mis dedos. Estaba cerca, ya lista para mí, pero aún no había terminado con ella. Presioné mi pulgar contra su clítoris y gemí cuando la vi elevarse.

—¡Oh, Dios! ¡Sí! ¡Sí!

—Sí —la animé—. —Más.

—Sí —gritó, gimoteando mientras su cuerpo volvía a ascender.

Retiré mis dedos, haciéndola quejarse, y luego volví a penetrarla con un tercer dedo. Se tensó al instante, gimiendo, llorando y aferrándose a mí. Tenía los ojos cerrados, pero la expresión de su rostro era una que nunca me abandonaría. Estaba preciosa, al límite y llena de placer. Placer que yo le daba.

Curvé los dedos, jugando con ella una vez más y volviéndola loca. Gemía entrecortadamente, su cuerpo tomando el control sobre su mente. ¿Cómo pude mantenerme alejado de ella tanto tiempo?

Pulsaba a mi alrededor, su cuerpo trabajando mis dedos mientras yo trabajaba su cuerpo. Su boca se abrió, su rostro me decía lo cerca que estaba. Sus gemidos se aceleraron al ritmo que yo acariciaba su clítoris hasta que no pudo gemir lo suficientemente rápido y cayó.

Gimió larga y sonoramente, temblando y sollozando mientras se elevaba. Era lo más hermoso que había visto jamás. Necesitaba más de ella. No solo ahora, sino después. Otra vez. Siempre.

—Trent, dentro de mí. Por favor. Por favor.

Le aparté el pelo de la cara y la besé. Se aferró a mí, desesperada con sus besos. Yo sentía lo mismo. Desesperación. Locura.

—Trent —gimoteó.

Saqué lentamente los dedos de su interior, disfrutando de cómo se estremecía ante la pérdida. Me los llevé a la boca y los lamí despacio, manteniendo su mirada mientras lo hacía.

Sus ojos se ensancharon. Jadeó suavemente.

Me puse de pie y me quité la ropa, disfrutando de cómo sus ojos recorrían mi cuerpo con cada prenda que arrojaba a un lado. —Quítate el sujetador y las bragas.

Se levantó e hizo lo que le dije. Cuando ambos estábamos desnudos, me puse un condón y me senté en el sofá. La guié sobre mí, deslizándome dentro de ella con facilidad.

—Oh, joder, Finley —gemí. Me quedé quieto dentro de ella, sabiendo que no duraría mucho si no me tomaba un minuto.

—Fóllame, Trent —susurró. Ese tono empezaba a asomar de nuevo. El que decía que no estaba segura de mí. Que decía que me temía.

No podía dejar que ese lado volviera. Necesitaba mantenerla en un aturdimiento de placer. Levanté ligeramente sus caderas, retrocediendo en el mismo momento. Luego estrellé nuestros cuerpos juntos, enviando chispas hasta mis dedos de los pies y el deseo de poseerla a cada centímetro de mi ser.

Mía. Era mía. Finley.

Ella seguía mi ritmo, levantándose y dejándose caer con cada embestida. Nuestros cuerpos chocaban en un ritmo ruidoso y húmedo. Sus pechos rebotaban frente a mi cara, tentándome. Capturé uno, mordiendo su pezón. Ella jadeó y rebotó más rápido.

Subí mis manos y sostuve ambos pechos. Provoqué un pezón mientras mordisqueaba el otro. Y ella me follaba cada vez más fuerte, perdiéndose en nosotros.

Estaba maravillado con ella. Estaba tan perdido en ella que no me di cuenta de que mi propio orgasmo se acercaba sigilosamente. Cuando ella se corrió, apretando con fuerza mi polla, rugí y me vacié dentro de ella, manteniendo su cuerpo pegado al mío.

Jadeamos juntos, nuestros corazones palpitando en sincronía con los latidos de las réplicas que recorrían nuestros cuerpos. Ella se hundió contra mí, relajada, saciada y lánguida entre mis brazos. La sostuve con fuerza, odiando cuánto me gustaba sentirla así.

Un golpe en la puerta la hizo jadear. Se levantó de un salto, exponiendo su desnudez ante mí. Me endurecí de nuevo mientras la veía moverse frenéticamente por la oficina recogiendo su ropa descartada. Sostuvo las prendas contra su pecho y me lanzó una mirada fulminante.

—¿Por qué no te estás vistiendo?

—Lo haré —dije con un suspiro. No estaba preparado para que la vida fuera de esa puerta volviera a entrar. Quería más tiempo con ella. Descubrir cosas sobre ella que no podía leer en internet. Aprender qué la hacía reír, cuál era su comida favorita y cómo se veía cuando dormía. Quería saber a qué olía su cabello recién salido de la ducha, qué libro leía acurrucada en la cama y si alguna vez había estado enamorada. Quería saberlo todo sobre ella.

—Hay alguien en la puerta —siseó. Se subió las bragas por las piernas y las ajustó en su sitio. Se abrochó el sujetador.

Luego se pasó el vestido por la cabeza y lo alisó sobre sus curvas—. ¿Qué estás haciendo?

Me levanté del sofá y me dirigí a mi baño privado. Me deshice del preservativo y me lavé las manos, luego regresé a la oficina y me vestí sin prisa alguna.

Finley golpeaba el suelo con el pie y resoplaba durante todo el tiempo. Me pregunté si tendría tanta prisa por alejarse de mí si no hubiera alguien al otro lado de mi puerta esperando hablar conmigo.

Me puse la corbata de nuevo y la enderecé, y Finley hizo un movimiento hacia la puerta.

—Detente —exclamé.

Ella escuchó y se giró hacia mí.

—La próxima vez quiero llevarte a una cita.

—¿La próxima vez?

—Esto no me basta, Finley. ¿Te parece bien?

Ella se mordió el labio. —Esto es sexo. No estamos saliendo.

—Quiero conocerte, Finley.

—No es buena idea. Los abogados deben encargarse de todo.

—He terminado con los abogados.

—¿Por qué? ¿Qué ha cambiado, Trent? Porque yo sigo embarazada y tú sigues creyendo que no es tuyo.

—Todo ha cambiado —admití. Era verdad. Su rechazo al dinero me hizo pensar que quizás decía la verdad sobre el embarazo. El señor Whiteside recibía actualizaciones de su comadrona, con su permiso, sobre las citas. Todo coincidía con que se quedara embarazada el fin de semana que estuvimos juntos.

Incluso eso no sería suficiente para creerla, pero nunca pidió nada. No me dejaba pagar la mitad de sus gastos médicos. Se negaba a hablar de la manutención. Ni siquiera quería que le pagara la estancia en mi propio hotel.

Quizás era una experta en engaño, pero cada encuentro que tenía con ella me decía que ese no era el caso. Y sentir la patada del bebé antes... Esa patada fue directa a mi corazón. Era mi bebé. Y haría todo lo posible para cuidarlo, y a su madre.

—Dilo Finley. Dime que me dejarás verte otra vez.

—Vale —suspiró ella.

—Bien. Y quédate con la suite. Tiene unas vistas magníficas. Podrás ver los fuegos artificiales desde allí esta noche si no quieres estar en el frío.

—Vale.

—¿Y Finley?

—Sí.

—Cualquier otra cosa que necesites, quiero que me lo digas.

Asintió de forma entrecortada, como si estuviera mintiendo pero supiera que era mejor no admitirlo.

Lo dejé pasar, sabiendo que si la presionaba demasiado, ella se defendería. Aunque presionarla demasiado fue exactamente lo que la trajo a mi despacho y la hizo desnudarse de nuevo, así que tal vez eso era lo que debería estar haciendo con ella.

—¿Finley? —dije, deteniéndola de nuevo antes de que saliera de mi despacho.

Se volvió hacia mí sin decir palabra.

Crucé la habitación hacia ella en cuatro zancadas y reclamé sus labios sin preámbulos. Inclinó la cabeza hacia atrás y se derritió contra mí, dándome acceso a su boca al instante. Gemí y me presioné contra ella, sin entender cómo había podido alejarme de ella antes.

Entonces se oyó de nuevo el golpe en la puerta, y ella se apartó de mí de un salto.

—Debería irme —dijo en voz baja.

Asentí y la solté. Abrió la puerta y sonrió tímidamente, luego desapareció.

X se giró para verla alejarse, y gruñí a mi mejor amigo en el mundo.

—¿Quién era esa?

—La madre de mi hijo. Ni se te ocurra tocarla. —Me volví para regresar a mi escritorio—. Y tampoco la mires, imbécil.

X silbó, luego entró en mi despacho y cerró la puerta tras de sí. —¿Se ha hecho la prueba?

Negué con la cabeza. —No, pero...

La cara de X se descompuso. —Trent.

Conocía ese tono. Era el que indicaba que pensaba que estaba siendo imprudente. Que cuestionaba no solo mi cordura sino también mi capacidad para tomar una buena decisión.

—No lo hagas.

—No la conoces. Durante meses, no has parado de quejarte de ella y de cómo intentaba engañarte. ¿Qué demonios ha pasado? ¿Aparece aquí y crees que está diciendo la verdad?

—No quiere nada de mí —admití.

—¿Y qué? Quizás tenga su propio dinero.

Negué con la cabeza. —No lo tiene. Tú lo sabes. Debería querer dinero. Debería estar intentando dejarme seco.

—Si no quiere nada de ti, ¿por qué está aquí?

Suspiré. —Su amiga hizo la reserva. No sabían que yo era el dueño del lugar, ni que vivía aquí.

—¿Y te crees eso?

Me hundí en mi silla y pasé una mano por mi cabeza. Estaba harto de no confiar en nadie. De sentir que a nadie le importaba yo como hombre. Quería a alguien en mi vida que se preocupara más por mí que por mi dinero. Alguien que viera al hombre bajo los miles de millones.

—Quiero que tengas razón —dijo X en voz baja—. Sé que no es fácil para ti. Hace unas semanas, estabas tan seguro sobre ella. No quiero que te metas en otra situación como la de Michelle.

—Finley realmente está embarazada —argumenté.

—Lo sé. Lo vi.

—Quiere que renuncie a mis derechos. Cree que voy a intentar quitarle el bebé si es mío.

—Acabas de decir que lo es. Ahora es 'si es mío'. ¿En qué quedamos?

—¡No lo sé! Maldita sea, X, odio esta situación.

—Lo sé. Quiero verte feliz. Quiero que encuentres a alguien a quien no le importe tu dinero. Pero la verdad es que el dinero vuelve loca a la gente.

—Lo sé —suspiré profundamente—. Lo sé. Quiero creerle.

X asintió. Entendía lo mucho que yo deseaba una familia. Lo importante que era para mí encontrar a alguien con quien compartir mi vida. Ambos teníamos ese sueño, pero ninguno de los dos pensaba que realmente encontraríamos a esa persona especial. —Así que conócela. Pasa tiempo con ella. Comprueba si podría ser alguien en quien confiar o por quien preocuparte. Si descubres que está mintiendo cuando llegue el bebé, entonces no le debes nada. Pero si está diciendo la verdad, estarás vinculado a ella por el resto de tu vida.

La mueca en la cara de X era cortesía de su ex, la madre de McJenna. Aunque ella los abandonó, él todavía tenía que lidiar con las secuelas. Las preguntas que J hacía y el dolor que su hija sufría regularmente porque su madre la había abandonado a la primera oportunidad que tuvo.

—Por lo que vale, espero que tengas razón sobre ella.

Asentí. —Yo también.

LA NOCHEVIEJA normalmente era bastante aburrida para nosotros. J estaba empezando a llegar al punto en que quería pasar todo su tiempo con amigos en lugar de con su padre y conmigo, pero X todavía se resistía a dejarla salir en una noche conocida por la bebida y la pérdida de inhibiciones. Él lo sabía bien, ya que conoció a su madre en Nochevieja.

Una noche tranquila en casa parecía exactamente lo que necesitaba después del torbellino con Finley. Lástima que J estuviera de humor para discutir con su padre.

—No entiendo por qué me tratas como si fuera una niña pequeña. No soy estúpida —gritó mientras yo entraba en la suite.

—Nunca he dicho que lo seas. No confío en otras personas.

—Entonces déjame hacer una fiesta aquí —argumentó J.

Había sido una discusión durante años. Ella quería usar una de las habitaciones del hotel para una fiesta, ya fuera una fiesta de cumpleaños para poder quedarse a dormir y usar la piscina, o una fiesta de Nochevieja o cualquier otra cosa. Quería invitar a amigos y utilizar el hotel. Le dije a X que no tenía ningún problema con ello. Él sí.

—Invitar a tus amigos a quedarse aquí es una gran invasión para el tío Trent, J. Ya le quitamos demasiado viviendo aquí. Si tuviéramos nuestro propio lugar, alquilar una habitación aquí no parecería tan importante.

Mi corazón se detuvo ante sus palabras. Nunca quise que se sintieran como una carga. Y nunca quise que se marcharan. Solo la idea me hacía sentir el pecho oprimido e incómodo.

—El tío T dijo que lo suyo es nuestro, papá. ¿Por qué no puedo preguntarle? Solo una vez.

—Es demasiado tarde esta noche —dijo X.

J suspiró profundamente. —Sí, sí. Siempre dices eso.

Discutes conmigo hasta que es demasiado tarde para hacer algo al respecto.

Aquello era aún peor. No era la primera vez que tenían la misma conversación. Ni mucho menos, por lo que se oía.

—Mira, J, sé que esto es tu normalidad y tu vida, y estaré eternamente agradecido a Trent por acogernos y ayudarme cuando eras un bebé y dejarnos quedarnos aquí, pero algún día puede que tenga su propia familia. Intento estar preparado para el día en que tenga un hijo, quizá una esposa, y necesitemos mudarnos. Trent no nos debe un lugar donde vivir.

—¿Crees que haría eso?

—¿Por su propia familia? ¿Por qué no lo haría?

No podía quedarme callado y fingir que no estaba allí ni un minuto más. Pasé de la entrada al salón, respondiendo a la pregunta de X.

—Vosotros dos sois mi familia. Habéis sido mi familia desde siempre y siempre lo seréis. Siempre tendréis un hogar aquí.

—Trent, sabes que no puedes decir eso —argumentó X. Su mirada firme me decía que ya estaba imaginando lo que pasaría cuando naciera el bebé y la prueba revelara lo que yo estaba convencido que revelaría. Tendría mi propio bebé. Y en un piso de tres habitaciones, ¿dónde se quedaría?

—Nada de eso importa. Vosotros dos sois mi familia.

—Has sido mejor con nosotros que cualquier persona que he conocido. Pero no puedo aceptar tu caridad para siempre —dijo X.

—No es caridad —le dije. No tenía ni idea de por qué lo hacía. Ni la más remota idea. Después de todos estos años seguía pensando que les dejé mudarse aquí porque me daban pena.

Negué con la cabeza.

—X, eres como un hermano para mí. Siempre has sido la

única persona que nunca quiso nada más allá de una amistad. Cuando empecé a trabajar para ti, no me trataste como una mierda por ser tu empleado. Actuaste como si yo fuera una persona decente que importaba. Acepté ese trabajo porque quería que me trataran con normalidad. Quería ser como todos los demás. Rápidamente me di cuenta de lo mucho que apestaba ser como todos los demás, pero tú me hiciste sentir que era una parte importante de la redacción.

Me acerqué a donde estaban sentados en el sofá y me uní a ellos.

—Cuando te conté la verdad sobre quién era, nunca cambiaste la forma en que me tratabas. Ni una sola vez me has preguntado cuánto dinero gano o cuánto valgo o me has pedido nada. Soy hijo único, y era el único heredero y niño rico en mi pueblo. Siempre fui diferente, pero tú hiciste que sintiera que eso era solo una cosa sobre mí, no todo lo que alguien necesitaba saber. Sinceramente eres un hermano para mí. Familia. Y no importa cuántos hijos tenga o si alguna vez me caso, siempre querré que vosotros dos estéis aquí conmigo.

—Trent —dijo X. La emoción en su voz me indicó que había estado preocupado de que estuviera a punto de echarlos.

—No. No pienses en eso nunca. Teneros aquí significa que no estoy solo. He estado solo toda mi vida, hasta que vosotros dos entrasteis en ella.

X se inclinó y me abrazó, dándome fuertes palmadas en la espalda. J se levantó de un salto y corrió alrededor de la mesa de café, abalanzándose sobre nosotros dos. Todos reímos y sorbimos por la nariz, fingiendo que no estábamos llorando.

Un ladrido fuerte seguido de un gemido resonó por toda la habitación. Miré a mi lastimero, excluido y consentido perro y negué con la cabeza. —Ven aquí, pequeño salvaje.

Kenny se levantó de un salto de su cama y atravesó la

habitación corriendo. Saltó sobre el sofá y nos lamió a cada uno por turno, luego se acomodó encima de nuestros regazos.

—Supongo que eso significa que Kenny siente lo mismo —dijo J.

Asentí y la besé en un lado de la cabeza. —Definitivamente. Vosotros dos no os vais a ir a ninguna parte.

J asintió y se acomodó para ver el programa en la tele. X me miró a los ojos y articuló sin voz *gracias*. Le respondí con un gesto afirmativo. Mi familia no se iba a ninguna parte. Ni este año, ni el siguiente, nunca.

## 14

## FINLEY

No volví a ver a Trent durante nuestro viaje. Cuando dejamos el hotel, todo ya estaba pagado. Quería ponerme en contacto con él para agradecérselo, pero no tenía su número. Cuando llegamos a casa, Karissa sugirió contactarle a través de su aplicación, así que eso hice.

DEBEN AMAR LOS LIBROS

No tenías que pagar nuestra estancia en tu hotel. Te dije que pagaríamos nosotras.

NO SOY LOCAL

Yo quería hacerlo.

DEBEN AMAR LOS LIBROS

Las dos te lo agradecemos mucho, pero no era necesario.

NO SOY LOCAL

Te debo mucho más que eso por la forma en que te he tratado. Lo decía en serio cuando dije que quería conocerte mejor.

DEBEN AMAR LOS LIBROS

Me gustaría eso.

Seguía siendo cautelosa con él. Vale, nuestra química era extremadamente intensa, pero eso no significaba que no me estuviera utilizando para conseguir lo que quería. Tenía mil veces más dinero que yo o incluso más, y lo único que tenía que hacer era portarse bien para que yo bajara la guardia y entonces podría aparecer de repente y quitarme a mi bebé.

No podía permitir que eso ocurriera, así que lo conocería, seguiría el juego, pero mantendría mi distancia y mis defensas en alto. Por si acaso.

Karissa y yo volvimos a nuestras rutinas después de regresar a casa. No pasó mucho tiempo antes de que llegara mediados de enero y nos dirigiéramos a mi ecografía con Hudson.

—¿Cómo os encontráis? —preguntó Hudson mientras conducía hacia el norte de la ciudad.

Karissa y yo nos miramos, sin saber a cuál de las dos se dirigía.

—A las dos —dijo con una risa.

—Estoy bien —le dije.

—Ha estado hablando con Trent —le informó Karissa.

—¿Qué? —soltó Hudson—. ¿Por qué demonios hablarías con él?

Suspiré. Sabía que Hudson se iba a enfadar. Dejó claro lo que pensaba de Trent. —Él era el dueño del hotel en el que nos alojamos. Aclaramos algunas cosas.

—¿Como que es un cabrón que cree que puede decir lo que le dé la gana sobre ti?

—Hudson —dije con un suspiro.

—Fin, no me fío de ese tío. Intenté darle el beneficio de la duda durante mucho tiempo, pero no puedo mirar hacia otro lado después de esto. ¿Por qué demonios le darías otra oportunidad?

Me pellizqué la uña y me mordí el labio. No podía decirle que había perdido la cabeza y que Trent me había sometido a base de sexo. O que estaba dolorosamente cachonda y Trent ayudó a aliviar parte de eso. Ambas cosas eran ciertas, pero no era por eso que le había dado otra oportunidad a Trent.

—Se acostaron juntos —respondió Karissa por mí.

—Lo sé. Por eso vamos a ver a una comadrona.

Karissa negó con la cabeza. —Cuando estuvimos en las Cataratas del Niágara.

—¿Que hiciste qué? —gritó Hudson.

Me encogí, acurrucándome contra la puerta.

Hudson me miró y suspiró. —Lo siento, Fin. Pero, ¿en serio? ¿Por qué?

Negué con la cabeza y luché contra las ganas de llorar. Si no estaba pensando en sexo, estaba conteniendo las lágrimas. El embarazo apestaba a veces.

—Habló de él durante semanas después de conocerle. Le gusta, Hud. —La voz de Karissa era suave y tranquilizadora. La pacificadora.

—Y él demostró que no es un buen tipo cuando la llamó puta y salió furioso del O'Kelley's después de que ella le dijera que estaba embarazada.

No se equivocaba. Trent hizo eso, y les contó a todos mis amigos que estaba embarazada antes de que yo estuviera lista para anunciarlo, y exigió una prueba de paternidad porque pensaba que estaba mintiendo.

Pero el hombre que conocí la noche que me quedé embarazada, el hombre con quien compartí un viaje en ascensor, el hombre que me hizo llegar al orgasmo una y otra vez en su

despacho... Él no era el rico heredero Trent MacKellar. Era
No soy local.

—Le dije que quería que renunciara a sus derechos sobre
el bebé. Que me haría una prueba de paternidad, pero que
tenía que renunciar a todo acceso y derechos sobre el bebé.
Se negó.

—Porque es un capullo egoísta —dijo Hudson.

—Quizás —admití. —Pero creo que es porque la familia
es importante para él.

—¿Y?

Me encogí de hombros. —Es diferente conmigo. Cuando
estamos a solas. —Me moví en mi asiento—. —Sintió al bebé
dar una patada.

—No me habías contado eso —dijo Karissa. Se inclinó
hacia delante, colocándose entre los asientos de Hudson y
el mío.

—Fue extraño. No estaba muy segura de cómo me sentía
al respecto. Trent me acorraló en el ascensor. Quería hablar.
El bebé dio una patada y yo solté un jadeo porque fue una
patada fuerte. Como si conociera a Trent o algo así.

—O quizás percibió tu ansiedad al sentirte atrapada por
él —murmuró Hudson.

—No me da miedo.

Hudson resopló.

—En fin, Trent me preguntó si estaba bien. Cuando le dije
que era el bebé, lo demás desapareció. Puso su mano en mi
vientre y el bebé volvió a dar una patada. Luego se agachó y
le dijo hola. Le dijo que era su papá y que siempre estaría ahí
para él.

—Qué capullo —murmuró Hudson.

—¿Y qué hiciste? —preguntó Karissa.

—Me entró pánico. Me aparté de él y, en cuanto se
abrieron las puertas, salí corriendo. Se sentía demasiado real,
demasiado bueno. Como si realmente estuviera involucrado.

—¿Por qué no está aquí si quiere involucrarse? —preguntó Hudson.

—Porque no le dije nada sobre la cita —confesé.

—Porque todavía no confías en él —dijo Hudson.

—Hud —dijo Karissa suavemente.

Él la miró por el retrovisor y me lanzó una mirada de reproche.

Nadie habló durante varios largos minutos. Yo miraba por la ventana, observando cómo pasaba volando el paisaje nevado, y me preguntaba por qué no se lo había dicho a Trent. Quizás debería haberlo hecho, pero la verdad es que seguía sin estar segura. ¿Estaba jugando conmigo? ¿Estaba dispuesto a intentarlo? ¿Era el rico capullo o el tipo amable y corriente? ¿Quién era realmente Trent MacKellar?

—Lo siento, Fin —dijo Hudson después de unos minutos—. No intento disgustarte. Solo estoy preocupado, eso es todo.

Asentí. —Lo sé. No estás diciendo nada que yo no me haya preguntado. No tengo ni idea de si me va a quitar al bebé en cuanto nazca. No sé si realmente ha cambiado. Lo único que sé es que no voy a mantener a mi hijo alejado de su padre. Si Trent quiere participar, no lo mantendré alejado, pero este es mi bebé. Vivirá conmigo a tiempo completo. Trent nunca tendrá la custodia total.

Hudson se acercó y puso su mano sobre mis puños apretados con los nudillos blancos. —Nunca dejaremos que te quite al bebé. Jamás, Fin.

Asentí de nuevo y liberé mis puños cerrados para sostener su mano. Él mantuvo su mano sobre la mía hasta que llegamos al centro de maternidad y entramos.

Nos condujeron a una sala de exploración después de que me pesara y diera una muestra de orina. Me acomodé en la camilla y respondí a todas las preguntas que me hicieron, con algo de ayuda de Karissa y Hudson. Julie llamó a la puerta y entró poco después de que la enfermera se marchara.

—Buenos días a todos. Encantada de conocerle, —dijo, ofreciendo su mano a Hudson.

—Igualmente. Soy Hudson Grant.

—Es un buen amigo y una segunda persona de apoyo. ¿Está bien si se queda? —pregunté.

—Por supuesto. A quién quieres tener aquí depende de ti. —Julie tomó asiento y leyó las notas de la enfermera antes de preguntarme cómo me sentía.

—Bastante bien, —le dije. —Las náuseas matutinas han desaparecido y estoy comiendo mejor. Todavía como pequeñas comidas con frecuencia porque cuando como una comida completa me siento mal, pero me encuentro bien.

—Eso es lo más importante ahora mismo. Tu cuerpo sabe lo que necesita, así que asegúrate de darle lo que te pide. Tus medidas se ven bien, así que ¿qué tal si echamos un vistazo al pequeño? ¿Os parece bien a todos?

Karissa y Hudson asintieron y tomaron posiciones a mi lado para poder ver el monitor. Me levanté la camiseta y Julie vertió gel en mi vientre. Presionó la sonda contra mi barriga, y el sonido acuoso de su latido llenó la habitación.

—Vaya, —suspiró Hudson. Alcanzó mi mano y la apretó.

Le miré, pero su mirada estaba fija en el monitor. Me dolió por él que nunca pudiera experimentar esto con Hillary. Habría sido un padre increíble.

—El latido suena bien. Voy a comprobar el corazón, el cerebro y el desarrollo de los órganos del bebé. ¿Queréis saber el sexo hoy?

Asentí. —Si es posible, me gustaría hacerlo.

—Creo que el bebé está en buena posición para ello. Ya veremos. Julie movió la sonda y tocó varios botones. No sabía qué estaba haciendo, pero no me importaba. Estaba viendo moverse a mi bebé.

En un momento, el bebé se dio la vuelta, miró hacia la ecografía y juraría que me miró directamente. Obviamente, sabía que no era así porque no podía verme, pero sentí como si hubiera cruzado la mirada con mi bebé. Se me llenaron los ojos de lágrimas y la emoción me subió hasta la garganta.

Karissa puso su mano en mi hombro y lo apretó, y Hudson intensificó su agarre en mi mano. No podía apartar la mirada del monitor, observando a mi bebé mientras se movía dentro de mí.

—Bien, todo parece perfecto. No hay nada preocupante. Hasta ahora, tienes un bebé completamente sano.

—Bien —susurré.

Hudson y Karissa me frotaron la mano y el hombro. Su apoyo significaba muchísimo para mí.

—Muy bien. Creo que podemos echar un vistazo justo aquí. Y parece que... —Se rio—. Está encantado de presumir para nosotros.

—¿Él? —respiré.

Julie asintió. —Sí. Obviamente no puedo garantizarlo, pero he hecho suficientes ecografías como para que, si pudiera, diría que definitivamente vas a tener un niño.

—Un niño —susurró Hudson—. Ah, Fin. —Me acarició los nudillos con el pulgar y me sujetó la mano con fuerza.

Karissa se inclinó más y miró fijamente la pantalla. —Enhorabuena, Fin.

Asentí, incapaz de decir nada más.

Julie terminó la ecografía e imprimió una imagen para cada uno, luego me entregó el dispositivo con todas las imágenes y el vídeo. —Nos vemos en cuatro semanas. Ya has pasado más de la mitad, Finley. Él va a crecer mucho más, y deberías tener más energía durante el próximo mes más o menos. Cuando vuelvas, estarás en tu tercer trimestre y preparándote para la llegada del bebé.

—Vaya, ¿la llegada? —dijo Karissa—. Tenemos que ir de compras.

Julie asintió. —Hay muchísimos productos ahí fuera y descubrirás que algunos no merecen la pena. ¿Tienes otras amigas que sean madres?

Karissa y yo nos miramos y negamos con la cabeza. —No con niños pequeños —dijo Karissa.

—Mirad en internet. Los blogs de mamás son una fuente estupenda de información. Tienen reseñas y recomendaciones de productos, y os daréis una idea de lo que queréis probar.

Asentí. —Gracias. Lo haré.

—Muy bien. Disfrutad del próximo mes. Os veré a todos alrededor de San Valentín.

Se me cortó la respiración. Fue entonces cuando Trent dijo que podría volver. ¿Debería decírselo?

Aparté la pregunta de mi mente y agradecí a Julie. Programé mi siguiente cita, y nos dirigimos de vuelta a casa.

—Gracias por permitirme venir —dijo Hudson. —Ha sido increíble.

Tomé su mano y sonreí. —Gracias por estar aquí. A ti también, Rissa.

—Siempre estaré aquí para mi pequeño sobrino. ¿Has pensado en algún nombre?

Negué con la cabeza. —De alguna manera, no era real hasta hoy. Le conocía y le amaba, pero ver su carita hoy fue...

—Sí —dijeron los dos.

—¿Necesito hablar con Trent sobre los nombres del bebé? —les pregunté.

—No —dijo Hudson inmediatamente.

—Puedes hacerlo —dijo Karissa por encima de él. —Pero necesitas decidir cómo va a ser vuestra relación y si él tiene derecho a opinar en algo así.

Aspiré profundamente y dejé salir el aire lentamente. —Simplemente no lo sé todavía. Igual que no sé si debería contarle sobre la próxima cita. Es posible que esté en la ciudad.

—Ten cuidado, Fin. Hagas lo que hagas, ten cuidado.

Asentí. No tenía elección. Si iba a mantener a mi bebé, tenía que tener cuidado.

EL FIN de semana después de mi ecografía, el club de lectura se centró en los bebés. Karissa anunció a todos que iba a tener un niño, y descubrimos que Zoe también estaba embarazada.

—Vaya, qué rápido trabajáis, chicas —bromeó Melody—. Enhorabuena.

—Gracias —dijo Zoe—. Sebastian quiere tener hijos, siempre lo ha querido, y yo quiero darle todo lo que desea. Hemos pasado demasiados años separados.

—Pero tú también estás ilusionada con el bebé, ¿verdad? —preguntó Sofia.

—Contentísima —dijo Zoe con una sonrisa que iluminó la habitación.

Una gran parte de mí sentía envidia de ella. Traer un bebé al mundo debería ser un momento feliz. Algo que pudieras compartir con tu pareja. Y hasta ahora, yo no había tenido eso. Karissa y Hudson eran increíbles, pero ninguno de ellos se acostaba por la noche y le hablaba al bebé. No estaban constantemente preocupados por lo difícil que sería criarlo. Y no serían ellos quienes pagarían la guardería, la universidad o los pañales. Sabía que ambos me darían cualquier cosa si se lo pidiera, pero me negaba a aceptar dinero de mi familia o amigos.

O de Trent.

—¿Les has contado a los niños lo del bebé? —preguntó Blake.

—Se lo conté a todos la mañana de Navidad. Sebastian no tenía ni idea —dijo Zoe.

—Qué forma tan dulce de decírselo —dijo Karissa.

—Tuve mi primera ecografía la semana pasada, y Julie dijo que ya podía empezar a compartir la noticia —dijo Zoe.

—Nos alegra mucho que lo hayas hecho —dijo Melody—. ¿Cómo conseguiste que los niños mantuvieran el secreto tanto tiempo?

—Yo lo sabía —dijo Piper—. Nos lo dijeron en Navidad.

Sofia asintió. Ella también pasó la Navidad con ellos. —Alexis no podía esperar para compartir la noticia.

—No se le da muy bien guardar secretos, pero no pasa nada. Se lo ha estado contando a todos nuestros invitados. Probablemente también a todos sus compañeros de clase—dijo Zoe con una risa.

—Está emocionada por ser hermana mayor—dijo Melody. —¿Es por eso que no pudisteis venir el fin de semana pasado?

Zoe se rio y negó con la cabeza. —No. Sebastian realmente estaba trabajando en la casa y necesitaba mi ayuda. Estamos intentando reformar el baño de los niños antes de que llegue el bebé. Sabemos que después no tendremos tiempo.

—Derek dijo que os dijera hola a las dos—dijo Melody.

—Tenemos que invitaros a todos pronto—dijo Zoe. —Bueno, basta de hablar de nuestro bebé. Finley, ¿cómo te sientes?

—Bien—dije. —Tengo energía por ahora, así que estoy contenta.

—¿Qué va a hacer usted con la tienda?—preguntó Goldie. —¿Podrá organizar los eventos el próximo verano?

Asentí. —Solo voy a tomarme una o dos semanas libres. Quizás menos.

—¿Qué?—soltaron todas a la vez.

Me encogí de hombros. —No tengo a nadie que pueda encargarse del local por mí.

—Podemos ayudarte entre todos—dijo Blake.

Negué con la cabeza. —Es demasiado. Todos tenéis vuestros propios trabajos.

—Sí, pero necesitas un descanso. No puedes volver al trabajo tan rápido, Fin—dijo Goldie. —Cuando tuve a Paul, estaba tan agotada que incluso seis semanas no me parecieron suficientes. Vas a necesitar ese tiempo para descansar y establecer vínculos con él.

—¿Conocemos a alguien que esté buscando trabajo?—preguntó Karissa.

Todos intercambiaron miradas y negaron con la cabeza.

—Creo que es la única forma de convencerla. Dije que trabajaría desde aquí y ayudaría. Todos os estáis ofreciendo. Pero Finley tiene este lugar funcionando como un reloj. Que todos nosotros tomemos el control sería una locura. Si una persona se encargara de todo, creo que ella consideraría ceder el control. Al menos todo el trabajo estaría centralizado.

No podía discutir con Karissa porque era cierto. Odiaba la idea de simplemente ir tirando. Había trabajado demasiado tiempo y demasiado duro como para hacerlo a medias. Cerrar el lugar durante unas semanas me parecía menos arriesgado que esperar que siguiera funcionando como yo necesitaba durante uno o dos meses. Sufriría un golpe, pero sería temporal. Sabía que sería difícil volver al trabajo tan rápido, pero era mi mejor opción sin alguien a quien confiarle el lugar, alguien en quien confiara.

—Yo podría hacerlo —ofreció Melody—. Puedo tomarme un tiempo libre.

—No vas a poner tu negocio en riesgo por el mío —le dije.

—No va a aceptarlo —dijo Karissa—. He estado intentándolo. Su madre se ofreció a cuidar del bebé cuando nazca, pero el trabajo no es algo a lo que Fin vaya a renunciar.

—Este lugar es mi bebé —confesé—. He puesto todo en él. Y después del año pasado y finalmente conseguir números negros...

Las emociones volvieron a aflorar. Todos lo vieron, y no pude hacer nada para contenerlas. Me mordí los labios y negué con la cabeza.

—Tengo algunos eventos planeados para el próximo verano. Te mantendremos en números negros. No dejaremos que pierdas a tu primer bebé, Finley —dijo Goldie.

El resto murmuró su acuerdo. Forcé una sonrisa y asentí, dándoles las gracias. De nuevo, me recordaron que no estaba sola. Y nunca lo estaría.

## 15

## TRENT

Desde el día que Finley salió de mi hotel, estaba esperando hasta poder verla de nuevo. Hablábamos y nos enviábamos mensajes de vez en cuando, pero no era lo mismo que estar juntos. X me decía que estaba perdiendo la cabeza, pero ella era lo único que me mantenía cuerdo. Entre X y J peleando cada vez más y las cosas con mi padre que seguían empeorando, tenía uno y solo un consuelo en mi vida.

Finley.

Decidí que esconderme no era necesario para este viaje y cargué mi Range Rover con Kenny y todo lo que ambos necesitaríamos para unos días en la finca y nos pusimos en marcha.

No le dije a Finley exactamente cuándo llegaría a la ciudad. Hicimos planes provisionales, pero ella no se comprometió del todo y eso me preocupaba. Todavía teníamos mucho que resolver. En mi cabeza, sin embargo, todo estaba decidido. Había despedido al Sr. Whiteside y le dije que dejara de presionar al abogado de Finley. Me animó a que me hiciera una prueba de paternidad independientemente de cuánto creyera que el bebé era mío, y probablemente lo haría, pero en algún momento del camino, dejé de considerar la posibilidad de que Finley me estuviera mintiendo.

Estaba bastante seguro de que fue en algún punto entre su constante negativa a aceptar cualquier cosa de mi parte y el momento en que puso mi mano en su vientre y sentí al bebé patear.

Kenny se portó perfectamente durante el viaje y no ladró ni una sola vez para que paráramos, así que hicimos el trayecto en tiempo récord. Andrew tenía la casa preparada para nosotros y nos recibió a ambos en la puerta. Kenny simpatizó rápidamente con Andrew, frotándose contra el hombre mayor hasta que le arrancó una sonrisa más brillante de lo que jamás había visto.

—Su padre nunca quiso mascotas en la casa —me dijo Andrew.

Asentí. —Lo sé. Le supliqué que me comprara un perro cuando era pequeño, pero siempre dijo que no.

Andrew se rio. —Estaría muy descontento ahora mismo.

—Siempre estaba descontento.

Andrew apretó los labios en una versión educada de una sonrisa de conformidad, una que yo sabía significaba que se estaba guardando sus palabras. Andrew y mi padre habían desarrollado una especie de amistad tentativa a lo largo de los años. Aunque nunca fueron iguales a los ojos de mi padre, hubo momentos en que al menos fueron compañeros. Como cuando mi madre murió y mi padre casi se mata bebiendo después de ella.

—¿Cómo está su padre? —preguntó Andrew después de un minuto.

—Tan bien como cabría esperar.

—Cuando hable con él, por favor dígale que le mando saludos.

Asentí. —Lo haré.

—¿Necesita algo en particular durante este viaje?

Empecé a negar con la cabeza, pero me detuve. —En realidad, ¿podría preparar la habitación de invitados que está junto a la mía? ¿Por si acaso?

Las espesas cejas blancas de Andrew saltaron antes de que las controlara cuidadosamente. Asintió. —Por supuesto, señor.

—Gracias, Andrew.

Lo dejé parado en el vestíbulo y guié a Kenny escaleras arriba. Era la primera vez que lo traía conmigo a la finca y quería darle la oportunidad de instalarse. Kenny olfateó cada centímetro del pasillo, y luego cada rincón de mi habitación. Recorrimos toda la casa, dejándole descubrirlo todo antes de volver a mi habitación.

Kenny dio vueltas en la cama para perros que Andrew le había proporcionado, luego se dejó caer sobre ella, con las patas colgando por el borde y el hocico apoyado sobre sus patas delanteras. No tardó mucho en empezar a roncar.

—Qué perezoso—murmuré para mí mismo. Saqué el móvil y busqué el número de Finley. Dudé entre llamar o mandar un mensaje pero terminé llamando. Y escuchando cómo sonaba antes de que saltara su buzón de voz.

El mensaje automático me dijo que no estaba disponible. Colgué antes de que me pidiera dejar un mensaje, y le envié un mensaje preguntando si estaba libre durante el fin de semana.

Y esperé.

No sabía qué esperar, pero tenía la esperanza de que al menos contestara. La mayoría de las veces cuando la contactaba, respondía en pocos minutos. Esta vez, pasaron horas antes de recibir una respuesta.

> Tengo algo de tiempo libre este fin de semana. Estoy trabajando viernes, sábado y domingo.

Maldición. ¿Cómo no estaba agotada?

> ¿Hasta qué hora trabajas? Puedo recogerte después del trabajo. ¿Cenamos una noche?

Miré fijamente mi teléfono mientras tres puntos parpadeaban. Desaparecieron y entonces apareció su mensaje.

> Cierro a las siete el viernes, a las seis el sábado y a las cuatro el domingo, pero el domingo tengo planes. ¿Cuándo vuelves a casa?

Casa. La palabra me golpeó con fuerza. Se suponía que mi casa estaba en Niagara Falls. El lugar donde había vivido durante años. Pero una parte de mí quería que Cala MacKellar fuera mi hogar. Quería sentir que era donde pertenecía. Cerca de Finley.

Kenny gimió y saltó a la cama conmigo. Puso su cabeza en mi pierna y me empujó el brazo con el hocico.

—Sí, a mí también me gusta este lugar —le confesé a mi perro.

> Regreso el lunes. Quiero verte tanto como sea posible.

> No sabía que venías. Los fines de semana siempre estoy ocupada en la tienda. Puedo aflojar un poco mi horario, pero no este fin de semana.

Lo entiendo. No espero que cambies nada
por mí. ¿Qué haces esta noche? ¿Hay
alguna posibilidad de que pueda verte
ahora?

Contuve la respiración, preguntándome si había ido demasiado lejos. Aún éramos desconocidos. No sabía su segundo nombre ni su color favorito. No tenía ni idea de si era madrugadora o dormilona. Ni siquiera estaba seguro de si su pelo era de color natural. Pero sabía que quería las respuestas a todas esas preguntas y más.

Karissa y yo estábamos a punto de empezar
a cenar. No quiero dejarla plantada.

¿Puedo unirme a vosotras? ¿O podéis venir
las dos a mi casa?

Espera un momento.

Me quedé mirando el teléfono y esperé. No sé cuánto tiempo pasó, pero fue el suficiente como para tener que evitar que mi teléfono se bloqueara dos veces antes de que Finley respondiera.

Puedes unirte a nosotras. Íbamos a hacer
tacos de pollo. ¿Te parece bien?

No podría haber borrado la sonrisa de mi cara ni aunque lo intentara.

Por supuesto. ¿Puedo llevar algo?

No. Ya tenemos todo. Nos vemos pronto.

Levanté el puño en señal de victoria. Joder, sí. Primer paso.

Kenny saltó de la cama y me ladró. Le seguí y acaricié el

cuello de aquel perro loco, luego le di un beso en el hocico. No había estado tan emocionado por una cita desde hacía mucho tiempo.

Y ni siquiera era realmente una cita.

Pero era el comienzo de algo. Ella estaba dispuesta a pasar tiempo conmigo. Sin enfados, sin secretos y sin sexo.

Le dije a Andrew que iba a salir y dejé a Kenny con él. No había llegado ni al garaje cuando ya oí a Andrew hablando con Kenny y preparando una cena que haría que mi mimado perro suplicara quedarse aquí para siempre.

Sonreí y pensé en el rostro sonrojado de Finley cuando llegó al orgasmo. Quizás podría empezar a hacerme a la idea de algo como el para siempre.

Había una capa de nieve sobre todo en el pueblo, incluidas las carreteras. El aparcamiento estaba limitado a un lado de la calle, lo que significaba que había incluso menos sitio de lo habitual. Pasé conduciendo por delante del edificio donde vivía Finley y di la vuelta, regresando por la carretera hacia O'Kelley's antes de encontrar un sitio.

Miré fijamente el cartel de O'Kelley's y dudé si entrar. Aunque Hudson no era exactamente un amigo, había mantenido en secreto mis apariciones en el pueblo durante años. No supe que era amigo de Finley hasta que la acusé de acostarse con medio pueblo. Ella parecía haberme perdonado, pero yo sabía que no siempre era la mujer misma quien necesitaba dejar ir el pasado. Eran sus amigos y familia. Como Hudson, Ian, y Dios sabía quién más.

Esta noche, empezaría con Karissa.

Agarré las flores que había robado de la entrada de la finca y salí del vehículo. Crucé la calle a toda prisa y avancé por la acera con el cuello de la chaqueta subido y mi aliento helado jadeando contra mi bufanda. Si hubiera estado pensando con claridad, me habría puesto un gorro, pero lo único que me importaba era llegar hasta Finley.

Entré en su edificio y subí las escaleras hasta su planta. Me apresuré tanto para llegar que me quedé sin aliento y ansioso. Respiré hondo y llamé a la puerta.

La música y las risas sonaban amortiguadas al otro lado hasta que la puerta se abrió rápidamente y Finley apareció allí de pie. Karissa estaba justo detrás de ella, sonriéndome como si conociera todos mis secretos. Tal vez los conocía.

—Hola —dije. Dios mío, ¿podía ser más soso?

—Hola —dijo Finley. Sus mejillas se sonrosaron y se mordió el labio inferior.

—¿Puedo pasar?

Puso los ojos en blanco y dio un paso atrás. —Claro. Perdona.

Me arriesgué y le besé la mejilla antes de entregarle uno de los ramos de flores. —Para ti.

—Gracias.

Mis ojos se fijaron en los suyos, y me costaba apartarlos. No estaba acostumbrado a verla tímida. Había sido enérgica y sexy, inquieta y asustada, descarada y enfadada, pero nunca tímida. Me gustaba esta Finley. Me gustaban todas.

—¿Son para mí? —preguntó Karissa, apartando mi atención de Finley.

Me aclaré la garganta y me giré hacia Karissa. —Lo son. Mi madre siempre decía que hay que llevar flores para todos.

—¿Incluso a los hombres? —desafió Karissa.

Me encogí de hombros. —Nunca dijo que no.

Karissa arqueó una ceja con una sonrisa burlona, y luego se volvió para regresar al apartamento.

La puerta se cerró detrás de mí, dejándonos a Finley y a mí en el reducido rincón de la entrada. Ella se mordisqueó de nuevo el labio inferior, apretando las flores contra su pecho. Su vientre estaba aún más redondeado que la última vez que la vi. Quería alargar el brazo y apoyar mi mano sobre él, pero sabía que aún no me había ganado ese derecho.

—¿Cómo estás? —le pregunté.

Ella asintió. —Bien.

—Bien. Es realmente bueno verte.

Sonrió, bajando la barbilla, pero aun así vi el rubor que le subía por las mejillas. —A ti también.

Me arriesgué y le tomé la mano. Me miró con ojos grandes pero me devolvió la sonrisa. Nos quedamos allí un minuto, simplemente mirándonos.

—¡Eh, Fin! ¿Dónde está la salsa picante?

La sonrisa en su cara flaqueó, y apretó los labios en una nueva que no parecía tan sincera. Se escabulló por mi lado, manteniendo su cuerpo contra la pared para no tocarme. Las flores eran un escudo para ella, separándonos mientras se movía a mi alrededor y doblaba la esquina.

La seguí después de unos segundos. Finley y Karissa estaban en la cocina susurrando. Sobre mí, estaba seguro.

Karissa me vio y se pegó una amplia sonrisa. —¿Te gusta la comida picante?

—Me gusta toda la comida —le dije con sinceridad. No me importaba un poco de picante, pero no lo necesitaba en todo. Crecí probando muchos alimentos diferentes y había encontrado muy pocos que no disfrutara.

—Suena bien. Nos gusta cocinar. Probamos recetas nuevas. Pero esta ha sido una de nuestras favoritas durante mucho tiempo. Finley creó la mezcla de especias para nuestro condimento de tacos. Es realmente bueno —me contó Karissa.

Asentí, entendiendo todo lo que no estaba diciendo. Karissa era la intermediaria. La que iba a asegurarse de que yo fuera lo suficientemente bueno para Finley. Aquella cuya aprobación necesitaba si quería tener alguna oportunidad con Finley.

Finley estaba embarazada de mi hijo. Vivía en mi ciudad natal. No quería nada de mí. Yo era el extraño. Tenía que ganarme el derecho a estar en su vida. Esa revelación me golpeó con fuerza. Finley era la favorita aquí. Había pasado la mayor parte de mi vida ocultándome de mi notoriedad en el pueblo, y ahora no tenía ninguna. Era el paria del pueblo. Era el imbécil que la había tratado como una mierda. Ya no tenía ninguna influencia. Todo lo que tenía era una casa grande que intentaba vender y mucho dinero.

Pero para la mayoría de Cala MacKellar, eso nunca importó. Cuando reflexionaba, me daba cuenta de que no conocía a Finley o a Ian porque ninguno de ellos intentó conocerme. Lo mismo ocurría con Hudson y muchos otros con los que crecí. Tenía mi pequeño círculo de personas que me trataban como un cajero automático, pero el resto del pueblo me ignoraba.

Pensé que conseguir que Finley me diera una oportunidad sería fácil. En cambio, estaba aprendiendo rápidamente que podría ser lo más difícil que hubiera hecho nunca.

LA CENA con Finley y Karissa fue divertida, pero después de mi revelación, me sentí incómodo. Quería causar una buena impresión en ellas, y quería que ambas me apreciaran. Nunca me había preocupado por eso antes. A todo el mundo le caía bien. Al menos, a todos les gustaba mi dinero. Karissa y Finley eran indiferentes.

Le pregunté a Finley sobre quedar al día siguiente, y ella no se comprometió. Karissa dio a entender que había algo ocurriendo, pero Finley no dijo nada, así que lo ignoré. Decidí sorprenderla en su tienda el viernes por la mañana y ver si había algo que pudiera hacer para ayudarla antes de mi reunión con el contratista por la tarde.

Aparqué a unos cuantos sitios de distancia, pero antes de salir, pude ver que las luces estaban apagadas dentro de su tienda. Me acerqué a la puerta de todos modos, preguntándome si la información en línea era correcta. El letrero de la puerta decía que debería estar abierta, pero un cartel escrito a mano indicaba que la tienda permanecería cerrada hasta después del almuerzo.

—¿Qué demonios? —pregunté en voz alta. ¿Estaba enferma? ¿Había ocurrido algo?

Saqué mi móvil para llamarla cuando una mujer pronunció mi nombre. Forcé una sonrisa y levanté la mirada hacia ella, incapaz de ubicarla.

—Mi hija me dijo que estabas en el pueblo, pero no te habría reconocido. Has crecido desde la última vez que te vi.

Le sonreí, aceptando las palabras ya que si no podía recordar quién era, probablemente fueran ciertas. —¿Cómo ha estado?

—Bien. Intentando ayudar todo lo que puedo. ¿Qué haces aquí?

—Estaba buscando a la propietaria —dije, señalando con el pulgar hacia la tienda.

La mujer inclinó la cabeza y sonrió de una manera que dejaba claro que pensaba que yo estaba haciendo el idiota. —¿Por qué no dejas que te invite a un café?

—No tienes por qué hacerlo.

Me dio unas palmaditas en el brazo y enlazó el suyo con el mío. —Ya lo sé, cariño, pero voy a hacerlo de todas formas. Creo que necesitamos hablar.

Dejé que me arrastrara hacia Cracked al final de la calle. Fue charlando sobre el tiempo y el pueblo mientras caminábamos, saludando a la gente que pasaba. Cuando entramos, saludó con la mano a la camarera y yo me quedé helado.

La camarera era amiga de Finley. Estaba en O'Kelley's la noche que la delaté. Y se acercaba a nosotros con una expresión poco amistosa en la cara.

—Hola, mamá. ¿Cómo estás? —dijo la camarera. Le dio un beso en la mejilla y le cogió la mano.

—Estoy bien, Blake. Me encontré con Trent frente a la tienda de Finley. Le dije que le invitaría a un café.

Blake resopló y puso los ojos en blanco. —Creo que puede comprarse su propio café.

—Estoy segura de que puede, pero es el padre de mi futuro nieto, así que hoy invito yo.

Oh, mierda. No tenía ni idea de que la mujer era la madre de Finley. Mierda, mierda, mierda. Y Blake estaba casada con su hermano, por eso llamaba a la mujer mamá. Joder.

—No sabías con quién estabas hablando, ¿verdad? —preguntó Blake con una sonrisa burlona.

Negué con la cabeza, admitiendo lo que la señora Jameson ya sabía.

—No pasa nada, cariño. Hace tiempo que no pasas mucho tiempo en el pueblo. Vamos a sentarnos en una mesa y a hablar.

Quería salir corriendo, pero eso definitivamente empeoraría las cosas. Ofrecí mi brazo y dejé que la señora Jameson eligiera una mesa, luego me senté frente a ella. Blake nos sirvió tazas de café y preguntó si queríamos desayunar. Antes tenía un poco de hambre, pero los nudos en mi estómago no estaban dispuestos a aflojar.

Blake se fue sin tomar el pedido de ninguno de nosotros. La señora Jameson añadió nata y azúcar a su café, luego lo removió y dio un sorbo. —Siempre tienen el mejor café aquí.

Asentí, sorbiendo mi propio café solo. Estaba bueno. Con la cantidad justa de estímulo para hacerme más consciente de mi entorno. —Le pido disculpas por no haberla reconocido.

Negó con la cabeza y sonrió. —No esperaría que lo hicieras. Ha pasado mucho tiempo desde que pasamos tiempo juntos.

—Sí, bueno, he estado fuera más de veinte años.

—Claro, pero hace más tiempo que eso que dejamos de vernos habitualmente. Dudo que lo recuerdes, pero tu madre y yo éramos amigas íntimas.

—¿Lo eran? Definitivamente no recordaba eso.

La señora Jameson asintió. —Lo éramos. Mi hijo tiene la misma edad que tú. Un mes mayor, si no me falla la memoria. Deberías tener un cumpleaños próximamente.

Asentí. No mucha gente sabía cuándo era mi cumpleaños.

—Tu madre y yo nos conocimos en una visita prenatal un mes. Entablamos conversación y nos dimos cuenta de que vivíamos cerca. Comenzamos a quedar para comer semanalmente. Fue una de mis amigas más cercanas durante mucho tiempo.

—Nunca supe eso.

La señora Jameson negó con la cabeza. —No, me imagino que no. Cuando tú e Ian nacisteis, seguimos quedando, pero después de que naciera Finley, no fue tan fácil para tu madre. Ella quería más hijos, y verme con Finley le resultaba difícil.

—No creo que eso sea cierto. Mi madre ni siquiera me quería realmente. No tenía intención de quedarse embarazada.

La señora Jameson me miró boquiabierta. —¿Por qué demonios pensarías algo así?

Resoplé. —Es lo que me dijo mi padre.

## 16

La señora Jameson barbotó, abriendo y cerrando la boca como si no pudiera decidir si hablar o escupir. Sacudió la cabeza, con las mejillas enrojecidas mientras hacía muecas y gruñía.

Finalmente, me miró con el mismo fuego que Finley solía tener en los ojos. Su boca estaba torcida en un gesto de enfado. —Su padre es un maldito mentiroso —dijo.

Me recliné y me encogí de hombros. —¿Por qué me diría eso si no fuera cierto?

—No lo sé. Lo que sí sé es que tu madre te quería y habría hecho cualquier cosa por ti. Y amaba a tu padre.

—Las historias que me han contado han sido un poco diferentes.

—Pues esas historias estaban equivocadas. Tu madre era una mujer hermosa. Era amable, generosa y cariñosa. Fue una de las personas más maravillosas que he conocido. Pero tenía sus luchas. No creció como tú. No tenía dinero. No quería que crecieras malcriado, esa fue su palabra, e incapaz de apreciar las cosas sencillas de la vida. Como una verdadera amistad o el trabajo duro.

Apreté los labios para evitar discutir. Apreciaba ambas cosas más de lo que la señora Jameson podría llegar a saber.

—Tu madre discutía mucho con tu padre porque él tenía los medios para hacer cualquier cosa y darte cualquier cosa. Aunque eras muy pequeño la última vez que tu madre y yo pasamos tiempo juntas, sé que fue algo que le preocupó hasta el día de su muerte.

Me recliné en mi asiento y di un sorbo al café, ganando tiempo. No estaba seguro de cómo continuar la conversación. Por un lado, ansiaba más información sobre mi madre. Cualquier cosa que pudiera aprender. Pero por otro, no estaba seguro de si podía confiar en la fuente. Raramente lo hacía.

—¿Cómo sabe que le preocupaba eso si no manteníais contacto?

La señora Jameson encontró mi mirada y sonrió con tristeza. —La gente habla, Trent. No hay muchos secretos en este pueblo. Tu familia fue objeto de más cotilleos de los que le correspondían.

—Entonces, ¿usted difundía rumores sobre mi madre?

—Por supuesto que no —dijo con calma, sin dejarse llevar por la ira en mi voz—. No creo en hablar de la gente a sus espaldas. Tu madre y yo nos veíamos ocasionalmente a lo largo de los años en eventos escolares, pero nuestra amistad nunca volvió a ser la misma. Aun así, vi el dolor en sus ojos cuando te miraba.

—Y usted cree que ese dolor es porque yo era una decepción.

La señora Jameson rio suavemente. —Nunca. Estaba muy orgullosa de ti. Las veces que pudimos ponernos al día, no dejaba de alabarte. Me contaba lo inteligente que eras, lo duro que trabajabas por las cosas que te importaban. Pero sabía que la presión del dinero era algo para lo que no estabas preparado. Algo para lo que ningún niño está preparado.

—¿Qué tiene esto que ver con que ella me quisiera? —pregunté. Ahí es donde había comenzado la conversación, y si ella pretendía convencerme de algo, tenía mucho camino por recorrer.

—Tu madre me contó que se enamoró de dos hombres en el instituto. Uno era tu padre, y el otro era Harry Robinson. Conocía el nombre, pero no conocía a Harry. Tu madre salió primero con Harry, pero luego conoció a tu padre. Ambos hombres creían que ella eligió a tu padre porque tenía dinero, pero eso no es lo que ella dijo.

—Eso es lo que mi padre me contó.

La señora Jameson negó con la cabeza. —Tu madre vio la bondad en tu padre. Era un buen hombre que la cuidaba y quería darle el mundo entero. Lo único que ella realmente deseaba era una familia, hijos. Decía que Harry estaba celoso de tu padre, siempre lo había estado. Eso sacó a relucir una faceta de él que ella no conocía y no le gustaba. No se fiaba de él. Pensaba que podría hacerle daño a ella o a tu padre algún día, especialmente después de decidir que tu padre era a quien realmente amaba.

—¿Le contó todo esto? ¿En unas citas prenatales?

La señora Jameson se rio y negó con la cabeza. —Dios mío, no. Esto fue a lo largo de años de amistad. Tu madre era una persona muy reservada. Nunca le he contado nada de esto a nadie, ni siquiera a mi marido y a mis hijos. Pero siento que necesitas saber cuánto te quería y te amaba tu madre.

—He pasado los últimos veinticinco años creyendo que no lo hacía.

—Tu padre colmaba a tu madre de regalos. Le daba todo lo que quería e incluso más. Pero lo único que no podía comprarle era más hijos. Sé que lo intentaron durante mucho tiempo, pero eso desgasta a una persona. Cuando enfermó, creo que ya había perdido la voluntad de luchar.

Apenas podía respirar debido al nudo en la garganta. Los recuerdos que tenía de mi madre eran principalmente de ella al final. Los últimos meses después de que enfermó, cuando apenas se levantaba de la cama y miraba las paredes con la mirada perdida.

—Ojalá hubiera mantenido mejor el contacto con ella, pero veía el dolor en sus ojos cuando miraba a Finley. Pensé que si me mantenía alejada le haría menos daño, así que cuando ella dejó de llamar, yo también lo hice. Siempre me arrepentiré de eso.

—No podría haberla salvado.

La señora Jameson negó con la cabeza y se secó los ojos. —No, pero podría haber estado ahí para ella. Quizás para ti también.

Me quedé mirando a la mujer. Mi orgullo quería decirle que estaba bien y que no necesitaba a nadie, pero el niño asustado en mi interior, que perdió a su madre demasiado joven, quería un abrazo.

—¿Puedo preguntarle cuáles son sus intenciones con mi hija?

Solté un suspiro, sorprendido por el brusco cambio de tema. —Eh, ¿a qué se refiere?

—Me refiero a si está interesado en salir con Finley. ¿Es esto un truco para conseguir la custodia? ¿Está planeando mudarse aquí?

Las preguntas llegaron como puñetazos, fuertes y directos justo en los lugares precisos. —Yo... no lo sé. Y creo que eso es algo entre Finley y yo.

—Puede que sí, pero sé que ella aún no le está dejando entrar.

—¿Qué quiere decir?

—Si estaba en su tienda buscándola hoy, es que ella le está manteniendo a distancia.

—¿Por qué dice eso? Ella no tiene por qué contarme cómo gestiona su negocio.

—No, no tiene por qué, y tampoco esperaría que lo hiciera. Pero la vio ayer, ¿verdad?

—Sí. ¿Y qué?

—¿Ella sabe que usted sigue en el pueblo?

—Por supuesto.

—Y no sabía que iba a ver a su matrona esta mañana.

Eso no era una pregunta. Era una afirmación de hecho. Finley me mantuvo al margen. A propósito. Sobre mi hijo.

Mi primer instinto fue enfadarme. ¿Por qué haría eso? ¿Qué demonios? Estaba esforzándome. Hice el viaje para verla, para conocerla. ¿Por qué no me contaría sobre la cita?

—No se lo he dicho para disgustarle. Se lo he dicho porque quiero a mi hija y haría cualquier cosa por ella. Si está aquí para engañarla y quitarle la custodia, todo este pueblo luchará por ella. Puede que no tengamos ni de lejos tanto dinero como usted, pero tenemos muchísima pasión. Finley es adorada por aquí. Pero no creo que sea por eso por lo que está aquí. Creo que es usted hijo de su madre y quiere una familia. Pero eso nos lleva a la pregunta: ¿cuáles son sus intenciones con mi hija?

Podía entender por qué mi madre era amiga de la señora Jameson. Desinfló mis velas tan rápido como las había hinchado, llevándome de un extremo del espectro al otro.

Ella estaba haciendo la misma pregunta que yo me había estado haciendo durante seis semanas, desde que puse mi mano en el vientre de Finley y sentí a mi bebé patear.

*¿Qué quiero hacer?*

Blake se acercó antes de que pudiera responder y preguntó si queríamos más café. La señora Jameson le dijo que estábamos a punto de irnos y pagó la cuenta mientras yo me quedaba allí mirando fijamente la pared detrás de ella y preguntándome cómo responder a su pregunta.

Debería haber sido una pregunta sencilla. Yo tenía una vida en Niagara Falls. Una carrera, mi propia versión de familia. Nunca haría nada que pudiera poner eso en peligro. Pero...

Sentía una atracción hacia Cala MacKellar y Finley Jameson. Durante años, había estado volviendo al pueblo sin ser detectado y fingiendo ser un turista. Siempre usaba efectivo para que nadie supiera quién era, pero aun así volvía.

¿Y Finley? No podía negar que me sentía atraído por ella. Incluso la primera noche que nos conocimos, quería volver a verla. Pedí volver a verla. Solo era sexo. Ese siempre fue el plan.

Hasta que mi bebé pateó.

—Ha sido agradable verte de nuevo, Trent —dijo la señora Jameson. Se puso de pie y volvió a ponerse su abrigo, abrochándose los gruesos botones negros mientras yo observaba sus manos—. Espero verte pronto.

Finalmente reaccioné y me levanté. —Yo también lo espero, señora Jameson.

Ella me miró con una ceja levantada. —Bien.

La seguí fuera de Cracked y la despedí con la mano antes de que ella se diera la vuelta y se marchara. Me llevó otro minuto hacer lo mismo.

Conduje durante una hora, arriba y abajo por la costa sin tener una idea clara en mente. Las carreteras estaban heladas y resbaladizas con la nieve de febrero, pero el sol brillaba en el cielo y el agua centelleaba con intensidad. Aunque nada de eso me ayudaba realmente a encontrar la respuesta a las preguntas que no dejaban de dar vueltas en mi cabeza.

¿Cuáles son mis intenciones? ¿Qué es lo que quiero?

Finalmente me dirigí a casa justo a tiempo para reunirme con el contratista. Era un tipo grande llamado Peter, alguien que Andrew dijo que venía muy recomendado. Alguien que probablemente ni siquiera necesitaba un equipo a juzgar por el tamaño de sus manos cuando estrechó la mía.

—¿Qué es lo que busca hacer? —preguntó Peter una vez que terminamos las presentaciones.

Suspiré y negué con la cabeza. —Un poco de todo. Hice venir a una agente inmobiliaria para que me diera una valoración. Sugirió renovar la casa habitación por habitación porque no se venderá tal como está.

—Tiene razón. La casa tiene buenos cimientos, pero está anticuada. Podemos hacer un arreglo rápido y darle brillo, o podemos hacer una reforma completa.

—¿Existe alguna opción intermedia? —hice una mueca.

Peter se rio. —Sí. ¿Cuándo quiere usted marcharse de aquí?

La pregunta fue casual y sencilla. La razón por la que estaba allí era para hacer la casa comercializable. Había estado en venta durante meses y no había tenido ni una sola visita. La señora Weston finalmente me convenció de que no hacer nada era la peor opción posible.

Pero ahora...

—¿Eso significa inmediatamente? Porque puedo hacer que mi equipo empiece en unas semanas, pero estamos ocupados durante todo el mes. Ahora mismo solo tengo un equipo limitado. El grueso de nuestro trabajo aumenta en primavera y verano y podemos hacer más, pero ahora mismo, irá un poco lento.

Miré a Peter e intenté darle sentido a lo que estaba diciendo. No, entendía lo que estaba diciendo. Necesitaba darle sentido a lo que yo quería.

¿Quería quedarme? ¿Quería hacer todas las mejoras a la casa? ¿Cuáles eran mis intenciones?

—¿Se encuentra bien? —preguntó Peter. Sus cejas oscuras se juntaron formando una uve. Se inclinó como si pudiera ver qué me pasaba si se acercaba lo suficiente—. ¿Necesita un médico?

—No. Estoy bien. Lo siento. Yo...creo que no sé lo que quiero ahora mismo.

—Vale —dijo Peter alargando la palabra—. Podemos empezar con algo sencillo como pintar e ir avanzando desde ahí. Es fácil de hacer, no es caro, pero tendrá un gran impacto. A veces solo una capa de pintura fresca es suficiente para que una casa parezca nueva otra vez.

Asentí. —Está bien. Me iré de la ciudad el lunes, pero Andrew vive aquí. Él puede aprobar cualquier cosa por mí y tiene acceso a las cuentas para pagarle. ¿Hay algo más que necesite de mi parte?

Peter negó con la cabeza. —Todo bien. Me pondré en contacto.

—Gracias —dije, acompañándole hacia la puerta. Nos dimos la mano y se marchó.

Me apoyé contra la puerta y miré a través de mi casa hacia el agua que se veía fuera. El jardín era un manto blanco, pero el agua era brillante y azul.

El mismo azul que los armarios de la cocina de Finley.

El mundo entero de Finley tenía color. Brillante y hermoso, desde su ropa hasta su apartamento y la propia mujer. Yo vestía principalmente con colores neutros. Mi hogar era neutro. Todo sobre mí era neutro. Nunca quise destacar, llamar la atención. Mi dinero me daba más de lo que jamás había deseado, así que hacía todo lo posible por pasar desapercibido cuando era posible.

Hasta el punto en que era casi invisible.

¿Cuándo quería salir de casa? ¿Cuáles eran mis intenciones con Finley? ¿Qué quería?

No sabía ninguna de las respuestas, pero empezaba a pensar que era porque las respuestas significaban dar un gran salto fuera de mi zona de confort hacia algo que nunca pensé que podría tener. Algo que me decía a mí mismo que no merecía. Algo que deseaba más que cualquier otra cosa en mi vida. Justo como mi madre.

Familia.

X y J eran mi familia en todos los sentidos de la palabra, lo que significaba que cualquier cambio debía hacerse juntos. Pero la idea de dejar Cala MacKellar y no volver nunca dolía más de lo que quería admitir.

Igual que dolía la idea de dejar a Finley Jameson y no volver nunca.

SIEMPRE ME ASOMBRABA lo que se podía comprar con dinero. Gastar un poco, o mucho, de efectivo significaba que podía conseguir casi cualquier cosa que quisiera. Incluso organizar la cita perfecta para Finley con solo unas pocas horas de antelación.

Decidí no decir nada sobre la cita médica que nunca me contó. Me molestaba, pero después de pasar el resto de la tarde pensando en nada más que en lo que yo quería, tuve que admitir que yo tampoco habría compartido esa información si estuviera en su lugar. Ella estaba protegiendo a sí misma y a su bebé. Yo solo era el tipo que donó el esperma.

Cuando la recogí esa noche, me preguntó qué íbamos a hacer y adónde íbamos. Parecía que estaba lista para meterse en la cama, así que pensé que mi cita sorpresa era exactamente lo que necesitaba.

—Pensé que una noche tranquila sería buena. ¿Te parece bien?

—¿Una noche tranquila? Su voz se elevó al final.

—¿Querías salir?

—No, está bien. Solo pensé que estarías buscando... Oh, lo

siento. No pensé. Probablemente no quieres que te vean conmigo.

—¿Por qué pensarías eso? —pregunté mientras giraba hacia la finca.

Resopló y señaló su estómago. —Nunca he sido una fantasía hecha realidad, pero ahora estoy aún más lejos de serlo. Y si la gente nos ve juntos, probablemente pensarán que el bebé es tuyo.

—No me importa eso. Se lo diré a todo el que vea —gruñí.

—No pasa nada. Hasta que no se haga la prueba de paternidad, sé que aún tienes dudas sobre todo esto. En realidad no nos conocemos. Tienes todo el derecho de proteger tu reputación.

Apagué el todoterreno y me giré en mi asiento para mirarla de frente. —Finley, no me importa mi reputación. Me importas tú. Pensé que te vendría bien una noche tranquila ya que estás de pie todo el día en el trabajo. Además, nos dará la oportunidad de hablar y conocernos mejor.

—¿Hablar? —preguntó con una sonrisa pícara. Una sonrisa seductora. De esas que hacen que la sangre se me caliente y que mi miembro se despierte.

—Sí —dije, forzando la palabra a pesar de las protestas de mi cuerpo. Quería hacer todas las cosas sucias que ella estaba pensando, pero si iba a averiguar si lo que estaba pasando entre nosotros podía ser real, necesitaba conocerla.

—¿En serio? ¿Todo lo que quieres es hablar? Nunca hemos hablado. Bueno, excepto cuando te dije que estaba embarazada, y eso no salió muy bien.

—Me pillaste desprevenido.

—No existe una buena manera de decirle al desconocido con el que te acostaste que estás embarazada de su bebé.

—Y yo lo manejé de la peor manera posible. Por eso, lo siento.

Apretó los labios y asintió. No aceptó mi disculpa, y yo no

merecía que lo hiciera, pero lo había dicho. Eso era un paso. Le debía mucho más que eso.

Salimos del todoterreno y caminé hacia su lado. Había aparcado en el garaje para evitar cruzar por el resbaladizo camino de entrada, pero eso significaba que teníamos que caminar más para entrar.

Abrí la puerta de la casa y entré. Me quité los zapatos y me preparé cuando oí las uñas de Kenny arañando el suelo de mármol.

—Perdona —dije justo antes de que doblara la esquina. Entró dando brincos al cuarto de la entrada y soltó un ladrido cuando vio a Finley. Saltó entre nosotros, intentando decidir a quién quería saludar primero.

Finley se arrodilló y abrió los brazos. Kenny corrió hacia ella, lamiéndole la cara y dando vueltas para darle acceso a todo su cuerpo. Finley se rio, acariciando a mi avaricioso perro.

—Es un bebé grande —le dije—. Y le encanta que le acaricien la barriga.

—Es dulce —dijo ella, con el rostro tenso por mis palabras—. ¿Cómo se llama?

—Kenny.

—¿Kenny? ¿En serio? ¿Le has puesto a tu perro nombre de hombre?

—Es un perro macho. ¿Qué nombre debería haberle puesto?

—No sé. Duke. O Sparky. ¿Qué tal Rover?

Resoplé. —Ninguno de esos le pega a este perro.

—¿Y Kenny sí?

—Bueno, tuve ayuda para ponerle nombre. No fue enteramente mi elección.

—Oh —dijo suavemente. La palabra salió como una burbuja al estallar. Sus hombros se inclinaron hacia delante.

Rodeó el cuello de Kenny con sus brazos y enterró la cabeza en su pelaje.

—Mi mejor amigo vive conmigo. Tiene una hija. Ella tiene quince años.

—¿De verdad?

Asentí ante su mirada curiosa. —Se mudaron conmigo cuando ella era un bebé. Los tres somos una familia. La quiero como si fuera mía, aunque no lo sea. Ella fue quien le puso Kenny.

—Yo pensaba...

—¿Una ex?

Asintió y volvió a enterrar su cara en el cuello de Kenny.

—No. No muchas de esas. Ninguna con la que haya comprado un perro.

—Vale.

—¿Y tú? ¿Alguna custodia compartida de mascotas o direcciones comunes o algo? ¿Alguien serio en tu pasado?

Suspiró profundamente y se puso de pie. —¿Es esta toda la parte de conversación de la noche? ¿Hacer todas estas preguntas?

Negué con la cabeza, preguntándome por qué evitaba responder. —Solo siento curiosidad, eso es todo.

Su boca se tensó. Se mordió los labios y luego cruzó los brazos sobre el pecho. —No he salido con nadie en mucho tiempo. Dos años. E incluso aquello fue algo casual. Antes de ti, no me había acostado con nadie en más de un año. De nuevo, fue algo casual. Pero eso ya te lo dije. ¿Te gustaría que me sometiera a un detector de mentiras?

—Vaya, no quería insinuar nada. No estaba preguntando sobre... —hice un gesto hacia su estómago, preguntándome cómo las cosas se habían descarrilado tan rápido.

—Quizás debería irme —dijo ella.

Vaya mierda.

## 17

FINLEY

udson tenía razón. Me fastidiaba un poco, pero no podía negarlo. No cuando lo tenía delante de mis narices. Durante todo el trayecto de ida y vuelta a mi cita de hoy, Hudson me dijo que no confiara en Trent. Que solo estaba siendo amable para conseguir lo que quería. Mi bebé.

Le dije que no era verdad. Que Trent estaba dando marcha atrás. Que incluso su abogado le había dicho al mío que no buscaban nada por el momento. Que Trent le había comunicado que abandonaba la vía legal. Pero Hudson no cedía.

Y ahora, estaba atrapada en la mansión gigante de Trent sin forma de volver a casa sin pedirle que me llevara. Mierda.

Me di la vuelta para entrar en la casa, esperando encontrar otra salida. Quizás Karissa podría venir a recogerme. Dijo que no estaba haciendo nada. Sabía que estaba trabajando, pero...

—Por favor, no te vayas —dijo Trent justo detrás de mí—. No quería que sonara así.

—Trent, simplemente no creo que nada de esto sea buena

idea. No creo que intentar ser... lo que sea que estemos intentando ser, sea buena idea. Yo vivo aquí, y tú vives en Niagara Falls, y esto solo puede acabar mal. No tengo intención de abandonar Cala MacKellar. Este es mi hogar. Y no espero que te mudes aquí o que me cuides ni nada por el estilo. Te conté lo del bebé porque creía que debías saberlo, pero no busco nada de ti.

—Finley, por favor, dame una oportunidad.

—¿Una oportunidad para qué? ¿Para hacer que me enamore de ti? No quiero que eso ocurra. Eres amable y encantador, cuando quieres serlo, y sé que caería rendida si te lo propusieras. Pero no puedo. Tengo que pensar en el bebé. Tengo que protegerle, y eso significa ponerle a él en primer lugar.

—¿Él?

—Lo siento. Pensaba que te lo había dicho. Es un niño. Lo supe el mes pasado.

Asintió lentamente, su mirada dirigiéndose hacia mi vientre donde mi mano cubría la prominente barriga. Había cogido la costumbre de reposar la mano sobre él, como una señal de solidaridad o algo así. Él era mi razón para todo. Y eso no podía cambiar porque su padre resultara ser un hombre atractivo y adinerado que podía hacerme flaquear con tan solo una sonrisa.

La mirada de Trent volvió a fijarse en la mía, sus ojos más suaves que un momento antes. —Finley, no quiero arruinar tu vida. Pero sí quiero tener la oportunidad de formar parte de ella.

—No sé si puedo prometerte eso.

—¿Por qué no?

—Porque no confío en mí misma cuando estoy cerca de ti. Quizás sean las hormonas, quizás seas tú, pero lo único que sé es que estoy aquí con cada neurona funcionando diciéndome que salga de esta casa ahora mismo, pero mi cuerpo no me obedece.

—¿Por qué no?

Gemí. —Porque quiero sexo. Porque te deseo. Porque cuando estamos en la misma habitación, acabamos desnudos y es realmente, realmente bueno.

Una comisura de su boca se curvó hacia arriba, seguida por la otra medio segundo después. La sonrisa burlona en sus labios estaba bien merecida, pero eso no significaba que tuviera que gustarme.

—Cállate ya.

Soltó una risa y negó con la cabeza. —Es realmente, realmente bueno. Y definitivamente quiero repetirlo, pero también quiero conocerte. Pase lo que pase, tanto si me das una oportunidad y averiguamos cómo estar juntos como si no, vamos a formar parte de la vida del otro para siempre. Vamos a tener un bebé juntos. Y no tengo intención de abandonaros a ninguno de los dos.

—No soy tu responsabilidad.

—Quizás no, pero asegurarme de que estés sana lo es ahora mismo. Por eso está aquí Meaghan.

—¿Quién es Meaghan? —pregunté mientras él señalaba detrás de mí. Me giré y vi a una mujer rubia menuda junto a una camilla de masaje en medio del salón.

—Meaghan es una masajista prenatal de Syracuse. Ha accedido a venir hasta aquí esta noche para darte un masaje. Todo el tiempo que quieras.

—¿Qué? —jadeé. Solo la idea hizo que mi cuerpo se relajara. Estaba más que dolorida y con molestias, pero no podía justificar el gasto de un masaje cuando apenas podía pagar mis gastos médicos.

—Te lo dije, pensé que una noche tranquila en casa sería buena. Puedes negarte, pero creí que sería un bonito detalle para ti.

—Sí, gemí. Casi lloré.

Trent se rio. —Bien. Meaghan está instalada aquí, pero si te sientes más cómoda, puede subir a uno de los dormitorios.

—¿Dónde vas a estar tú?

—Voy a estar cocinando en la cocina. Me mantendré fuera de tu camino y seré lo más silencioso posible.

Miré entre la cocina y la camilla de masaje instalada en medio del salón. Estaban cerca. Lo suficientemente cerca como para que fuera imposible no oír y oler lo que Trent estuviera haciendo. Y lo suficientemente cerca como para que él me viera. Desnuda. Otra vez.

—¿Dónde prefieres estar, Finley?

—Está bien. Esto está bien. Parece que has despejado la habitación para esto, de todas formas. No quiero desordenarlo todo.

—La habitación está despejada para los pintores, pero ha venido bien tener el espacio abierto.

—¿Pintores?

Asintió. —Mi agente inmobiliario me convenció para renovar la casa y que sea más fácil venderla.

—¿Estás vendiendo la casa? No podía explicar por qué la idea me molestaba tanto, pero así era.

—Eh, sí. No paso nada de tiempo aquí y simplemente tiene sentido.

—Claro. Sí, no es como si tuvieras alguna razón para estar en la ciudad. Forcé una sonrisa y me aparté de él. Estaba vendiendo la casa. No me importaba, excepto por el hecho de que si vendía la casa, significaba que no estaría en la ciudad tanto, o en absoluto. Una cosa más que indicaba que planeaba quitarme al bebé.

Crucé la habitación antes de que Trent pudiera decir algo más y sonreí a Meaghan. Le di las gracias por estar allí y le pregunté cómo quería que me colocara. Meaghan me entregó un esponjoso albornoz blanco y me indicó un baño al final del pasillo.

¿A cuántas mujeres ha traído para que Meaghan les dé un masaje?

Alejé ese pensamiento de mi mente y me dije a mí misma que no me importaba. No era importante. Trent era el padre de mi bebé, no mi novio ni mi futuro marido ni nada para mí excepto un hombre del que nunca podría alejarme.

Un hombre del que definitivamente me enamoraría si dejara de esforzarme tanto por no hacerlo. Pero no podía permitir que eso sucediera. Ni ahora, ni nunca.

Respiré hondo y reuní todo mi valor, luego regresé al salón. Trent estaba en la cocina, pero no lo miré. Meaghan levantó una sábana y me dijo que me quitara la bata y me tumbara boca abajo en la camilla, bajo la sábana. Había un recorte en la camilla con un soporte para mi vientre para que el bebé estuviera seguro. Me coloqué con cuidado, intentando no sentirme completamente cohibida por estar desnuda en una habitación con dos personas que no conocía.

Le dije a Meaghan que estaba lista, y ella bajó la sábana que estaba usando para bloquearme de la vista de Trent. Dobló la sábana y la colocó a un lado, luego comenzó mi masaje.

No pasó mucho tiempo antes de que olvidara mis preocupaciones sobre que Trent me viera desnuda y expuesta, y lo único que importaba eran las manos mágicas de Meaghan y cómo me hacían sentir. Gemí y suspiré y disfruté cada minuto del masaje que parecía durar una eternidad. No me habría quejado si realmente hubiera durado para siempre. El bebé estaba tranquilo y cómodo, y yo sentía como si no hubiera estado de pie con una bola de bolos sobre mi vejiga durante meses.

Mientras Meaghan terminaba mi masaje, los sonidos y olores a mi alrededor comenzaron a volver. Trent seguía en la cocina. Sus pies hacían un suave ruido sobre el suelo de mármol. El chisporroteo de algo en la cocina solo se sumaba al increíble olor que flotaba en el aire. Mi estómago rugió sonoramente.

—Lo siento —le dije a Meaghan.

Ella se rio. —El mío ha estado haciendo lo mismo todo el tiempo. Me preocupaba estar distrayéndote.

—No —admití—. El masaje era tan bueno que no noté nada más a mi alrededor.

—Bien, me alegro. Ese era todo el objetivo.

—Gracias —le dije, abriendo los ojos y mirando a la mujer.

—De nada. Sé que no me corresponde decir esto, pero él realmente quería que esta noche fuera especial para ti. No conozco toda vuestra historia, pero creo que le importas más de lo que está dispuesto a admitir.

—¿Es usted amiga suya?

Ella negó con la cabeza. —No. Nos conocimos hoy. Un cliente mío es compañero suyo y le pasó mi nombre.

—¿En serio?

Asintió. —Puede que haya sido un plan un tanto precipitado, pero no creo que eso signifique que le importe menos. Me ofreció mucho más de mi tarifa habitual por venir hasta aquí.

—¿Dónde vives?

—Siracusa.

—¿De verdad? Eso está bastante lejos.

—Así es. Y contrató un servicio de chófer para traerme y llevarme de vuelta. Además incluyó una cena muy agradable para mí y mi familia en casa e insistió en pagarme casi el triple de mi tarifa habitual por encima de todo eso.

—Vaya.

Meaghan asintió. —Solo quería que lo supieras. Por si te sirve de algo.

Le sonreí. Definitivamente me ayudaba a acercarme un poco más a enamorarme del padre de mi bebé. No quería, pero todos esos pequeños detalles se iban sumando rápidamente.

—Cuando esté lista, puede ponerse el albornoz de nuevo y vestirse si lo desea. Y espero volver a verla en alguna otra ocasión, Sra. Jameson.

—Gracias, Meaghan. Yo también lo espero.

Levantó la sábana y se colocó detrás. Cogí el albornoz del extremo de la cama y me lo puse, atando el cinturón por encima de mi barriga. —Estoy vestida.

Meaghan bajó la sábana y me hizo un gesto con la cabeza, luego fue a la cocina para hablar con Trent. Aproveché el momento y escapé al baño.

Contrató a alguien. Y pagó a un conductor. Y atendió a toda su familia. Todo por mí. ¿Por qué haría eso si también está vendiendo su casa y cortando todos los vínculos con la zona?

¿Esperaba que me mudara a Niagara Falls? ¿O simplemente planeaba llevarse al bebé y huir sin volver a pensar en mí?

Quería confiar en él, y una parte de mí lo hacía, pero tenía miedo. Nunca había confiado en otra persona con algo así. Karissa, sí. Mis amigos y familia, sí. Pero ¿un hombre que me atraía? Ni de broma.

Me cambié a mi ropa y salí del cuarto de baño. Meaghan me abrazó y se despidió, luego se marchó por la puerta principal. Y Trent y yo nos quedamos solos.

—¿Cómo te sientes? —preguntó, atrayendo mi atención hacia él. La cocina blanca detrás de él era luminosa y sosa. Trent llevaba una camisa azul abotonada con las mangas remangadas y unos pantalones chinos. Sus pies, en calcetines blancos, se deslizaban suavemente por el suelo mientras se movía. Encajaba en la casa. Definitivamente lujosa y cara, pero también un poco discreta y reservada. Como si intentara mimetizarse con su entorno.

—¿Finley?

Negué con la cabeza y sonreí. —Lo siento. Estoy bien. Genial, en realidad. Gracias. Ha sido increíblemente generoso por tu parte.

—Bien. Me alegro de que Meaghan haya podido ayudarte. ¿Por qué no te sientas y traigo la cena?

—Puedo ayudar —protesté. Parecía ser mi estado normal con él.

—Sé que puedes, pero quiero que esa sonrisa relajada en tu cara permanezca ahí el mayor tiempo posible.

Solté una risa y asentí. Me senté en la barra, el único lugar que quedaba en la amplia habitación abierta para sentarse. Trent trajo platos de comida con filetes cubiertos con algún tipo de salsa de mantequilla, patatas pequeñas doradas, espárragos y una ensalada de guarnición.

—¿Está todo bien? —preguntó.

—Se ve increíble. Huele increíble, también.

—Bien. ¿Qué te gustaría beber?

—Solo agua estaría genial.

—¿Con gas o sin gas?

—¿En serio?

—Sí. ¿Por qué?

—No conozco a nadie que tenga agua con gas en su casa en un día normal.

—¿Eso significa que prefieres sin gas?

—Oh, no, definitivamente no. Quiero con gas.

Se rio y cogió dos botellas de la nevera. Colocó una frente a mí y tomó asiento a mi lado. Comimos en un silencio agradable durante unos minutos, disfrutando de la deliciosa comida y de la tranquilidad de la noche.

—¿Cocinas mucho? —pregunté.

Negó con la cabeza. —No tanto como me gustaría. Mi madre era una gran cocinera. Siempre intentaba llevarme a la cocina, pero mi padre decía que necesitaba aprender a dirigir el negocio.

—Parece que has logrado dominar ambas cosas.

Sonrió, pero la sonrisa no llegó del todo a sus ojos oscuros. Volvió a su plato sin dar más explicaciones.

Seguí comiendo, sin saber de qué hablar con él. Si se suponía que debíamos conocernos mejor, lo estábamos haciendo fatal. Ninguno de los dos habló durante unos largos minutos.

—Uy —dije, al recibir una patada particularmente fuerte desde dentro.

—¿Estás bien? —Se puso de pie de un salto y me recorrió con la mirada, como si pudiera ver lo que estaba pasando.

—El bebé está dando patadas. Dame tu mano. —Extendí la mía hacia él, sonriendo cuando no dudó en dejar que colocara su mano sobre mi vientre—. Justo ahí.

Dejó escapar un jadeo de sorpresa cuando el bebé le dio un buen y fuerte golpecito en la mano. —Vaya. ¿Eso ha sido él?

Asentí. —Me pregunto si le atrae tu voz. Lo grave que es podría sonarle diferente.

—Como si me conociera —dijo Trent maravillado.

No iba a romperle la ilusión diciéndole que los bebés solo reconocen las voces que escuchan con frecuencia. El bebé definitivamente estaba más emocionado cuando Trent estaba cerca.

—¿Puedo... puedo hablar con él?

Levanté la mirada hacia Trent y asentí. Me giré en mi asiento para quedar frente a él, dejando que se acercara para decirle algo al bebé.

—Hola, pequeñín. Soy... —Me miró nuevamente—. —Soy tu papá. No puedo esperar a conocerte.

El bebé dio una buena patada otra vez, como si estuviera

de acuerdo con Trent. Se me llenaron los ojos de lágrimas. Malditas hormonas.

—Sé que no he estado presente lo suficiente, pero espero que eso cambie. Tienes una mamá increíble. Es fuerte, guapa, inteligente y amable. Es la mujer más asombrosa del mundo. Tienes suerte de tenerla en tu vida y de tu lado. Yo no soy ni de lejos tan maravilloso como ella, pero voy a intentar ser mejor. Haré todo lo que pueda por vosotros dos. Todo lo que ella me permita hacer. Pero siempre estaré ahí para ti, pequeñín. Siempre.

Besó mi vientre y respiró profundamente, con los labios presionados contra mi camiseta. No me moví ni respiré, simplemente me quedé allí, tan inmóvil como fue posible, dejándole disfrutar del momento.

Después de un minuto, se apartó y me sonrió con timidez. —Lo siento. Yo... Vuelvo enseguida. —Se fue por el pasillo y subió las escaleras.

—¿Qué demonios acaba de pasar? —le pregunté al bulto. Él no hablaba.

Me pregunté si debía ir tras Trent, pero me quedé donde estaba. Terminé mi cena y lavé el plato. Lavé los platos que él había usado para cocinar y limpié todo lo que pude en la cocina. No tenía ni idea de adónde había ido ni cuándo iba a volver.

Me senté de nuevo en la isla, bebiendo a sorbos el resto de mi agua con gas y deseando poder recorrer la casa y verla toda. Finalmente, oí pasos que bajaban las escaleras.

Trent volvió a donde yo estaba sentada y ocupó su asiento otra vez. Miró fijamente su plato. Después de un minuto, susurró: —Lo siento.

—No tienes que disculparte por nada.

Encontró mi mirada y sonrió. —Sí que tengo. Tengo mucho por lo que disculparme, pero ahora mismo, siento haberme marchado así. Yo... La última mujer con la que salí, se llamaba Michelle, éramos bastante serios. Llevábamos viéndonos un año cuando me dijo que estaba embarazada.

—¿Qué? —jadeé. ¿Tenía un hijo? ¿Cómo es que no lo sabía?

—Estaba mintiendo. Quería que le pidiera matrimonio. Solo empezó a salir conmigo porque pensaba que llegaríamos a casarnos y podría ser como esas mujeres de la tele.

—Oh, Trent. Se me rompió el corazón por él.

—Cuando lo descubrí, corté con ella y me prometí que no volvería a involucrarme con nadie. Era demasiado duro. Sé que suena ridículo, pero la mayoría de la gente solo me ve como una cuenta bancaria.

—Yo nunca-

—Lo sé. Pero cuando me lo dijiste por primera vez, eso fue lo que pensé.

—¿Cuándo ocurrió esto con Michelle?

—Hace un año.

—Así que seis meses antes de conocernos.

—Sí. Y no había estado con nadie desde ella. Así que...

—Mierda.

—Eso no excusa cómo me comporté. Para nada. No intento que lo aceptes. Solo te lo cuento porque este bebé es real para mí. Es mi hijo. Me asusté y me enfadé cuando me lo dijiste porque inmediatamente pensé en Michelle, pero ahora sé que tú no eres así. No sé si podemos ser algo más que padres compartiendo la custodia, pero sí sé que quiero formar parte de la vida de mi hijo. Y quiero que tú estés en su vida. Nunca te lo quitaría.

—Gracias —susurré.

—Tenemos mucho que resolver, pero quería que entendieras un poco más sobre mí.

Asentí. Él merecía más de lo que le había dado. Vale, entonces no lo sabía, pero merecía que yo le dijera la verdad.

—Trent, necesito decirte algo.

Él se movió en su asiento y me miró a los ojos. Su mirada era abierta y curiosa. No juzgaba. Por ahora.

—Tenía una cita hoy. Para el bebé.

Él asintió. —Lo sé.

Me eché hacia atrás. —¿Qué quieres decir con que lo sabes? ¿Cómo lo sabes?

—Me lo dijo tu madre.

—¿Mi madre? ¿Qué? ¿Cómo? ¿Cuándo?

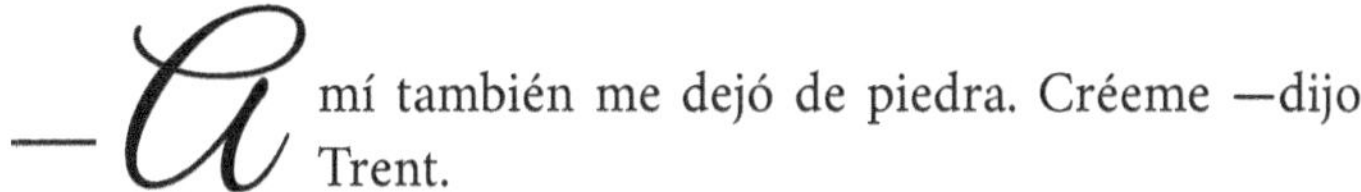

—A mí también me dejó de piedra. Créeme —dijo Trent.

—¿Cuándo viste a mi madre? ¿Cómo la conoces?

—Fui a verte esta mañana. A tu tienda. Pero estaba cerrada. Me preocupé, pero ella se acercó a mí y me invitó a tomar un café. Fuimos a Cracked y Blake estaba allí. Ahí fue cuando me di cuenta de quién era.

—¿Tomaste café con mi madre?

Asintió. —Sí. Y me contó lo de tu cita. Dijo que pensaba que debía saberlo. Y me dio mucho en qué pensar. Lo más importante fue qué es lo que quiero de ti.

—¿Qué quieres de mí? —pregunté, con la voz apenas audible. No estaba segura de querer la respuesta, pero la necesitaba.

—Aún no lo sé, pero sí sé que quiero que tengamos una relación. Incluso si eso acaba siendo una amistad, quiero que tengamos una relación. Conocernos, confiar el uno en el otro y tomar decisiones sobre el bebé juntos.

Solté un suspiro de alivio. No estaba segura de lo que iba a decir, pero en ese momento confiaba en él. A pesar de todos mis miedos, confiaba en que no intentaría quitarme a mi bebé.

—Por eso quería contarte lo de Michelle. Quería que lo entendieras. Y quizás que me perdones por haber sido tan imbécil.

—Te perdono.

—Gracias.

Mantuvo mi mirada durante un largo minuto, con un amago de sonrisa en los labios. Su mirada se desvió hacia mis labios y luego volvió a subir. Se lamió los labios.

Mi pulso se aceleró. Descrucé y volví a cruzar las piernas, intentando aliviar las repentinas ganas de lanzarme sobre él allí mismo. No era justo lo mucho que le deseaba. Entre todas las personas. No porque fuera un mal tipo, sino porque no estaba disponible para mí. Vivía demasiado lejos, y una relación intermitente a tiempo parcial con el padre de mi hijo por nacer era una idea horrible.

Pero cuando se bajó del taburete hacia mí, no me eché atrás. Cuando me cogió la mandíbula y su pulgar se detuvo en mi mejilla, no me resistí. Y cuando se inclinó dolorosamente despacio hasta que nuestros labios se encontraron, definitivamente no protesté.

Entonces empezó el juego.

Mi pulso, que ya estaba acelerado, se saltó un latido y se disparó. Necesitaba más de él, y lo necesitaba ahora mismo.

—Arriba —gruñó, tirando de mí para que me levantara del taburete. Me besó mientras intentábamos caminar hacia las escaleras, hasta que finalmente nos dimos por vencidos y nos cogimos de la mano para movernos más rápido. Él iba delante mientras yo intentaba no odiar el hecho de que estaba en la casa más cara y lujosa del pueblo y no podía fijarme en cada pequeño detalle. Ya habría tiempo para eso más tarde.

Entró en una habitación y cerró la puerta de una patada,

sus labios sobre los míos tan pronto como se oyó el clic. Me sujetó la mandíbula de nuevo, con esos dedos suyos haciéndome cosquillas en el cuello y provocándome escalofríos. O quizás era la forma en que su cuerpo se pegaba al mío.

—Finley —susurró.

Me aparté y le miré. Sus ojos oscuros eran casi negros, pero en lugar de oscuros y enfadados, brillaban como el cielo nocturno. Sus labios estaban húmedos por nuestros besos. Su cabeza completamente afeitada y suave bajo mi mano. No podía dejar de tocarle. Esta vez tenía permiso. Ya no era un desconocido, ni alguien a quien odiaba. Era el padre de mi hijo. El hombre que había traído a una masajista desde horas de distancia para hacerme sentir bien. Era Trent. Un hombre al que quería conocer mejor.

Nos sonreímos mutuamente, un acuerdo silencioso de que las cosas habían cambiado. No estábamos empezando de cero, pero estábamos dejando todo lo demás atrás. El dolor, el miedo y la ira. Todo había terminado. Estábamos avanzando juntos.

Nos besamos mientras avanzábamos hacia la gran cama en el centro de la habitación. Las sábanas grises estaban apartadas hacia un lado y deslizándose por el borde de la cama. Cuatro almohadas estaban esparcidas desordenadamente sobre el colchón. Y cuando me tumbé en la cama, el aroma de Trent llenó el aire a mi alrededor y se filtró en mi alma.

Se acostó a mi lado, besándome y tocándome sin llevar las cosas más lejos. Teníamos tiempo. No había prisa. Y lo íbamos a aprovechar bien.

Levanté el borde de su camiseta y puse mi mano en su estómago. Él gimió y presionó su cuerpo contra mi costado. Extendí los dedos, disfrutando de la sensación de su piel cálida sobre la mía. Él deslizó sus labios por mi cuello hasta donde mi vestido le detuvo, luego invirtió la dirección y encontró mis labios de nuevo.

Su mano se deslizó sobre mi vestido, acariciando mi cuerpo. Cubrió uno de mis pechos, jugueteando con mi pezón a través de las capas y haciéndome gemir. Me gustaba esta lentitud, pero no estaba segura de que mis hormonas descontroladas pudieran aguantar mucho más. Había tenido sexo dos veces en los últimos dieciocho meses, y ambas fueron con Trent. Sabía lo bueno que iba a ser, y esperar nunca ha sido mi fuerte.

Me subí encima de él, separando mis muslos para acomodar sus caderas. Él se incorporó, impidiendo que me tumbara sobre mi vientre. Me apartó el pelo de la cara y me besó en la frente, luego en las mejillas, luego en la nariz.

—Eres preciosa.

—Gracias —dije. No se me daba bien aceptar cumplidos, pero a él se le daba bien hacérmelos. Me hacía sentir que lo decía en serio, y no había nada que pudiera hacer para discutir.

—No tiene por qué pasar nada ahora mismo, Finley.

—¿Estás diciendo que no quieres que pase algo?

Él negó con la cabeza. —Estoy diciendo que no quiero que sientas que te estoy forzando a nada ahora mismo. Ni nunca. Quiero conocerte, pero eso no significa que tengamos que acostarnos cada vez que nos veamos.

—Entonces, ¿no vamos a tener sexo? Porque las hormonas del embarazo son bastante locas, y estoy muy cachonda. Si no quieres sexo, necesito irme a casa para coger mi vibrador.

—Joder —gimió. Su miembro palpitó entre mis muslos. Me agarró del pelo con una mano y acercó mi boca a la suya. Se abrió paso con la lengua dentro de mi boca y presionó su otra mano contra el centro de mi espalda, juntando nuestros cuerpos por completo. Arrugó la tela de mi vestido con una mano hasta que logró acceder a mi muslo desnudo, luego deslizó ambas manos por mis piernas hasta llegar a mis bragas.

Me mecí contra él, usando su miembro para aliviar parte del dolor que sentía dentro. Él sujetó mis muslos y me animó a continuar, besándome mientras yo me movía sobre él sin pudor. Me dije a mí misma que no debería hacerlo, pero no pude detenerme mientras su polla palpitaba debajo de mí y sus rígidos pantalones ayudaban en la fricción. No pasó mucho tiempo antes de que echara la cabeza hacia atrás y me dejara llevar, gritando su nombre y rezando para que no hubiera nadie más en la casa que pudiera oírme.

—Eres impresionante —susurró, besándome el cuello mientras yo intentaba no sentirme como una idiota por montarle como si fuera un toro y correrme sin quitarme la ropa.

—Lo siento.

—¿Por qué demonios?

—Estoy tan avergonzada.

Él me sujetó la mandíbula y esperó hasta que le miré a los ojos. —Eso ha sido precioso. Siempre estaré aquí para eso si alguna vez necesitas mi ayuda de nuevo. Y si no estoy aquí, estaré encantado de proporcionarte algo de inspiración por teléfono. O fotos. O lo que necesites.

—¿Vas a ser mi compañero sexual sustituto?

Resopló. —Si es así como quieres llamarlo. O podría ser el padre de tu bebé y tu pareja.

—¿Pareja?

—Novio suena raro.

—¿Es eso lo que eres? ¿Un novio o pareja o algo así?

—No lo sé. Por ahora, no estoy diciendo que no a nada.

—Claramente no dije que no —dije.

Trent resopló. —¿Puedo conseguir que no digas no otra vez?

Empujó sus caderas hacia arriba, y gemí. Mis ojos se cerraron de golpe. Todo dentro de mí se iluminó, amplificado y listo.

—Oh, creo que tal vez pueda. Me gusta esto —dijo Trent. Lamió un camino desde mi garganta hasta mi cuello, luego subió sus manos, levantando mi vestido y quitándomelo. Su lengua volvió a mi piel, lamiendo por donde él quería mientras movía sus caderas debajo de mí y hacía que mis ojos se pusieran en blanco.

Mis caderas tenían vida propia mientras se movían y lo cabalgaban nuevamente. Él me encontraba embestida tras embestida, la fricción de nuestra ropa sumando y restando a toda la experiencia. Quería sentirlo, pero me encantaba la sensación traviesa de hacer algo que probablemente no deberíamos estar haciendo. Yo no debería. No cuando él estaba hablando de ser mi novio y haciéndome sentir como si nada pudiera salir mal cuando estaba allí conmigo.

Me corrí de nuevo, no con menos intensidad que la última vez, y Trent gimió. Me mordisqueó la clavícula y luego susurró: —Te deseo, Finley. Quiero estar dentro de ti. Por favor.

Asentí, sabiendo que no necesitaba decir nada. Podía sentir todo lo que él estaba sintiendo, y sabía que era igual para él. Lo que estaba sucediendo entre nosotros era nuevo para mí. Apasionado, sí, pero también diferente. Más profundo. Una conexión que no sabía que podía existir entre dos personas.

Me bajé de él y me giré de lado para observar cómo se quitaba rápidamente la ropa. Dudó antes de sacar un preservativo de su mesita de noche. Yo tampoco estaba segura sobre usar uno, pero agradecí que no me hiciera decidir. Enganchó sus dedos en los bordes de mis bragas y las deslizó hacia abajo y fuera, luego me quitó el sujetador, dejándonos a ambos completamente expuestos el uno al otro.

Era impresionante, con músculos definidos y vello oscuro salpicado por su pecho y descendiendo hacia su miembro. Quería saborearlo, lamerlo y hacerle perder el control, pero él ya se estaba moviendo sobre mí y tanteando mi entrada.

La próxima vez.

—¿Estás bien así? —preguntó, deteniéndose antes de deslizarse dentro de mí.

Me encogí de hombros. —No lo sé. Solo he tenido sexo una vez estando embarazada en toda mi vida.

Se rio y se inclinó para capturar mis labios en un beso rápido e intenso. —Me alegra oír eso. Dime que pare si en algún momento no te sientes cómoda. O podemos cambiar de posición ahora mismo.

Negué con la cabeza. —Te necesito.

La sonrisa desapareció de su rostro. No había querido confesarle eso. Me refería principalmente al sexo, pero eso no era lo único para lo que le necesitaba.

Su mirada se suavizó. Asintió. —Yo también te necesito. —Sus palabras susurradas vinieron con un empuje dentro de mí. Estaba húmeda, y él se deslizó sin apenas esfuerzo. Dos embestidas más y ambos gemíamos al sentirlo profundamente dentro de mí. —¿Estás bien?

Asentí, mi cuerpo al borde del precipicio. —Más.

Su sonrisa socarrona lo decía todo. Si hubiera tenido energía, me habría molestado, pero él se movió y lo único que pude hacer fue aferrarme y disfrutar del viaje.

Embistió con fuerza, luego suavemente, después giró las caderas e hizo algo que hizo que mi cuerpo se sintiera como si estuviera flotando. El hombre sabía moverse. Bailar con él sería un sueño, pero el sexo, en una cama, era definitivamente una fantasía. Todo sobre estar con Trent lo era. Y yo era la afortunada que podía experimentarlo.

No pasó mucho tiempo antes de que estuviera gimiendo y jadeando y deseando correrme. Ajustó su posición y rozó mi clítoris con cada embestida, llevándome al límite aún más rápido. Entonces estaba volando, cayendo, libre y para siempre transformada por Trent MacKellar.

Él estaba ahí conmigo, gruñendo mi nombre, y luego chupando con fuerza mi cuello. Me estremecí al sentir su lengua sobre mí. Se desplomó y rodó hacia un lado, girándome con él para que siguiéramos en los brazos del otro.

—Vaya, —dijo después de un minuto.

Asentí y me acurruqué contra él. Me besó en la coronilla y me estrechó más contra sí. Tres orgasmos eran dos más de los que normalmente tenía antes de dormir, y ya estaba desvaneciéndome antes de que él saliera de la cama para deshacerse del condón.

Cuando regresó, me dije a mí misma que tenía que volver a casa, pero cuando me preguntó si quería irme, no pude hacerlo.

—¿Puedo quedarme aquí contigo? —susurró.

Asentí e intenté no enamorarme más de él cuando me estrechó contra sí y me susurró buenas noches.

Trabajé los dos días siguientes y tuve el club de lectura el domingo por la noche. Trent me trajo el almuerzo a la tienda, pero no tuvimos más noches juntos antes de que tuviera que volver a Niagara Falls el lunes. No estaba seguro de cuándo regresaría, pero me prometió mantenerse en contacto.

Durante las semanas siguientes, empecé a permitirme pensar que quizás podríamos resolver todo esto. Tal vez podríamos estar juntos. No sería convencional, pero eso no significaba que no estuviera bien.

Cometí el error de comentar algo en el club de lectura un domingo por la noche cuando Elise me preguntó cómo iban las cosas con Trent.

—¿Vas a hacer qué? —balbuceó Blake.

—No lo sé. Las cosas van bien. Cuando él está aquí, todo es bueno. Y cuando no está, tampoco es un gran problema. He estado sola tanto tiempo que no estoy segura de poder aguantar vivir con alguien nuevo de todas formas —les dije, llena de bravuconería y confianza.

—Siempre quisiste casarte —dijo Blake—. Tener un hogar y una familia como tus padres. Esto no es lo que quieres.

—Las cosas cambian —intervino Piper—. Yo tenía una imagen de cómo sería mi vida, y no es esta. Pero me encanta lo que es mi vida ahora.

—Todos hemos cambiado desde que éramos niños —añadió Elise—. Y querer algo diferente no es malo. Siempre que sea realmente lo que quieres.

Me enfurruñé en mi silla y me mordisqueé el interior del labio. Estas eran mis amigas más cercanas. Las personas con las que contaba para todo, desde decirme qué libros mantener en stock hasta cuando tenía comida atascada entre los dientes.

—Todos aquí sabéis que apoyo completamente cambiar de opinión respecto a cuando eras joven, pero tienes que ser honesta contigo misma antes de poder tomar decisiones importantes. Tal vez él quiera mudarse aquí —dijo Melody.

Negué con la cabeza. —Está preparando la finca para venderla. Ha tenido a Peter trabajando en ello durante unas semanas.

—¿Qué está haciendo Peter? —preguntó Laura—. Hizo un gran trabajo en la clínica para Nico.

—Por ahora solo está pintando, pero Trent dijo que su agente inmobiliario sugirió actualizar prácticamente toda la casa —les conté.

—¿Y estás bien con verlo cada mes más o menos durante el resto de tu vida? ¿Esa es vuestra relación? ¿Vendrá al pueblo o te llamará y tú irás a tener sexo, visitarás al niño y luego volveréis a vuestras vidas separadas? —preguntó Blake.

—No lo sé, ¿vale? Lo único que sé es que me gusta cuando estoy con él. No quiero marcharme de aquí, y él no quiere mudarse aquí, así que estoy un poco atrapada. No todas vamos a conseguir el romance perfecto. Algunas tenemos que conformarnos con lo suficientemente bueno —solté.

—Creo que eso es lo que está diciendo, Fin —dijo Trinity—. Tú amas el romance. Lo veneras. Eres tú quien nos ha hecho creer en él a todas nosotras. No queremos que renuncies a encontrarlo. No deberías conformarte. Nadie debería.

—Me gusta. Mucho. Más de lo que pensaba. No quiero conformarme, pero...

—Estás enamorada de él —dijo Karissa por mí—. No quieres estar con nadie más, así que estás dispuesta a estar con él a tiempo parcial porque le quieres. Mierda. ¿Por qué no vi venir esto?

Sorbí por la nariz y me encogí de hombros. —No quería que lo vieras. —Las lágrimas corrían por mi rostro acalorado.

—Oh, Fin —dijo Blake con dulzura—. ¿Por qué no nos lo dijiste?

Negué con la cabeza. —Me siento como una idiota. Es exactamente lo que siempre temí encontrar. Es mi Romeo. Es perfecto y completamente inadecuado para mí, pero le quiero. Y quererle me va a destrozar.

—No vamos a permitir que eso ocurra —dijo Trinity con firmeza—. Siempre estaremos aquí para ti. No vamos a dejar que te destroce.

—Y quizás él sienta lo mismo —dijo Sofia—. Tal vez él también te quiere.

Bufé y negué con la cabeza. —Definitivamente ese no es el caso. Sé que le importo, pero creo que solo le importo por el bebé.

—Solo le conoces por el bebé —argumentó Karissa.

—Es cierto, pero para mí es más que eso.

—¿No me dijiste que te preguntó si podía verte otra vez la noche que os conocisteis? Quizás él sienta lo mismo —dijo Karissa.

Negué con la cabeza de nuevo. —No lo creo. Y no puedo albergar esperanzas. Será mucho peor cuando encuentre a otra persona.

—¿Crees que lo hará? —preguntó Sofia.

Me reí y asentí. —Es demasiado buen hombre como para no encontrar a alguien. Será un gran padre y un gran marido para otra persona, pero yo solo me quedo con la parte de padre de su hijo. Eso es todo lo que he conseguido.

Mis amigas me miran con una mezcla de lástima y compasión. Todas habíamos sufrido un corazón roto. Era una mierda, pero sobreviviría. Por ahora, estaba decidida a disfrutar del tiempo que tuviera con Trent y guardar los momentos dulces para recordarle cuando ya no fuera mío.

## 19

## TRENT

Treinta y nueve. Sentado en el sofá con un vaso de whisky en la mano, brindé en silencio conmigo mismo. Pensaba que mi vida sería un poco diferente a estas alturas. O quizás solo lo esperaba.

Cuando mis padres tenían treinta y nueve años, yo estaba en secundaria. Llevaban más de una década casados. Tenían las cosas claras.

¿Yo? No tenía ni idea de nada.

Mi última visita a Cala MacKellar me afectó. Me sentía dividido. Cuando estaba allí con Finley, quería quedarme allí. Pero cuando estaba en Niagara Falls trabajando y pasando el rato con X y McJenna, quería quedarme allí. No podía dividir mi tiempo ni mi vida, lo que significaba que eventualmente tendría que elegir.

Peter me envió colores de pintura para elegir para el resto de la casa. Había terminado los espacios principales y se preparaba para pasar a las otras habitaciones. Los dormitorios, baños, sala de juegos, gimnasio y la biblioteca. Todos los colores eran beige. Igual que la parte principal de la casa.

Neutral y aburrido y nada como lo que yo elegiría si fuera a vivir allí. Nada como lo que Finley elegiría. Pero perfecto para vender la casa.

La puerta del apartamento se abrió, salvándome de tomar una decisión sobre los colores de pintura. McJenna y X estaban charlando, sus voces entusiasmadas pero en susurros, antes de llegar a donde yo estaba en la sala de estar. Ambos se quedaron paralizados, deteniéndose en seco al verme sentado en el sofá en la habitación casi a oscuras.

—¿Qué ocurre? —preguntó X.

Por su tono, pude notar que inmediatamente pensó en mi padre. —Solo estoy disfrutando de una copa a solas. ¿Qué hacéis vosotros dos?

—¿Ha pasado algo? —preguntó X.

—No.

Me miró durante un largo momento antes de decidir no presionar en ese instante. Dirigió su mirada hacia McJenna y compartió la misma sonrisa ladeada que ella.

—Vamos a llevarte a salir —declaró McJenna—. Por tu cumpleaños.

—No tenéis que hacer eso —protesté.

—Para ya. Tú haces todo por nosotros. Lo mínimo que podemos hacer es celebrar tu cumpleaños en un restaurante lleno de gente y camareros cantándote una canción cursi para avergonzarte.

Resoplé. —¿Y eso se supone que es divertido?

La cara de McJenna decayó. Miró a X. Él le pasó el brazo por los hombros y mantuvo su sonrisa firmemente en su lugar mientras sus ojos me decían que más me valía animarme y seguir con lo que claramente era su plan.

—Sería mucho más divertido hacerte eso a ti, X. ¿Qué te parece? ¿Deberíamos decirles que es su cumpleaños en vez del mío?

La sonrisa de McJenna era tímida, pero el gruñido de X la hizo aumentar de intensidad. —Ni en tus sueños.

—Parece que ya sabemos dónde iremos para el cumpleaños de papá —le dije a J.

Ella soltó una risita y asintió antes de que X le hiciera cosquillas. Chilló y salió corriendo hacia su habitación.

—¡Cámbiate rápido para que podamos irnos! —le gritó X.

—¡Vale! —respondió ella justo antes de que su puerta se cerrara de golpe.

Entonces X se giró hacia mí. —¿Qué ha pasado?

Negué con la cabeza. —Nada. Solo estaba pensando.

—¿Seguro?

Asentí. No iba a dejarlo correr, pero McJenna volvió antes de que pudiera presionarme más.

Les dejé llevarme fuera y hasta el todoterreno de X. Condujo hasta un restaurante mexicano de la zona conocido por colocar un enorme sombrero en la cabeza de cualquiera que celebrara su cumpleaños y hacerles ponerse de pie y bailar mientras el personal cantaba una versión terriblemente desafinada del Cumpleaños Feliz.

X iba a pagar por esto.

La comida era increíble, y la compañía era aún mejor. McJenna nos habló sobre el colegio, poniéndose un poco callada cuando X le preguntó sobre las chicas que la acosaban a principios de año. Ella le prometió que las cosas habían mejorado, pero eso no significaba que hubiera parado. Yo también sabía cómo pisar la línea.

—¿Tengo que ir al colegio? —preguntó X.

—¡No! Papá, por favor, no lo hagas. Eso lo empeorará.

—¿Empeoró cuando lo denunciaste? —le pregunté.

Ella se encogió de hombros y evitó nuestras miradas.

—¿Por qué no me lo dijiste? —le preguntó X.

—Porque no puedes arreglarlo. Yo lo solucioné.

—¿Qué significa eso? —exigió X.

Antes de que pudiera responder, comenzó el canto. Nuestro camarero se dirigía a nuestra mesa con el sombrero gigante. Los otros camareros le seguían, cantando y golpeando un tambor, ninguno en la misma melodía. Me dolían los oídos solo de escucharlo, pero saber que tenía que bailar al ritmo también me hacía estremecer.

Señalé a X mientras me hacía fotos. El sombrero aterrizó en mi cabeza y me arrastraron a ponerme en pie. El camarero me dijo que no pararían hasta que bailara, teniendo un poco de piedad de mí. Meneé las caderas y me contoneé para el público, planeando todas las formas en las que iba a asesinar a mi mejor amigo mientras él se reía y grababa todo el espectáculo.

Cuando la tortura terminó y pude devolverle el sombrero al camarero, miré con furia a X y J y me negué a compartir el postre que era demasiado grande para que lo comiera una sola persona.

—¿No vas a compartirlo para nada? —preguntó McJenna, con los ojos abiertos de asombro.

—¿Por qué debería?

—Porque nos quieres.

Le lancé una mirada de disgusto y empujé el bol hacia ella. —No es justo.

Ella sonrió ampliamente y cogió una cuchara. Se sirvió un enorme bocado de brownie con helado, añadiendo una de las virutas de chocolate por encima, y se lo metió todo en la boca.

—Eso desafía las leyes de la física —dije—. ¿Cómo puedes meter todo eso en tu boca?

—Tiene una boca muy grande —dijo X sin pizca de humor.

Solté una risa de acuerdo. McJenna se rio también, pero

luego negó con la cabeza al darse cuenta de que se iba a atragantar con su enorme bocado. X le sonrió y cogió la otra cuchara, tomando un bocado mucho más pequeño para sí mismo.

—Gracias por la cena —les dije mientras comíamos el helado.

—Has odiado cada minuto —dijo X.

Negué con la cabeza. —Estaba con vosotros dos. Eso significa que ha sido genial.

McJenna se inclinó y apoyó la cabeza en mi hombro. Le besé el pelo y sonreí. No era mi hija, pero aun así era mía. Mi hijo con Finley la tendría como hermana mayor adoptiva.

Cuando nos visitase.

Dejé la cuchara, de repente sin hambre. X me miró de reojo, pero no dijo nada. McJenna seguía hablando, bromeando con los dos y planeando dónde llevar a su padre para su cumpleaños.

No quería perderme estos momentos con ellos, pero ¿cómo podría perderme momentos con mi hijo? ¿Cómo podría elegir entre mi familia actual y mi hijo? No era justo.

UNAS SEMANAS DESPUÉS, volví a Cala MacKellar. Quería ver a Finley. Intenté mentirme a mí mismo diciendo que era para comprobar la casa y el progreso que se estaba haciendo, pero no era eso en absoluto. Simplemente echaba de menos a Finley.

Cuando llegué al pueblo, llevé a Kenny a la finca para que pasara el rato con Andrew, luego conduje hasta el pueblo para ir a Novios Literarios Ilimitados y encontrar a Finley.

Estaba detrás del mostrador hablando con una clienta cuando entré. Me saludó sin mirarme y continuó con la conversación que estaba manteniendo. La mujer estaba muy entusiasmada con el nuevo libro que había encontrado, uno que aparentemente había tenido problemas para encontrar en otras tiendas.

—No puedo creer que no supiera que estabais aquí —dijo la clienta.

—Llevo abierta casi seis años.

—¿Siempre aquí?

—Sí. En el mismo sitio. Elijo todos los libros personalmente.

—Por supuesto que has leído este.

—Así es —dijo Finley—. Me gustó mucho, pero la autora no es muy conocida. Sin embargo, es una narradora increíblemente talentosa. Me emociona conocer a alguien que ama sus libros tanto como yo.

—Oh, desde luego. No me canso de ellos.

—Tiene uno nuevo que saldrá pronto. El mes que viene, creo. ¿Quieres que te reserve una copia? O puedo enviártela en cuanto llegue.

—Sería maravilloso. Si me lo reservas, tengo una excusa para volver. Es tan cálido y acogedor aquí. Podría quedarme para siempre.

Finley se rio. —Sé a lo que te refieres. Algunas noches me cuesta irme a casa. En serio he considerado dormir en el sofá más de una vez.

—Rodeada de hombres perfectos. Eso suena como un sueño hecho realidad.

Finley rio con ella.

—¿Tu marido se parece a estos hombres de los libros?

—No estoy casada —dijo Finley, con la voz ligeramente tensa.

Me mantuve oculto tras algunas estanterías, sin querer interrumpir su conversación, pero sin estar dispuesto a irme. Empezaba a sentir que estaba entrometiéndome.

—Novio, entonces. ¿El padre? Supongo que una mujer

que lee novelas románticas y las vende para ganarse la vida esperó al hombre perfecto.

Su risa sonó definitivamente forzada. —El padre es un gran hombre. Sin embargo, no estamos realmente juntos. Él no vive aquí.

—¿Vas a mudarte para estar con él?

—Eh, no. No me lo ha pedido, y si lo hiciera, yo... Este es mi hogar. No puedo imaginarme viviendo en ningún otro lugar.

Sus palabras me golpearon fuerte en el pecho. ¿Quería que le pidiera que se mudara? Sonaba como si fuera a negarse, pero eso no significaba que no quisiera que se lo pidiera. Tampoco significaba que quisiera que yo volviera a Cala MacKellar.

La clienta habló otro minuto mientras yo me perdía en mis pensamientos. Antes de darme cuenta, la puerta se estaba cerrando con un susurro y Finley apareció por el extremo del pasillo donde me escondía.

—¿Necesitas al...? Oh. No sabía que eras tú.

—Quería darte una sorpresa.

Juntó las manos y se balanceó sobre sus talones. En un mes, su vientre se había vuelto aún más pronunciado. La blusa que llevaba abrazaba su redondez antes de caer suelta alrededor de sus caderas. Sus mallas terminaban en unas botas que le llegaban hasta las rodillas. Llevaba maquillaje ligero y tenía el pelo recogido en los laterales, mostrando su fila de pendientes. Era la mujer más hermosa que había visto nunca.

X me dijo que nunca encontró a la madre de McJenna más atractiva que cuando estaba embarazada. Pensé que estaba loco, pero lo entendí en ese momento. Mirando a Finley con su barriga de embarazada completamente visible. No fui a verla para tener sexo, pero con ella allí de pie, tan tentadora, no podía pensar en otra cosa.

—Trent —dijo, con voz susurrante y sexi.

—¿Sí?

—No puedes mirarme así.

—¿Como qué?

—Como que quieres poner otro de estos dentro de mí.

Su tono de pánico me sacó de mi ensoñación en la que hacía exactamente eso. Mierda. Tenía razón. Eso era lo que tenía en mente. Mantenerla embarazada hasta que decidiera que yo era lo suficientemente bueno para ella.

—Lo siento —dije, pasándome una mano por la cara—. Yo, em, quería darte una sorpresa. Para el fin de semana. ¿Tienes planes?

Una sonrisa curvó sus labios y negó con la cabeza. —Estoy completamente libre.

—Bien. Entonces eres mía por unos días.

—Vale.

—Vale.

La puerta principal se abrió mientras nos mirábamos el uno al otro. Ella señaló por encima de su hombro y se mordió el labio. —Debería ir a atender a mis clientes.

Asentí con la cabeza. —¿Te recojo a las cinco?

Ella negó con la cabeza. —Hoy cierro tarde. Hasta las ocho. ¿Te parece bien?

—Por supuesto. Te veré entonces.

Asintió y se lamió los labios, luego se dio la vuelta y se alejó, mirando hacia atrás antes de esconderse detrás de la estantería para buscar a su cliente.

Parece que tenía algo de tiempo libre.

HICE UN RECADO, encantado con la favorable respuesta que recibí al estar allí. Ese fue el fácil. El difícil era hacer las paces.

Abrí la puerta del O'Kelley's y entré. Estaba concurrido, ya era hora de cenar. La barra estaba abarrotada, más de lo que esperaba, pero había estado allí lo suficiente como para saber que el local solía estar lleno.

Sabía que encontraría a Hudson detrás de la barra, pero lo que no sabía era que lo encontraría hablando con el hermano de Finley y un grupo de hombres que se habían colocado en la barra.

Mierda.

Pensé en marcharme e intentar verle otro día, pero no iba a salir corriendo para esconderme. Necesitaba que todos ellos aceptaran que yo formara parte de la vida de Finley. Por mucho que odiara suplicar su aprobación.

Me acerqué a la barra, agradecido de que ninguno de ellos se percatara de mi presencia hasta que casi estaba allí. Hudson levantó la mirada, riéndose de algo que había dicho uno de los chicos, y se quedó paralizado. Sus ojos se oscurecieron, y gruñó, dejando el vaso que estaba llenando y dirigiéndose hacia el extremo de la barra.

Los otros tipos se giraron para ver quién había llegado, y me encontré con más miradas de enfado y muecas de desprecio.

—¿Qué coño estás haciendo aquí? —me preguntó Ian Jameson antes de que Hudson pudiera alcanzarme.

—Se está marchando —respondió Hudson. Me agarró del brazo y me giró hacia la puerta.

—No me voy a marchar —solté bruscamente, zarandeándome para soltarme.

—Pues yo no te voy a servir.

—¿En serio?

—Estoy en mi derecho. Este sitio es mío. Y tú eres un capullo.

—Sí, lo soy.

Mi confesión pareció dejarlos a todos en silencio por la

sorpresa. Nadie se movió. Tampoco se rieron ni me aceptaron.

—Mira, he venido para hablar contigo. Para disculparme —le dije a Hudson.

—No soy yo a quien tienes que pedir disculpas —dijo Hudson.

—Ya le he pedido disculpas a Finley. Muchas veces.

—Tío, es mi hermana. Mi hermana embarazada, gracias a ti —gimió Ian.

—No me refería a eso —le dije—. Me refería a disculpas de verdad. Finley sabe por qué me comporté de esa manera. Ella acepta mis disculpas.

—¿Estás seguro de eso? —preguntó Hudson.

Le miré, preguntándome qué sabría él que yo no sabía—. Ella dijo que sí.

—Entonces, ¿por qué te importa lo que yo piense? Si ella te perdonó por ser un cabrón sin agallas que la hizo sentir como una puta barata, ¿para qué has venido aquí?

—Porque Finley se preocupa por ti —le dije—. Sé que la has estado llevando a las citas médicas y cuidando de ella. Sé que has estado haciendo todas las cosas que yo debería haber estado haciendo.

—Tú no estás aquí. No vives aquí. Has estado colándote en el pueblo en coches de mierda y fingiendo que no estabas aquí durante años. Y he guardado tu maldito secreto. No le he dicho a nadie cuando aparecías. No pregunté por qué lo hacías. Pero respeté el hecho de que no quisieras que la gente lo supiera. A Finley no le diste lo mismo. Anunciaste su información muy privada y personal a todo el pueblo. La avergonzaste. A propósito. Porque pensabas que eras mejor que ella. Mejor que todos nosotros. Así que, de nuevo, ¿por qué te importa lo que yo piense? Si todo está bien con Fin, ¿por qué importo yo?

—Porque soy un cabrón. Lo sé. Durante años, todos aquí

actuaron como si yo no fuera más útil que un cajero automático. Era popular porque la gente con la que crecimos quería el estatus de ser amigos míos. Pero ninguno me conocía. Y todas esas veces que volví, solo quería saber qué veían los demás en este pueblo. Tú te fuiste pero volviste. Otros también. Algunos nunca se fueron. Este lugar era especial, pero para mí, no era mejor que una jaula. Yo solo era el niño rico del que todos querían algo. Nunca fui Trent. Y el ser anónimo aquí significaba que podía intentar ver qué era lo que la gente amaba de estar aquí.

—¿Y? —preguntó Hudson.

Me encogí de hombros—. Nunca lo vi. Ni una sola vez. Este lugar seguía siendo el mismo pueblo que dejé, pero nadie me pedía un regalo o un favor cuando no sabían quién era.

—Finley tampoco te pidió nada de eso —argumentó Hudson.

—No, no lo hizo. Pero proyecté mi pasado en ella y me convencí de que estaba inventándose una historia para conseguir algo de mí.

—¿Quién demonios haría algo así? —preguntó Ian.

—Mi ex —admití.

Todos se quedaron en silencio durante un largo minuto.

—Joder —dijo otro chico.

Asentí.—Unos meses antes de conocer a Finley. Eso no excusa cómo la traté, pero influyó en mi percepción de la situación en ese momento.

—¿Y ahora? —preguntó Hudson.

—Eso es entre Finley y yo —le dije, cruzando los brazos sobre el pecho.

—En otras palabras, no tienes ni idea —dijo Hudson.

Solté una risa y negué con la cabeza.—Sí, básicamente.

—Escucha, Fin es como una hermana para mí. Es increíble. No voy a permitir que le pase nada. Ninguno de nosotros lo permitirá. Así que, si estás jugando con ella ahora o dándole falsas esperanzas o fingiendo que te importa y luego vas a desaparecer o alguna mierda así, entonces vete de la ciudad ahora y no mires atrás. —Hudson me miró con dureza.

—¿Y si no es así? —pregunté.

Hudson mantuvo mi mirada durante un minuto, evaluándome. Entrecerró los ojos y me estudió, luego deslizó su mirada hacia Ian. Pasó otro minuto antes de que Hudson hablara.

—Si no es así, entonces más te vale demostrarle exactamente cuánto significa para ti porque Finley Jameson merece todo lo que este mundo tiene para ofrecer y más. Y si no estás preparado para darle todo eso.

—Sí, lo estoy. Quiero hacerlo. Estoy dentro.

Hudson asintió después de un minuto, y entonces hizo la única pregunta que no podía responder. —¿Vas a volver a vivir aquí?

—Aún no lo sé.

—Entonces no mereces estar con ella. Porque si la quisieras, si realmente la quisieras como debería ser, no dudarías en estar aquí. En estar con ella. Puedes vivir donde quieras. Puedes viajar o dejar de trabajar por completo. Puedes hacer lo que te dé la gana. Y si no estás dispuesto a elegir a Finley, entonces debes alejarte de ella ahora mismo y dejar que encuentre a alguien que siempre la ponga en primer lugar. Alguien que la ame a ella y a ese bebé más de lo que se ama a sí mismo. Pero no creo que ese hombre seas tú, Trent.

Hudson me miró fijamente, desafiándome a discutir con él. No podía decir nada porque tenía razón. No lo sabía todo, pero tenía razón. Si fuera inteligente, elegiría a Finley. Dejaría todo atrás y estaría aquí para Finley y nuestro hijo.

Debería hacerlo. Quería hacerlo. Pero algo me seguía

frenando. Más que X y J y dejarlos atrás. Más que el trabajo. Más que lo que sentía por Finley.

Y Hudson dio en el clavo. No era lo suficientemente bueno para ella. Y si me importaba como me decía a mí mismo que me importaba, necesitaba dejarla ir para que pudiera encontrar el tipo de hombre del que Hudson estaba hablando.

## 20

FINLEY

Trent apareció veinte minutos antes de que cerrara mi tienda. Estaba callado. Quería preguntarle qué había hecho toda la tarde, pero no quería parecer entrometida.

—¿Has cenado? —pregunté mientras cerraba.

—Sí, pero podemos tomar algo de camino a la finca si quieres. O puedo cocinar cuando lleguemos.

No me miraba mientras empezábamos a caminar por la acera. Nos dirigíamos hacia mi apartamento, y supuse que hacia su vehículo, pero él realmente no estaba allí.

—Quizás debería irme a casa —dije.

—¿Qué? ¿Por qué?

Me encogí de hombros. —Parece que estás distraído. Como si tuvieras algo en mente. Si tienes cosas que hacer, puedo irme a casa.

—He venido para verte a ti.

—Y te comportas como si quisieras estar en cualquier sitio menos aquí.

—Eso no es cierto —espetó.

Di un paso atrás y me detuve.

Agachó la cabeza y suspiró profundamente. —Lo siento. Es solo que tengo muchas cosas en marcha, pero quería verte este fin de semana. He despejado mi agenda para poder estar aquí.

—Nunca te pedí que hicieras eso.

—Sé que no lo hiciste. Nunca me pides nada.

—¿Qué significa eso?

—Nada. No significa nada.

—Si lo has dicho es porque significa algo. ¿Qué te pasa?

—¿Por qué Hudson es tu contacto de emergencia? ¿Y el tipo que te acompaña a las citas? ¿Y el primero al que llamas cuando necesitas algo? Celebró la Navidad con tu familia y sale con tu hermano y le ves todo el tiempo. ¿Estás enamorada de él?

Me reí sin poder evitarlo, y eso fue claramente lo peor que pude hacer. Trent me miró con el ceño fruncido y se metió las manos en los bolsillos.

—¿Desearías que el bebé fuera suyo?

Tomé aire y lo solté lentamente, ganando tiempo. —Al principio, sí, lo deseaba.

—¿Me estás tomando el pelo? —soltó bruscamente.

—¿De verdad me culpas? Te comportaste como si yo no fuera nada. Ni siquiera sabíamos nuestros nombres, pero yo era la culpable de esto. —Señalé mi vientre con las manos—. —Te fuiste después de decirme que o no creías que estuviera embarazada o no creías que fuera tuyo. ¿Por qué iba a saltar de alegría porque fueras el padre de mi hijo?

—¡Te expliqué todo eso!

—Sí, y ahora lo entiendo.

—Pero aún desearías que Hudson fuera el padre. Fantástico.

—No he dicho eso. Y no pienso así. ¿De dónde viene todo esto?

—Me estoy dando cuenta de que no pertenezco a este lugar.

—¿En Cala MacKellar o conmigo?

—No lo sé. ¿Quizás ambos?

—Oh. —Di un paso atrás e intenté no dejar que el dolor aplastante que sentía me abrumara—. —Ya veo.

—Solo necesito aclarar algunas cosas. No debería haber venido sin avisarte. Simplemente... Hablaré contigo... más tarde.

Se dio la vuelta y caminó en dirección por donde habíamos venido. Me quedé allí observándolo hasta que la oscuridad lo engulló.

Continué hacia mi apartamento, entrando y subiendo las escaleras como en trance. No tenía ni idea de lo que acababa de ocurrir. Las cosas iban bien durante el día y, de repente, él necesitaba un descanso y se había marchado.

Abrí la puerta y me llegó el aroma a gofres y huevos, haciendo que mi estómago rugiera al instante. La música sonaba desde el altavoz de la cocina, y Karissa cantaba al ritmo.

Asomó la cabeza por el borde de la pared, y su sonrisa se desvaneció en cuanto me vio.

—¿Qué ha pasado?

—Trent se ha ido.

—¿Se ha ido? ¿Adónde?

Me encogí de hombros. —No lo sé. Solo dijo que tenía que aclarar algunas cosas y se marchó.

—¿Ahora mismo? ¿En serio?

Asentí, obligando a las lágrimas a permanecer en mis ojos.

—Pensaba que todo iba tan bien. Que él era perfecto.

Me encogí de hombros. —Supongo que Hudson tenía razón. Trent MacKellar no es el hombre que yo creía.

—No creo que eso sea cierto —dijo Karissa—. —Tiene

que estar pasando algo más. Quizás deberías enviarle un mensaje.

Negué con la cabeza. —No. Dijo que necesitaba aclarar las cosas, y no voy a interponerme en su camino. Si quiere estar presente para el bebé, puede estarlo, pero no puedo permitirme enamorarme aún más de él. No cuando sé que él no siente lo mismo. Es mejor así.

—Oh, Fin. Lo siento muchísimo.

Asentí y cogí un plato con un gofre. Nos acurrucamos en el sofá y vimos una película con muchas explosiones y absolutamente nada de romance. Justo lo que necesitaba.

UNA SEMANA DESPUÉS, Trent me envió un mensaje disculpándose por haberse marchado el fin de semana. Le dije que no pasaba nada y apagué el móvil.

Otra semana después, envió flores a mi tienda. Fue un gesto dulce, pero no me conocía bien si pensaba que un regalo iba a devolverme a su lado.

La tercera semana vino con una visita de Meaghan, la masajista. Dijo que Trent la había contratado de nuevo y había organizado que se reuniera conmigo en la mansión. No quería volver allí. No podía. Todavía era demasiado doloroso para mí. Le di las gracias y la envié de vuelta a casa con su familia.

La cuarta semana trajo un silencio absoluto. No debería haber estado esperando algo, pero lo estaba. Parecía como si estuviera jugando con él o esperando el regalo perfecto o algo importante, pero me di cuenta de que simplemente le echaba de menos. Le echaba de menos, y los mensajes y regalos eran la única conexión que tenía con él ya.

Y entonces desaparecieron.

—Estoy segura de que no ha renunciado a ti —dijo

Karissa mientras entrábamos a mi primera clase de preparación al parto. Karissa era mi persona de apoyo, la que iba a estar conmigo en la sala de partos cuando naciera el bebé.

—No sé. Es difícil pensar que sea algo diferente. ¿Qué más podría haber pasado?

—Realmente no quieres que responda a esa pregunta —dijo Karissa, con voz mortalmente seria.

Así que, por supuesto, mi mente empezó a imaginar todos los desastres que podrían haber ocurrido.

—¿Estáis aquí para la clase? —preguntó una mujer detrás del mostrador.

—Sí, estamos aquí para eso —respondió Karissa por mí.

—¿Y si le ha pasado algo? —susurré.

—Envíale un mensaje. Si estás preocupada, pregúntale qué está pasando. Quizás simplemente piensa que no vas a perdonarle y ha dejado de intentarlo. No lo sé.

—Podéis seguirme y tomar asiento en la sala —dijo la mujer. Nos condujo a través de la sala de espera hasta una habitación en la que no había estado antes. Había otras parejas allí, tres de ellas, todas sentadas en silencio, esperando ansiosamente a nuestra instructora.

Karissa y yo nos sentamos en el sofá de dos plazas de la esquina, esbozando sonrisas forzadas para las otras parejas.

—Envíale un mensaje ahora mismo, susurró Karissa.

—¿Y si realmente ocurre algo malo?

—¿Qué quieres que sea para ti? preguntó directamente. —¿Es el padre de tu hijo o es tu pareja?

—¿No puede ser ambas cosas?

—¿Quieres que sea ambas cosas?

Refunfuñé algo ininteligible y agradecí cuando una mujer algo mayor que nosotras, con pelo rizado oscuro y una sonrisa amable y segura, entró y captó la atención de todos en la sala.

—Buenas tardes. Gracias a todos por llegar puntuales.

Soy Leslie. Seré vuestra instructora de parto. Este es un curso de seis semanas, y vamos a hablar de temas muy personales aquí, así que pido que todo lo que comentemos se quede en este espacio. Es un lugar seguro. Primero, me gustaría que todos os presentarais y nos dijerais vuestra fecha prevista de parto. Leslie me sonrió. —¿Te gustaría empezar tú?

—Em, claro, dije. —Soy Finley Jameson. Esta es mi amiga, Karissa. Es una amiga increíble y mi acompañante de parto, ya que el padre no está muy involucrado. Vaya, demasiada información. Lo siento. En fin, estoy de treinta y dos semanas ahora mismo y salgo de cuentas el treinta de mayo.

—Excelente. Encantada de teneros a ambas con nosotros. Karissa, ¿te gustaría presentarte?

Karissa se inclinó hacia delante y saludó con la mano. —Hola a todos. Nunca he estado embarazada así que no soy de mucha ayuda, pero estoy emocionada por aprender y estar ahí para Finley.

—Gracias, Karissa, dijo Leslie. —¿Siguiente?

Los demás en la clase se presentaron. Dos de las parejas tenían fecha para después de mí, y la tercera pareja casi un mes antes. Lo estaban dejando para el último momento. Leslie confirmó que todos éramos padres primerizos. El nivel de ansiedad era alto para todos nosotros.

—Lo primero de lo que vamos a hablar es de vuestro bebé. ¿Alguno de vosotros ya ha elegido nombre?

Negué con la cabeza aunque tenía un nombre en mente. No lo había compartido con nadie y, si todavía le hablara a Trent, pensaba que él tenía derecho a opinar.

—Está bien si no lo haces. Si lo haces, cuando pienses en el bebé, quiero que uses su nombre. El parto no es algo fácil, pero es un proceso hermoso y natural. Uno que todas habéis elegido experimentar en este lugar tranquilo.

Leslie siguió hablando con su tono suave y tranquilizador, aliviando mi ansiedad con cada palabra. Sabía que el parto iba a ser difícil, pero la forma en que hablaba de ello hacía que pareciera que todas podríamos afrontarlo sin problemas.

Para cuando terminó la clase, me sentía bien. Relajada, tranquila y hambrienta. —¿Cenamos? —le pregunté a Karissa cuando subimos al coche.

—Sí, por favor. Y después puedes enviarle un mensaje a Trent para ver qué está pasando. ¿Por qué no lo haces ahora mismo? Mientras yo conduzco.

—No quiero.

—Sí que quieres. Venga, envía el mensaje.

Saqué mi móvil y lo miré con mala cara. —No sé qué decir.

—¿Qué tal: echo de menos tus regalos aunque no los quisiera? Lo que realmente quiero es tenerte desnudo en mi cama.

—¡No puedo decir eso!

—¿Por qué no? Es verdad.

Odiaba que tuviera razón.

—Puedes preguntarle cómo está. O si piensa volver al pueblo pronto. O si ya ha vendido la finca.

—No puedo preguntarle sobre eso. Pensará que estoy intentando sacarle dinero.

—Creo que has dejado bastante claro que no quieres nada de él. Aunque sus regalos fueran geniales.

—Eso no es justo —le dije.

—Sabes que lo eran. Nunca te compras flores, aunque te encantan. Y él incluso eligió flores que te van.

—No sé cómo supo que me encantan los girasoles.

—Yo tampoco lo sé, pero creo que te conoce mejor de lo que piensas.

Me mordí el labio. Sí me conocía mejor de lo que pensaba. Definitivamente empezamos con mal pie, pero una vez que superamos los primeros meses, empezó a hacer las cosas bien. No necesitaba que me cuidara, y no lo estaba haciendo. Estaba respetando mis decisiones de seguir trabajando y mantenerme a mí misma.

Y entonces desapareció.

—Envíale un mensaje —insistió Karissa de nuevo.

Me quedé mirando el último mensaje que le había enviado. Una simple frase rechazando el regalo del tiempo y masaje de Meaghan. Le dije que no podía comprarme. Nunca respondió.

> Siento haber rechazado todos tus regalos. Ojalá no lo hubiera hecho. Ojalá hubiera sido lo suficientemente valiente para aceptar tus disculpas. Espero que aceptes las mías.

Pulsé enviar antes de poder dudar de mí misma. Él había sido abierto y honesto conmigo sobre su pasado. Sobre Michelle y la hija de su amigo a la que ayudó a criar. Y lo único que hice fue decirle que deseaba que su bebé fuera de Hudson. Sabiendo que él y Hudson estaban enfrentados.

Me quedé mirando la pantalla mientras tres puntos bailaban y luego desaparecieron. Se mostraba que había leído mi mensaje, pero no respondió.

—¿Ya le has escrito? —preguntó Karissa mientras aparcaba su coche.

—Sí.

—¿Y?

—No ha respondido.

—Quizás no lo ha visto.

—Ya lo ha leído. Y los puntos indicaban que estaba escribiendo, pero luego decidió que no le interesaba saber de mí.

—Quizás está ocupado. ¿Qué le dijiste en el mensaje?

—Que lamentaba no haber aceptado sus regalos y disculpas, y que esperaba que aceptara mis disculpas por haberlos rechazado.

—¿En serio?

—Me pillaste desprevenida.

—Fin, tú eres capaz de inventarte cualquier cosa para decirle a cualquiera en cualquier momento. ¿Por qué él es tan diferente?

—Porque le quiero —admití en voz baja.

—Oh, Fin.

Sorbí y me sequé las repentinas lágrimas. —No quiero, pero es así. Aunque sé que él no siente lo mismo. Y sé que no soy lo suficientemente buena para Trent MacKellar. Nunca lo seré, pero...

—No te atrevas a decir eso —ladró Karissa—. Nunca. Trent MacKellar no te merece. Debería considerarse afortunado de tener siquiera una oportunidad contigo. Eres inteligente y divertida y amable y creativa y una amiga y persona increíble, y vas a ser la mejor madre del mundo. Trent no merece ni la mitad de todo eso.

Abrí la boca para discutir, pero Karissa siguió hablando sin dejarme intervenir.

—Y me da igual cuánto dinero tenga o cuánto de cualquier cosa tenga, si no es capaz de ver lo estupenda que eres y no está dispuesto a ser lo suficientemente decente para corresponderte, entonces que le den.

Solté un bufido. —Me gustaría.

Una carcajada sorprendida estalló de Karissa. —Vaya, estás completamente perdida.

Asentí. —Sí. Pero está bien. Estaré bien. Porque tengo grandes amigos y familia y un trabajo que me encanta, y voy a tener un bebé perfecto. No necesito a Trent ni a ningún otro hombre en mi vida.

—Excepto a este —dijo, apoyando su mano en mi barriga.

Puse mi mano sobre la suya. —Excepto a este.

Parecía que iba a decir algo más, pero dejó pasar lo que fuera y salió del coche. Caminamos juntas hasta O'Kelley's para cenar, sentándonos en la barra mientras comíamos.

Hudson preguntó cómo había sido la primera clase, y Karissa respondió por nosotras.

—Súper rara. Si alguna vez tuviera hijos, habría pedido todas las drogas. Finley y esas otras madres queriendo hacer las cosas sin medicación me parece una locura.

—No me gusta cómo me siento con la medicación. Mi cabeza se vuelve confusa. Si puedo evitarlo, quiero hacerlo.

—Creo que debes hacer lo que sea mejor para ti —dijo Hudson.

—Estoy intentándolo —dije con una sonrisa triste.

Hudson asintió hacia Karissa. —Está triste porque Trent se ha marchado.

—Buen descanso de él. Estás mejor sin él —dijo Hudson.

—No sé —argumentó Karissa. —Creo que estoy en el Equipo Papá del Bebé.

—¿Por qué estarías en su equipo?

—Porque ella lo está —dijo Karissa simplemente.

—¿Fin?

Sorbí por la nariz y me encogí de hombros.

—Ah, mierda —dijo Hudson.

—No importa. Él no quiere estar aquí. Lo dejó claro hace un mes cuando me preguntó si deseaba que el bebé fuera tuyo y luego se fue de la ciudad y nunca regresó.

—¿Te preguntó qué?

Negué con la cabeza. —No pasa nada. Él simplemente... No sé. La última vez que estuvo aquí, se puso muy raro conmigo. Dijo que tenía que aclarar algunas cosas. Luego se marchó, y lo siguiente que supe es que intentaba disculparse con regalos.

—Eso no va contigo—dijo Hudson.

Asentí. —Lo sé, pero él no está aquí. Así que está gastando su dinero y comprándome cosas.

—Cosas buenas—añadió Karissa.

—Sí, pero aun así. No soy materialista con muchas cosas. Y si iba a disculparse y conseguir que lo aceptara, necesita decirme a la cara qué pasó y por qué no contesta a mis mensajes ni vuelve aquí.

—Todo saldrá bien—dijo Karissa.

Me reí y sollocé al mismo tiempo, perdiendo la batalla contra las lágrimas. —No creo que todo salga bien. Creo que simplemente ha terminado conmigo. Y duele. Y lo odio. Pero al menos lo sé. Al menos puedo dejar de esperar que aparezca un día y me diga que me quiere y que quiere estar conmigo y que se muda aquí o lo que sea.

—Fin —dijo Hudson.

Me deslicé del taburete y negué con la cabeza. —Lo siento, chicos. No quería estropear la noche. Creo que simplemente me voy a ir a casa a dormir un poco. No he dormido mucho en las últimas semanas. Me sentiré mejor mañana.

—Puedo ir contigo—dijo Karissa, haciendo un movimiento para bajarse.

—Estoy bien. Quédate aquí y come. Os veré luego.

—¿Estás segura?

Asentí. —Buenas noches, chicos.

Parecían abatidos cuando me di la vuelta, pero necesitaba algo de tiempo a solas. Necesitaba llorar y gritar y dejar ir la fantasía que había estado construyendo en mi cabeza de tener una vida con Trent y nuestro hijo. Ese sueño ya había desaparecido, al igual que Trent.

Caminé a casa, disfrutando del fresco y agradable aire de abril. Nuestro edificio estaba tranquilo, con los suaves sonidos de los programas nocturnos de televisión como únicos ruidos que escuché mientras subía las escaleras hasta mi planta. Salí al rellano y solté un jadeo.

—¿Trent?

Él me miró desde donde estaba sentado frente a mi puerta. Cuando me vio, se levantó de un salto y se pasó una mano por la cara, alisándose la barba que ya estaba perfecta.
—Hola.

—¿Qué haces aquí?

—Necesitaba verte.

—¿Por qué? Dijiste que necesitabas tiempo. Pensaba que no ibas a volver.

—Mi padre ha muerto.

Bueno, si alguna vez hubo una buena excusa para dejarme plantada, él la tenía.

## 21

—No sabía que estaba enfermo —dije. ¿Qué era lo correcto decir? No conocía a su padre. Nunca hablaba de él.

Trent asintió. —Desde hace tiempo. Por eso he estado viniendo más por aquí. Para decidir qué hacer con la propiedad. Él nunca quiso deshacerse de ella, pero no ha vivido aquí en casi dos décadas.

—Puede ser difícil dejar ir algo.

Trent resopló y negó con la cabeza. Tenía la mirada vacía, desenfocada. Su postura no era la habitual. No parecía él mismo. Pero ¿realmente le conocía?

—¿Quieres pasar? —pregunté.

Miró hacia mi puerta, luego negó con la cabeza. —No debería estar aquí. Solo quería que supieras por qué no intenté disculparme esta semana.

—Trent —dije suavemente.

Me miró, sus ojos encontrándose con los míos por primera vez.

—Por favor, entra. Cuéntame qué ha pasado.

Dudó un momento, luego asintió de manera entrecortada

y me dejó abrir la puerta. Le guié hacia dentro, encendiendo las luces para poder encontrar el camino hasta el sofá. Se derrumbó sobre él como si no pudiera mantenerse en pie un minuto más y se inclinó hacia delante, dejando caer la cabeza entre sus manos.

Me senté a su lado, lo suficientemente cerca como para poner mi mano en su espalda. Se tensó durante un segundo, luego volvió a relajarse. Deslicé mi mano arriba y abajo, esperando que le reconfortara.

—Mi padre me dijo que mi madre nunca me quiso —dijo.

Dejé escapar un jadeo. ¿Por qué diría eso un padre? Incluso si fuera cierto, qué cosa tan horrible para decirle a un hijo.

—Creo que me culpaba por su enfermedad. Como si tenerme le hubiera quitado todas las fuerzas y finalmente la hubiera matado.

—¿Cuándo murió tu madre?

Se rio sin alegría. —El verano antes de mi segundo año de instituto.

—Me cuesta creer que eso tuviera algo que ver con tener un hijo. Me froté la barriga, deseando poder calmar a mis dos chicos.

—Eso es lo que dijo. Es por eso que odio estar aquí. Una de las razones. Adoraba a mi madre. Era divertida y amable. Intentó darme una vida normal, pero mi padre quería presumir de todo el dinero que tenía. Pensaba que caería mejor a la gente si sabían que era rico. A ella le molestaba, pero no podía detenerlo. Estar en esa casa... Él la manchó para mí después de que ella muriera. Toda la casa se ve exactamente igual que antes. Nunca estuvo dispuesto a hacer nada para actualizarla, por eso tengo que pagar una fortuna para hacerlo. Y él simplemente... estaba simplemente enfadado por todo.

Cerré los ojos e intenté compartir mi fuerza con él. No

hacía ni una hora que me estaba diciendo a mí misma que quizás nunca volvería a verlo, y ahora estaba sentado en mi sofá contándome sobre su infancia.

—Tenía demencia. Dejé de visitarlo porque pensaba que yo era un viejo rival y que le había robado a mi madre. Me gritó la última vez que estuve allí. Me dijo que me odiaba y que nunca quería volver a verme.

—Oh, Trent. No era contigo con quien estaba hablando— dije.

Se encogió de hombros. —Quizás, pero las palabras iban dirigidas a mí. Es difícil no tomárselo a pecho.

—Estoy segura de que si hubiera sabido lo que estaba diciendo, no lo habría dicho.

—No sé. Las últimas veces que hablamos antes de que entrara en la residencia, no estaba contento conmigo. No creía que estuviera dirigiendo la empresa como él quería. Decía que iba a arruinar todo el trabajo que él había puesto para hacer que la empresa tuviera éxito.

—Eres inteligente y talentoso, y estoy segura de que tienes asesores y gente trabajando para ti que saben lo que hacen. A veces las personas tienen dificultades para dejar ir las cosas, incluso cuando fue su elección.

Trent resopló. —Él nunca quiso soltar las riendas. Renunció, pero aun así intentaba decirme constantemente lo que tenía que hacer.

Su espalda estaba muy tensa. Estaba rígido. Todo en él denotaba incomodidad.

—¿Cómo era tu madre?

Su cuerpo cambió al instante. No es que se relajara completamente, pero estaba menos tenso.

—Era increíble. Incluso al final, siempre fue amable. Nadie sabía que estaba enferma porque no quería que la gente sintiera lástima por ella. Hizo mucha labor benéfica y devolvió a la comunidad. Trabajaba en el centro comunitario y colaboraba con otras organizaciones. Los niños siempre fueron lo más importante para ella. Creció con muy poco y decía que nosotros teníamos más que suficiente, así que quería ayudar a tantos niños como pudiera. Compraba material escolar para niños que no podían permitírselo y lo dejaba en el colegio. Siempre estaba ayudando, pero nunca quería reconocimiento por ello.

—Parece que era realmente extraordinaria.

Asintió con la cabeza. —Lo era. La echo de menos. Su voz se quebró.

Lo atraje hacia mí, envolviéndolo en un abrazo. Se aferró a mí con fuerza. No sé cuánto tiempo estuvimos así sentados, pero cuando finalmente se apartó, me sonrió.

—Gracias.

Asentí. —Realmente te he echado de menos.

Apartó la mirada de nuevo. —Te mereces a alguien mejor que yo.

—¿Qué?

—Mis padres tenían una relación desastrosa. Tengo una historia negativa con este pueblo. Sé que estarías mejor con otra persona. Alguien como Hudson que puede darte todo lo que te mereces.

—¿Hudson otra vez? ¿En serio? ¿Por qué estás tan obsesionado con Hudson?

—La última vez que estuve aquí, intenté hablar con él. Dijo algunas cosas que me afectaron.

—¿Como qué?

—Como que te mereces a alguien que siempre te ponga en primer lugar. Me dije a mí mismo que tenía que averiguar si yo podía hacer eso. Y lo estaba intentando. Luego recibí la llamada sobre mi padre y nada más me importó.

—Creo que eso es normal, Trent. Nunca esperaría que no fueras al funeral de tu padre o que no procesaras lo que pasó entre vosotros.

—Pero debería haber hecho algo. Se lo dije a X, pero no te lo dije a ti.

—No me ves todos los días. Tomé aire e intenté calmarme. No quería convencerlo para que estuviera conmigo. O me quería en su vida o no. Y si no me quería, iba a respetarlo. Pero si me quería...

—Debería haberte llamado.

—¿Estás intentando convencerme de que no tengamos una relación? Porque así es como me siento ahora mismo. Como si estuvieras diciendo que debería estar con Hudson y que tú deberías haberme llamado. Hay muchos «deberías» ahí.

—Finley, no quiero arruinar tu vida. Me importas demasiado como para hacerte sentir que no eres la persona más importante para mí.

Suspiré profundamente y me levanté del sofá. Comencé a caminar de un lado a otro, necesitaba liberar algo de mi energía antes de decir algo de lo que me arrepintiera.

—No creo que vaya a ser un buen padre —admitió en voz baja.

Dejé de caminar y le miré fijamente. Su cabeza volvía a estar agachada, sus hombros caídos. Tenía las manos entrelazadas frente a él, con los codos apoyados en las rodillas. Parecía derrotado.

—¿Te importa lo que le pase a este bebé? —le pregunté.

Levantó la mirada hacia mí. —Sí.

—Si este bebé tiene algún problema médico, ¿harás todo lo posible para ayudarlo?

—¿Lo tiene?

—No. Responde a la pregunta.

—Sí.

—¿Estás dispuesto a proporcionarle apoyo, no solo económico, sino también ayudándole con los deberes cuando estés disponible y pasando tiempo con él, enseñándole a hacer cosas como lanzar una pelota de béisbol o dar patadas a un balón de fútbol?

—Sí.

—¿Estarás ahí para llamadas telefónicas, videollamadas y visitas? ¿Para hacerle saber que estás ahí para él aunque no estés en la misma ciudad?

Tragó con dificultad. —Sí.

—Trent, hay muchos padres que no hacen esas cosas. Que no están interesados en formar parte de la vida de sus hijos. Sé que aún no te conozco muy bien, pero no te veo como una de esas personas. Estaremos conectados para siempre por el bebé. Y lo más importante es que estés ahí para él.

—¿Y tú?

Me encogí de hombros. —Tienes que decidir si quieres estar ahí para mí. Si quieres que haya algo más.

—Tú también tienes que decidir.

Cerré los ojos y negué con la cabeza. —Yo ya sé lo que quiero. Te toca a ti.

Él cerró los ojos y sonrió. Cuando los abrió de nuevo, asintió. —Yo también sé lo que quiero. Te quiero a ti, Finley. Quiero otra oportunidad contigo. Quiero hacer todo lo posible para estar ahí para ti y demostrarte que soy lo suficientemente bueno.

—No necesito nada más que quien eres ahora mismo.

—¿Un hombre roto que vive a horas de distancia?

—Si eso es lo que eres, es suficiente.

Se levantó y vino hacia mí. Me rodeó con sus brazos y comenzó a mecerse como si estuviéramos bailando. Me abrazó con fuerza hasta que el bebé dio una patada lo suficientemente fuerte como para que Trent la sintiera.

—¿Eso fue?

Me reí suavemente. —Sí. Se está haciendo más fuerte.

—Vaya. Siento que me pierdo tanto, y ni siquiera ha nacido aún.

—Va muy rápido. Pero te enviaré fotos y podemos hablar todo el tiempo para que formes parte de todo lo posible.

Asintió mecánicamente. —Siento no haber estado por aquí durante el último mes.

Sonreí. —Está bien. Lo entiendo.

—No está bien, pero gracias.

Dejé que me atrajera hacia él de nuevo. Nos quedamos así por un largo momento.

—¿Tienes hambre? pregunté.

Asintió. —Podría comer.

—¿Te parece bien una pizza congelada?

—Por supuesto.

Trent metió la pizza en el horno mientras yo buscaba una película. Nos sentamos a comer y, al poco rato, él se quedó dormido sobre mi hombro, con la mano alrededor de mi barriga.

La puerta principal se abrió, y Karissa entró de puntillas silenciosamente. Se detuvo en seco cuando nos vio a Trent y a mí en el sofá. —Vaya. Está aquí.

Asentí. —Su padre murió y se asustó un poco.

—¿Vas a dormir en el sofá?

Me encogí de hombros. —Lo estaba pensando. A veces es más cómodo que mi cama.

Ella asintió. —Voy a terminar algo de trabajo antes de acostarme. ¿Necesitas algo?

—Estoy bien. Gracias.

—¿Qué tal una manta? —Me tendió la manta suave que estaba en el otro extremo del sofá.

—Gracias.

—De nada. Buenas noches.

—Buenas noches.

Karissa cerró la puerta de su dormitorio silenciosamente. Extendí la manta sobre Trent y sobre mí, luego entrelacé mis dedos con los suyos y sonreí. Había vuelto.

Trent se quedó con nosotras unos días. Ni siquiera había pasado por la propiedad antes de aparecer en mi puerta, así que tenía una bolsa en su todoterreno. La subió a mi habitación al día siguiente de quedarnos dormidos en el sofá. No hablamos sobre lo que todo aquello significaba, pero fue encantador, amable y perfecto durante todo el tiempo que estuvo allí. Y cuando se marchó, me dijo cuándo volvería y prometió llamar con regularidad.

Y así lo hizo. Me llamaba casi todos los días, me enviaba varios mensajes cada día, e incluso hizo una videollamada con Karissa y conmigo mientras preparábamos la cena una noche.

Todo iba bien, excepto cuando mencionaba a Hudson. Entonces Trent se quedaba callado y tenía que irse.

—Tienes que hacer que hablen —me dijo Karissa una mañana antes de que me fuera a trabajar. Tenía previsto comer con Hudson, como hacía casi todos los días, y ella me estaba presionando para que fuera sincera con él.

Hudson nunca me decía nada sobre Trent. Ignoraba el tema como si Trent no existiera. No lo entendía muy bien, pero sabía que ella tenía razón.

—Se lo comentaré hoy —le prometí.

—Y haz que hable. No le dejes escaparse.

Asentí y me fui, mordiéndome el labio mientras me preguntaba cómo conseguiría que Hudson, precisamente él, mantuviera una conversación así.

Mi mañana estuvo ocupada con clientes esperando fuera cuando abrí la puerta. Todavía no había demasiados turistas en el pueblo, pero el tiempo era precioso para ser abril e incluso los habitantes locales estaban saliendo más ya.

Ruth, una amiga de mi madre, vino poco antes de la comida y se deshizo en elogios sobre las ecografías que mi madre había estado enseñando por todo el pueblo. —Está muy emocionada por conocerle. ¿Ya habéis escogido un nombre?

—Todavía no —dije con naturalidad. Aún no había hablado con Trent sobre ello. —Ya decidiremos.

—Sé que lo haréis. A veces tienes que conocer al bebé antes de saber cuál es su nombre. ¿Has contratado a alguien para dirigir la tienda mientras estás fuera?

Negué con la cabeza. —Probablemente tendré que cerrar durante unas semanas. No me tomaré demasiado tiempo libre.

—Oh, cariño, deberías pensarlo bien. Creo que es mejor que tengas todo el tiempo posible con el bebé. Sé que vuestra generación está mucho más orientada a la carrera profesional de lo que yo estuve nunca, pero es importante que tengas tiempo para establecer un vínculo con él. ¿Tu madre lo cuidará cuando vuelvas al trabajo?

—Sí, ella lo hará. Es posible que tenga que traerlo a veces, pero ella y papá ya han sido de gran ayuda.

—Para eso están los padres. Yo también cuidé de mis nietos. Fue una época muy divertida para mí. Tus padres lo adorarán.

—Eso espero.

Ruth miró un poco más, luego salió con tres libros nuevos. Tan pronto como se fue, cerré la puerta con llave y cambié el cartel de cerrado para indicar que volvería en una hora y me dirigí a la puerta de al lado para almorzar. Hudson ya lo tenía todo dispuesto en la barra esperándome.

—Llegas tarde —gruñó.

—Vaya, ¿eres así de borde con todo el mundo? —le dijo una mujer unas sillas más allá.

Hudson la fulminó con la mirada. Anna Charlotte. Llevaba meses sin verla.

—Está embarazada de veintisiete meses —dijo Hudson—. Me preocupo.

Anna me observó atentamente mientras yo ponía los ojos en blanco. —No sabía que vosotros dos estabais juntos.

Hudson y yo nos reímos a la vez. —Es como mi hermana. Y como su tienda está justo al lado, la vigilo.

—Y él me alimenta.

—Porque te comerías una barrita de cereales y lo llamarías almuerzo si no tuviera algo preparado para ti.

—Es mejor que no comer nada.

—Necesitas mantener tus fuerzas.

—¿Estáis seguros de que no estáis juntos? —preguntó Anna.

—Está embarazada de otro tío. Otro tío que, aunque sea un capullo, está presente. Y ella sigue siendo como mi hermana.

—Está completamente soltero —le dije con una sonrisa.

Anna palideció, echándose hacia atrás como si la hubiera sorprendido terriblemente.

—No estaba... No... No me interesa. —El rubor que subía por sus mejillas me hizo cuestionar la validez de esa afirmación. Volvió a centrarse en su almuerzo e ignoró a Hudson y a mí.

—Así que, sobre Trent —dije, utilizando sus palabras como la transición que necesitaba.

—¿Qué hay de Trent? —preguntó Hudson.

—Necesito que aflojes con él.

—¿Te envió a luchar sus batallas?

—No tiene ni idea de que estoy hablando contigo sobre esto, pero necesito que aflojés por mí. Por el bebé. Él va a estar presente. Al menos parte del tiempo. No voy a impedirle ver al bebé. Lo que significa que necesito que os llevéis bien.

—¿Por qué?

—Porque eres uno de mis amigos más cercanos y te quiero.

Hudson puso los ojos en blanco pero asintió. —Lo intentaré.

—Bien. Y necesito una cosa más. —Le di un mordisco a mi sándwich y gemí por el sabor. Dios mío, el hombre sabía cocinar.

—¿Voy a odiarlo?

—No. Solo necesito algunos consejos. Como propietario de negocio. He estado planeando simplemente cerrar mi tienda mientras esté en el hospital y recuperándome, pero sigo dándole vueltas. ¿Debería aceptar las ofertas de Karissa y todos los demás para encargarse del local por mí?

Hudson soltó un suspiro y miró al techo. Se quitó la gorra, se rascó la cabeza, luego se la volvió a poner y me miró directamente. —Lo siento, pero no estoy seguro de poder ayudarte a tomar esa decisión. Lo entiendo. Yo no querría cerrar mi negocio ni un día, y menos unas semanas o un mes o más. Pero también comprendo lo difícil que es dejar todo en manos de otra persona, incluso si sabes que harán lo mejor posible.

—Por eso no dejo de darle vueltas. Debería haber configurado esa aplicación de la que Karissa me hablaba constantemente. Y si tuviera una página web mejor, podría recibir pedidos online e ir allí unas horas al día para empaquetarlos.

—No levantes cajas —espetó Hudson—. Yo te ayudaré.

—No lo haré, pero de todas formas no tengo la web lista. He pasado tantos meses preocupándome por las cosas con Trent que nunca me tomé el tiempo que debería para organizar mi única fuente de ingresos.

—Eh, perdón, pero estoy aquí escuchándolo todo —dijo Anna.

Hudson y yo nos giramos para mirarla.

—Vale, sé que me porté como una auténtica zorra

contigo, y sé que no soy fácil de tratar, pero ¿considerarías contratarme para dirigir tu tienda mientras estás de baja por maternidad?

Me eché hacia atrás, bastante sorprendida por su pregunta. —¿En serio?

Se encogió de hombros y luego negó con la cabeza. —Lo siento. No debería habértelo preguntado. No me conoces, y fui grosera contigo, y seguro que Hudson no me daría una brillante recomendación, y...

—Sí, solté antes de que se marchara. —Por favor. Es decir, tenemos que hablar un poco más, pero si vas en serio, me encantaría comentarlo. Trinity te adora, y sé que Hudson está más que encantado con el trabajo de Joey aquí. No sé exactamente cómo será el trabajo, pero podemos concretarlo si de verdad estás interesada.

—¿Está segura? preguntó Anna.

Asentí. —Sé que eres lectora, y sé que te estás arriesgando al pedírmelo. ¿Puedo preguntarte por otros trabajos que tengas?

—En realidad estoy buscando dejar el que tengo actualmente. Esto me daría tiempo para encontrar algo más permanente.

—¿Puedo preguntar por qué dejas tu trabajo actual?

—Es turno de tarde. No es mal trabajo, pero preferiría estar más en casa con mis chicos. Joey se graduará pronto, y Matty va solo unos años por detrás. Sé que esto sería solo mientras estás de baja, pero serían unos meses que tendría para buscar algo antes de que vuelvan al colegio.

—¿Por qué no pasas mañana por la tienda? Abro de diez a seis. Estaré allí todo el día, excepto cuando venga aquí a comer, y hablaremos un poco más y concretaremos los detalles.

Anna asintió. —Gracias. Sé que no me lo merezco, pero de verdad lo agradezco.

—No, gracias a ti. No sabía cuál era la respuesta, pero me alegra que seas tú. Tengo ganas de que empecemos.

—Yo también.

—Yo no, refunfuñó Hudson. —Ya eres un dolor en el culo. ¿Y ahora vas a estar aquí aún más?

Anna puso los ojos en blanco mirándolo y se levantó. —Te veré mañana, Finley.

—Adiós, Anna.

Se acercó a donde Joey estaba recogiendo una de las mesas. Hablaron durante un minuto, luego le dio un abrazo y se marchó.

Con Hudson observando cada uno de sus movimientos.

—¿Crees que estará bien?

—Sí, ¿por qué no iba a estarlo? Siempre trabaja en el turno de tarde.

Solté una risita. —Me refería a si le iría bien que yo la contrate. No a ir a trabajar. Pero es bueno saber que te preocupas por su bienestar.

—Cállate. Su hijo trabaja para mí. Tengo que preocuparme.

—Ajá. Claro que sí.

Puso los ojos en blanco y me lanzó un paño de bar. Me reí y se lo devolví. Esto iba a ser interesante.

## 22

## TRENT

ntré en mi apartamento, mirando el móvil con una sonrisa boba en la cara. Finley me había enviado una nueva foto de su barriga de embarazada con el mensaje *¡Treinta y cuatro semanas! Hoy he tirado una pila de libros. Definitivamente estoy sintiendo el peso de nuestro hijo. ¡No falta mucho para conocerle!*

Nuestro hijo. Joder. Todavía me estaba acostumbrando a eso. Y seguía dándole vueltas a la decisión que tenía que tomar.

—Eh —dijo X. Tenía las cejas levantadas y sonreía con picardía—. ¿Estás bien?

—Sí, ¿por qué? —guardé el móvil. Kenny se acercó corriendo y me empujó la mano para que le acariciara la cabeza.

—Acabo de llamarte varias veces y no has contestado. ¿Era Finley?

Asentí. —¿Dónde está McJenna?

—Estudiando en la biblioteca. ¿Por qué?

Me froté las manos y respiré hondo. —Necesito hablar contigo.

—Vale. —Su humor desapareció. Sabía que era algo serio. Conociéndole, probablemente hasta sabía de qué quería hablar—. ¿Necesitamos una cerveza para esto?

Negué con la cabeza y me dirigí hacia el sofá. Kenny se sentó sobre mis pies, mirándome con la lengua colgando por un lado de la boca. —Quiero mudarme a Cala MacKellar. Quiero estar ahí para mi hijo y para Finley, verlos todos los días. No quiero ser un padre ausente. Y sé que pedirte a ti y a J que vengáis conmigo es una locura y que nunca lo aceptaréis, pero siempre tendré un sitio para vosotros allí. Tampoco voy a deshacerme de este piso, así que podéis quedaros aquí y venir a visitarme cuando queráis, y odio tener que elegir entre vosotros y ellos, pero no puedo dejar que crezca sin mí. Simplemente no puedo.

Cuando terminé, X estaba sonriendo. Se rio y asintió. —Bien. Me alegro por ti. No deberías dejar que crezca sin ti.

Suspiré profundamente. —¿En serio? ¿No estás enfadado?

—No. En absoluto. Pero hay una cosa.

Me enderecé. No esperaba que X tuviera algo que añadir. Pensaba que hablaríamos, quizás discutiríamos, y él lo aceptaría. Eso esperaba.

—¿Estás seguro de que tenéis espacio suficiente para nosotros allí?

—Por supuesto. La casa es enorme. Voy a hablar con el contratista este fin de semana sobre actualizar más espacios y arreglar dos de las habitaciones de invitados para ti y J. Siempre seréis bienvenidos.

—¿Incluso permanentemente?

—¿Qué? ¿Quieres mudarte?

X se encogió de hombros. —Llevo tiempo pensándolo. No le va muy bien en el colegio aquí, y creo que un pueblo pequeño podría ser mejor para ella.

—¿Hablas en serio? —Kenny ladró ante mi pregunta.

—Sí. Es decir, sé que no te encantó crecer allí, pero estar

aquí ya no funciona para J. Se ha metido en peleas durante todo el año y está casi suspendiendo dos de sus asignaturas. Tiene treinta niños en todas sus clases. He estado investigando un poco, y realmente creo que mudarnos a un pueblo más pequeño sería mejor.

—¿Y crees que Cala MacKellar es el lugar adecuado?

Se rio. —He oído mucho sobre ese sitio.

—Lo siento. Supongo que hablo mucho de ello.

—Algo así —dijo X—. En cualquier caso, solo quiero lo mejor para J. Quiero que tenga oportunidades que yo no tuve mientras crecía. Y aunque terminará el instituto en unos pocos años, quiero que esté bien preparada para la universidad o para trabajar o para lo que haga después del instituto.

—Vaya. Nunca pensé que considerarías mudarte, y menos esto. ¿Estás seguro?

Asintió con la cabeza. —Quiero esperar hasta que termine el curso escolar para que no tenga que cambiarse justo al final del año, pero sí, estoy seguro.

—¿Has hablado con ella sobre eso?

X asintió y evitó mi mirada.

—¿No está contenta?

Se encogió de hombros. —No está contenta con nada. Creo que le preocupa que estés reemplazándola con el bebé. Hemos hablado mucho sobre cómo van a cambiar las cosas, y creo que parte de su comportamiento rebelde es porque sabe que no vas a estar tan disponible.

—Mierda. Lo siento. Nunca quise disgustarla.

X negó con la cabeza. —Es una adolescente. Parece que todo le molesta. Pero hemos hablado. Ella fue quien preguntó si podíamos mudarnos contigo.

—¿Cómo sabía que estaba pensando en mudarme?

—Porque eres ese tipo de tío. Estás ahí. No huyes de tus responsabilidades. Te presentas y das la cara. No habría sobrevivido estos últimos quince años sin ti. Y sé que vas a tener a Finley, pero J y yo estaremos ahí para ti de la misma manera.

Me reí suavemente, asintiendo. No pensaba que esto iba a salir tan bien, pero debería haberlo sabido. Eso es lo que realmente significaba la amistad. Lo que significaba la familia. Y tenía la suerte de tenerlo a él. —Gracias. Sé que voy a necesitar ayuda. Constantemente.

X se rió. —Al menos tú ya has puesto pañales a un niño antes. ¿Recuerdas la primera vez que lo intenté yo?

Resoplé. —Fue un desastre. Pis por todas partes. Y la segunda vez no fue mucho mejor. Que no se cayera cuando la cogiste no significaba que estuviera bien puesto.

—Aprendimos eso por las malas.

—Ese sofá blanco nunca volvió a ser el mismo. Me estremecí al recordar la mancha de caca que nunca conseguimos quitar. El sofá acabó en la basura y al día siguiente llegó uno nuevo con toda la protección antimanchas que pudimos conseguir.

—Hace tiempo que no lo hacemos, pero creo que lo haremos mejor esta vez.

La puerta principal se cerró de golpe. Kenny ladró y corrió hacia J, volviendo con ella al salón.

—¿Por qué me miráis así? —preguntó ella.

—Estábamos hablando de cuando eras un bebé —le dijo X.

—Odio cuando hacéis eso. Puso los ojos en blanco para lograr el efecto adolescente completo.

—¿Quieres ver dónde me crié? —le pregunté.

McJenna miró a su padre. Él arqueó las cejas y ella sonrió. —¿Nos vamos a mudar?

—Si te parece bien, sí. El tío T por fin ha admitido que quiere mudarse.

—¡Joder, sí! ¡Eso es genial! Estoy deseando alejarme de mi instituto.

—También hay instituto en Cala MacKellar —le dije.

—Espera, ¿te pusieron el nombre por el pueblo?

Negué con la cabeza. —El pueblo recibió el nombre de mi familia. Mi abuelo fue reconocido como el fundador.

—No jodas. Eso es alucinante.

—Ese lenguaje —gruñó X.

De nuevo, los ojos en blanco.

—Voy a ir este fin de semana y empezaré a preparar tu nueva habitación. ¿Te parece bien vivir en la casa de mi familia?

—¿Cómo de grande es? ¿Hay sitio para nosotros y para Finley y el bebé?

Asentí, sonriendo ante la idea de despertarme junto a Finley todos los días. —Creo que cabremos todos.

X se rio por lo bajo. —Tiene siete dormitorios, J. Y nueve cuartos de baño. Estaremos bien.

—¿Me estás tomando el pelo?

Negué con la cabeza.

—¿Por qué no vivimos ya allí?

X y yo nos reímos con ella. —La verdad es que tiene razón —dijo X.

—Pronto. Estaremos allí pronto.

Mi primera parada ese fin de semana fue en la finca para poder ver a Peter. Había estado trabajando en muchas cosas por la casa, y no solo quería ver lo que había terminado sino también ponerle al día sobre mis planes. Hacerlo en persona era la mejor opción.

Peter estaba en la parte trasera hablando con uno de sus empleados cuando entré en la casa. Levantó una mano saludándome y luego entró para hablar.

—Bienvenido de nuevo —dijo—. —¿Qué le parece?

Miré alrededor de la finca. Habían terminado de pintar hace tiempo, pero el resto del trabajo era nuevo. La cocina había sido actualizada con armarios blancos estilo shaker y encimeras de granito gris. Todos los electrodomésticos eran nuevos y de acero inoxidable negro. Decidimos no hacer nada con el suelo de la casa, pero con todo lo demás terminado, se veía mejor que antes.

—Sin duda merecía la pena la inversión.

Sonrió. —Gracias. Me aseguraré de transmitírselo también a mi equipo.

—Por favor, hágalo. Pero me gustaría hablarle de otra cosa.

Peter cruzó sus robustos brazos y levantó la barbilla. Era más alto que yo y podría lanzarme al otro lado de la habitación si quisiera, pero yo sabía que no era un hombre violento. Y estaba bastante seguro de que no le importaba trabajar en la finca.

—Quiero añadir algunos proyectos más.

Dejó caer las manos y asintió lentamente. —Podemos hablar de eso. ¿Qué te gustaría que hiciéramos? Pensaba que estabas trabajando despacio.

—Lo estaba, pero he decidido cambiar prácticamente todo. No voy a vender la casa.

—¿De verdad?

Asentí. —Voy a volver. Y me traigo a mi mejor amigo y a su hija conmigo. Además, voy a tener un hijo y necesita una habitación.

—De acuerdo, entonces. ¿Qué quiere que hagamos?

Solté un suspiro. —Todo. Creo.

Peter se rio. —Bueno, la pintura está terminada en todas partes, así que a menos que necesite algo en particular en los dormitorios, diría que están listos para quien quiera que vaya a instalarse. Quizás algo de mobiliario nuevo, pero eso no es de mi competencia. No hemos tocado ninguno de los baños o las salas adicionales. Hemos estado limpiando el exterior con agua a presión y dejándolo todo limpio. Hasta ahora, no hay problemas en el exterior que debamos solucionar, así que eso debería estar terminado pronto. Tengo un contacto al que puedo llamar para la piscina si quiere que la revisen. No estoy seguro de en qué estado se encuentra.

Negué con la cabeza. —Yo tampoco lo sé. No sé cuándo fue la última vez que se utilizó.

—Se abre todos los veranos para el personal —dijo Andrew.

No sé de dónde había salido. —¿En serio?

Andrew asintió. —Su padre no quería que se desperdiciara o se deteriorara, así que la abrimos cada verano y la mantenemos. Debería estar en buen estado.

—Vale, bueno, una preocupación menos. Limpiaremos el patio y nos aseguraremos de que quede bien. Entonces parece que las salas adicionales y los baños son los que necesitan trabajo.

Asentí con él. —Sí. La sala de juegos podría estar bien, el cine probablemente necesite una renovación, pero la biblioteca es donde quiero que dediques tu tiempo primero. Luego los baños. Quiero que todos estén funcionales para el verano.

—Eso debería ser bastante fácil. ¿Qué habitación va a ser la del bebé? ¿Necesita algo especial para eso?

Me quedé paralizado. No lo había pensado realmente. Finley probablemente tendría todas las cosas que un bebé necesitaría. Cuna, carrito, mantas, biberones. Todas esas cosas. Ni siquiera lo había pensado. Ni siquiera sabía en qué habitación iba a poner al bebé.

—Me imagino que no, pero quería asegurarme —dijo Peter con cautela.

Negué con la cabeza. —Creo que estará bien. Lo resolveré este fin de semana y si se me ocurre algo, se lo haré saber.

—Suena bien. Voy a volver afuera y terminar por hoy. Será agradable tenerte en la ciudad a tiempo completo.

Asentí. —Tengo ganas de que así sea.

Peter se alejó, dejándome mirando fijamente las escaleras. No había pensado en qué habitación debería estar el bebé. Ni ninguno de nosotros.

Subí las escaleras y entré en la habitación que siempre había sido mía. Era grande, pero ya no se sentía como mi habitación con la nueva capa de pintura gris. Tenía un baño adjunto con una bañera grande y una ducha de buen tamaño. También era la primera habitación al subir las escaleras. Y perfecta para McJenna.

Las siguientes habitaciones eran de buen tamaño y serían cómodas para cualquiera. Elegí el segundo dormitorio principal para X, donde tendría una sala de estar, un vestidor, un gran baño privado y mucha privacidad.

Entré en la habitación de mis padres y me detuve. No había ido allí a menudo desde que mi madre murió, pero al verla con la nueva pintura y los muebles alquilados, ya no se sentía como la antigua habitación de mis padres. Vi a Finley en la cama de matrimonio, despertándose por la mañana para alimentar a nuestro hijo. La vi saliendo del armario con un camisón de encaje. La vi desnuda en la ducha de cristal, haciéndome señas con el dedo para que me uniera a ella. Vi una vida en esa habitación. La vida que quería con la mujer que amaba.

Me hundí en la butaca del rincón y sacudí la cabeza. Había una parte de mí que sabía que la amaba desde hacía mucho tiempo, pero hasta ese momento, no me lo había admitido a mí mismo. No me estaba mudando solo por el bebé. Me mudaba por Finley. Por una vida con ella. Una vida que no estaba seguro de que ella quisiera.

Cada vez que hablábamos, ella tenía algo más que hacer. Club de lectura con sus amigas, trabajo, comidas con

Hudson. Tenía una vida que no me incluía. Una vida en la que yo me estaba abriendo paso a empujones.

Pero ella lo valía. Valía la incomodidad de enfrentarme a Hudson, Ian y los demás. Valía la pena quedarme solo en casa mientras ella salía con sus amigos porque volvería a casa conmigo. Ella lo valía todo.

Solo esperaba que ella sintiera lo mismo.

Necesitaba verla. Decirle que la amaba. Pedirle que me diera una oportunidad de formar parte de su vida. Me mudaría de todas formas, pero si ella también me quería, sería aún mejor.

Salí deprisa de casa y conduje hasta el pueblo. Ella aún debería estar en su tienda, así que me dirigí directamente allí. Había otra mujer dentro con ella, probablemente Anna.

Finley levantó la mirada cuando abrí la puerta. Nuestros ojos se encontraron, y sonrió ampliamente. —Hola, tú. No sabía que ya estabas en el pueblo.

Asentí. —Primero fui a la finca, pero necesitaba verte.

—¿Está todo bien?

Me acerqué a ella con decisión, sin apartar mis ojos de los suyos. —Necesito hablar contigo sobre algo.

—Em, ¿vale? Esta es Anna. Te he hablado de ella.

Le dirigí una breve mirada. —Encantado de conocerla.

—Igualmente. —Era una mujer guapa, pero apenas me fijé en ella estando al lado de Finley. Finley era la única que me importaba.

—¿Deberíamos ir a la trastienda? —preguntó Finley. Su voz temblaba un poco. Se dio la vuelta para irse, dejando que la siguiera.

Juntó las manos frente a ella, acunando su vientre. Se quedó de pie al otro lado de la habitación, con el rostro contraído por la ansiedad.

—¿De qué querías hablar conmigo? —preguntó.

—Te quiero —solté de golpe. —Sé que no nos conocemos

bien, y sé que esto es un poco una locura, pero no puedo imaginar mi vida sin ti en ella. Quiero despertarme contigo cada mañana, quiero criar a nuestro hijo juntos, quiero cenar contigo todas las noches y ayudarte a cargar cajas y decirte que te quiero cien veces al día.

—¿Me quieres? —susurró.

—Sí, te quiero.

—Pero estás vendiendo tu casa. Y no vives aquí. Y yo no quiero irme. Me encanta mi trabajo y vivir aquí. No quiero irme.

—Yo tampoco quiero que te vayas.

—¿Entonces qué? ¿Simplemente vivimos en ciudades diferentes y nos vemos cuando vengas al pueblo? No creo que pueda soportarlo. He estado intentando convencerme de que esto nunca funcionaría entre nosotros por mucho que lo desee, pero una relación a distancia es difícil.

—¿Quieres que esto funcione?

Ella soltó una pequeña risa y negó con la cabeza. —Claro que sí. Pero no veo cómo podría.

—¿Y si te dijera que voy a volver?

—¿Qué?

Sonreí. —Me voy a mudar de vuelta. Antes de que nazca el bebé. Quiero estar aquí con vosotros dos.

—¿Qué?

—Te quiero, Finley. Y quiero a nuestro hijo. Y os quiero a los dos en mi vida cada día.

—¿Qué?

Le acuné la mandíbula y le besé la nariz. —¿Vas a decir algo más?

—No sé si puedo.

—Entonces, ¿qué tal si dejas que te bese y cuando se te ocurra algo más, me lo dices?

Asintió e inclinó sus labios hacia los míos. Besarla era

como recibir un rayo de sol hecho solo para mí. Era hermosa y perfecta en todos los sentidos. Y iba a ser mía.

Nos separamos después de un minuto, y ella se lamió los labios. Me miró y susurró: —Tengo algo que decir.

—¿Qué? —pregunté, haciéndola sonreír.

—Te quiero, Trent.

—¿Qué?

Ella se rio. —¿Quién es ahora el que no puede decir nada más?

—¿De verdad me quieres?

Asintió con la cabeza. —Desde hace tiempo, pero no pensaba... Sus ojos se llenaron de lágrimas. Se mordió el labio inferior.

—Oh, cariño. Te quiero muchísimo. Nada de esto ha sido fácil, pero aquí estamos. Y no pienso irme a ninguna parte.

—Karissa no me va a dejar olvidarlo nunca.

—¿Olvidar qué?

—Haberme enamorado de alguien de su aplicación. Tiene una racha. Todas hemos encontrado a alguien con su aplicación, pero yo le dije que jamás me pasaría a mí.

—Me alegro muchísimo de que te equivocaras.

Ella sonrió y volvió a levantar la cara. —Yo también.

## 23

## FINLEY

Después de que Trent me dijera que se mudaba a casa, las cosas parecían estar encajando. Trent estaba haciendo planes y pasando casi todos sus fines de semana en Cala MacKellar. Y para mí, Anna estaba resultando maravillosa. Era inteligente, fácil de tratar y perfecta para dirigir mi tienda mientras yo estuviera de baja. Realmente sentía que estaba tomando la mejor decisión al contar con ella.

—Te he traído un té verde —dijo Anna, entrando una mañana tres semanas después de que Trent me dijera que se mudaba a casa.

—Gracias. No he estado durmiendo bien los últimos días.

—Yo tampoco dormía mucho al final de mis embarazos. Ambos niños se acomodaron sobre mi vejiga. Me levantaba cada dos o tres horas para ir al baño, y luego no encontraba una posición cómoda para acostarme. Pasaba la mayoría de las noches en el sofá.

—Me quedo dormida en el sofá continuamente, pero no a propósito. He tenido mucho dolor de espalda.

—¿Desde hace cuánto? —preguntó Anna.

Negué con la cabeza y bebí mi té. —Parece que desde siempre. Aunque siempre he tenido sobrepeso, llevarle está ejerciendo presión de una manera diferente. He tenido dolor de ciática durante meses.

—Eso es horrible. No me pasó con Joey, pero Matty parecía estar sentado sobre ese nervio casi desde el principio. ¿Haces estiramientos para aliviar?

Asentí. —Sí, pero el alivio siempre es temporal.

—La buena noticia es que debería desaparecer después de que nazca el bebé.

—Dios, eso espero.

Una clienta entró, interrumpiendo nuestra conversación. Anna me hizo un gesto para que no me preocupara y fue a saludar a la clienta mientras yo terminaba mi té y me sentaba. Cada vez me costaba más mantenerme de pie. Y todavía me quedaban tres semanas para la fecha prevista del parto. No estaba segura de poder aguantar tanto.

Anna atendió a la clienta y cobró su compra, luego se acercó a donde yo estaba sentada en el sofá.

—¿Te sientes mejor?

Asentí. —Sí, gracias. Solo soy más lenta de lo que solía ser.

—Es comprensible. ¿Está segura de que no me quiere aquí mañana?

—Sí, definitivamente. Necesitas un día libre.

—Tú también —protestó Anna.

Resoplé. —Voy a tomarme unos meses libres, gracias a ti. Ahora mismo, necesito trabajar.

—Créeme, ese tiempo libre no va a ser relajante ni un descanso. Vas a estar aún más agotada de lo que estás ahora.

Sonreí. —Sí, pero será de una manera diferente. Y dormiré cuando él duerma, como todos me dicen.

Anna sonrió. —Estoy segura de que lo harás.

—Lo haré. Es lo que sugieren todos los libros.

—¿Y sabes por qué, verdad?

Negué con la cabeza.

—Porque ninguna de las madres lo hace realmente. Aparece en todos los libros porque todas las mujeres que escriben esos libros desearían haberlo hecho.

Gruñí. —Eso no es cierto.

Anna soltó una risita. —Vale. Si tú lo dices.

—Tú dormías cuando lo hacían tus hijos, ¿no?

Negó con la cabeza. —Era cuando comía, hacía la colada y limpiaba el piso.

—Sí, pero...

—Yo no tenía a nadie que me ayudara, Finley. Tú tienes a Karissa y a Trent.

—¿Tu ex no te ayudaba?

Resopló. —Hay una razón por la que es mi ex. Muchas, de hecho. Y que no ayudara era el menor de nuestros problemas.

—Lo siento.

Se encogió de hombros. —Es lo mejor. Y hace una eternidad de eso. Apenas forma parte de nuestras vidas, lo que es una pena para los chicos, pero sé que estamos mejor sin él.

—Hudson parece ser muy bueno con tus chicos, dije. La forma en que le miraba decía que ella también lo había notado. Y Hudson podría ser más que simplemente bueno para los chicos.

—Sí, eh, a Joey realmente le gusta trabajar para él.

—Y Matty parece sentirse bastante cómodo pasando las tardes con Hudson.

Anna asintió y enderezó un montón de libros que ya estaban perfectamente alineados. —Sí.

—Y Hudson es bastante guapo.

—Es un tocapelotas, dijo Anna.

Resoplé. —Puede serlo, pero también es un buen tío.

—Supongo.

—Creo que haríais buena pareja.

—Por favor. No nos soportamos el uno al otro.

—¿Es por eso que tienes las mejillas rojas y no me miras a los ojos? ¿Porque no le soportas?

Resopló y levantó su mirada hacia la mía. Frunció los labios y arqueó una ceja. —Te estoy mirando.

Sonreí con picardía. —Te gusta.

Anna puso los ojos en blanco. —¿Estamos en el instituto?

Me reí. —Solo creo que haríais buena pareja.

—Ni hablar. Él aún no ha superado lo de su mujer, y yo no tengo interés en involucrarme con otro hombre egocéntrico que no esté interesado en mí.

—¿Entonces sí que te gusta?

—Yo no he dicho eso.

—Tampoco has dicho que no.

Resopló y puso los ojos en blanco. —Pensaba que hoy me ibas a enseñar el sistema de pedidos.

Sonreí. —¿Es tu manera de decir que has terminado con esta conversación?

—Sí, por favor.

—Vale, lo dejaré. Por ahora.

Puso los ojos en blanco y se dirigió hacia el mostrador. Sonreí con suficiencia y la seguí, guardando para más tarde lo que no había dicho.

Esa noche fue mi última clase de preparación al parto. Karissa condujo ya que me volvía a molestar la espalda. No pude ponerme cómoda durante todo el trayecto, pero tan pronto como nos sentamos en la zona de descanso, en el acogedor sofá que me envolvía, me sentí mejor.

—¿Cómo estáis todos? preguntó Leslie, captando nuestra atención.

Leslie tenía una manera de hacerme sentir más tranquila. Había estado incómoda y frustrada todo el día porque no había estado durmiendo, pero solo la voz de Leslie me hizo relajarme.

—No puedo ponerme cómoda—dijo Maggie—. —Estoy de treinta y seis semanas desde ayer y siento como si se hubiera instalado dentro de mi pulmón izquierdo.

Leslie se rió. —Eso no es raro, pero es difícil. Si te sientas erguida, a veces eso ayuda. Dale un poco más de espacio. También puedes probar a sentarte en una pelota de ejercicio.

Maggie cambió de posición para sentarse más recta y respiró hondo. —Eso se siente mejor. Gracias.

—Para eso estoy aquí. ¿Quién sigue? ¿Finley?

—Yo tampoco consigo estar cómoda. Treinta y siete semanas ya, y entre las pausas para hacer pis y el peso extra que me hace doler la espalda, creo que este es el único momento en el que he estado mínimamente cómoda en aproximadamente un mes.

Leslie me sonrió. —Háblame del dolor de espalda. ¿Es constante?

Asentí. —Sí. Tengo ciática, lo que no ayuda.

—¿El dolor de espalda ha empeorado?

Me encogí de hombros.

—Ha estado quejándose más últimamente—dijo Karissa.

—¿Últimamente en el último mes o últimamente en la última semana?

—Semana—dijo Karissa.

—El dolor de espalda probablemente sean contracciones de Braxton-Hicks. Podría ser trabajo de parto, pero si ha sido una semana, yo diría que son Braxton-Hicks.

—Pero estoy de treinta y siete semanas—exclamé.

—Lo que significa que estás a término completo—me dijo Leslie. —Es nuestra última clase. Todas podríais entrar en trabajo de parto en cualquier momento. Pero no os pongáis de parto durante la clase. Tengo una buena racha y no quiero romperla.

Nos reímos con ella. Mi mano fue a mi vientre, y noté que las otras madres hicieron lo mismo. Por muy emocionada que estuviera por conocer a mi niño, realmente quería que esperara otras dos semanas. Entonces sería cuando Trent se mudaría a casa.

Todas las demás fueron hablando sobre cómo se sentían, y luego Leslie pasó a nuestra última lección. Cuidados posparto y del recién nacido.

—La mayoría de la información se centrará en el cuidado del recién nacido. Hablaremos de ello, pero nuestro enfoque esta noche es cuidar de vuestro bebé mientras también os cuidáis a vosotras mismas. No es algo fácil de hacer, y aquí es donde vuestra persona de apoyo va a ser la más importante. No durante el parto, sino durante el posparto, cuando la mayoría de las mujeres se agotan intentando hacer todo por el bebé.

Sus palabras sonaban inquietantemente similares a lo que Anna me estaba diciendo antes.

—¿Quién planea dormir cuando el bebé duerma? —preguntó Leslie con una sonrisa.

Todas levantamos las manos.

—¿Y cuándo os ducharéis?

Me mordí el labio y miré a mis compañeras de clase.

—¿Y lavar la ropa? ¿O preparar la cena? ¿O comer? —continuó Leslie, utilizando los mismos ejemplos que Anna—. —Lo más probable es que seáis la persona principal que cuida de vuestro hogar. Si ese es el caso, no os resultará fácil soltar esas tareas aunque estéis añadiendo todas las tareas del cuidado del niño. Personas de apoyo, aquí es donde tenéis que dar un paso al frente.

Karissa se enderezó. Puso su mano sobre la mía y la apretó.

—Habrá algunas tareas de cuidado infantil que solo la mamá puede hacer. Si está amamantando, esa es la más importante. Con todo lo demás podéis ayudar, y con todo lo de casa, también podéis echar una mano. No aceptéis un no por respuesta. Aseguraos de que descansa lo suficiente, especialmente si es la única que se levanta por la noche. No todos los bebés dormirán más de dos horas seguidas. Si la mamá está amamantando y tarda una hora en dar el pecho, otros treinta minutos en que el bebé se acomode, y treinta minutos para que la mamá se vuelva a acostar, significa que la mamá está despierta toda la noche. Incluso los buenos bebés a veces solo duermen tres horas seguidas, lo que significa que la mamá podría dormir solo una hora cada vez. Durante el día, necesita ese descanso.

Mi estómago se retorció al darme cuenta de que Anna tenía toda la razón. ¿Cómo lo hacían las madres solteras? Si no tuviera a Karissa, a mi madre, a Hudson y a Trent, ¿cómo sobreviviría?

Leslie siguió hablando sobre cuidarnos a nosotras mismas, explicando el proceso de recuperación y el cuidado del recién nacido. Todas practicamos cómo cambiar pañales y hacer eructar al bebé. Hablamos sobre la lactancia y la alimentación. Leslie continuó con el cuidado de nosotras mismas como punto principal, recalcando que nos agotaríamos si no reducíamos el ritmo.

Cuando llegamos a casa después de la clase, me estaba quedando dormida. Karissa se rio de mí cuando me desperté y refunfuñé. —Vamos arriba para que puedas acostarte.

Ni siquiera había cenado, pero la cama sonaba mejor que la comida.

Me arrastré a mi habitación y me acurruqué bajo las mantas, sin molestarme siquiera en cambiarme la ropa que había llevado todo el día.

Dormí fatal. Me quedé inconsciente cuando volvimos a casa de las clases de preparación al parto, pero me desperté después de dos horas y ya no pude volver a conciliar el sueño. Cuando finalmente me di por vencida, el sol ya había salido para burlarse de mí. Maldito sol.

Me di una ducha caliente, dejando que el calor se filtrara en la parte baja de mi espalda. Se sentía bien, pero tan pronto como salí, los dolores volvieron.

Vestirme fue toda una odisea. Me sentía enorme, asquerosa e incómoda con todo. Llevar vestido era lo más cómodo, pero mis muslos se rozaban y acababan en carne viva al final del día. Me senté al borde de la cama y me di una charla motivacional, negándome a llorar. Luego me puse el vestido, me unté desodorante en los muslos y metí un envase extra en mi bolso para poder reaplicármelo durante el día y, con suerte, evitar las rozaduras.

Karissa todavía no se había levantado, así que preparé en silencio una taza de té y unas tostadas, empaqué mi almuerzo y salí del piso. Comí de camino a la tienda, empezando finalmente a sentirme mejor durante el paseo. El sol brillaba y el aire de la mañana era fresco pero no frío. Respiré profundamente y decidí que iba a ser un buen día. A pesar de no haber dormido. No importaba. Iba a ser un buen día.

Me preparé para la jornada y abrí la tienda. Mis primeras dos horas fueron bastante tranquilas, con solo algunos clientes entrando. Todos preguntaban cuánto me faltaba y arrullaban sobre mi barriga de embarazada. Para cuando la última de ellas se fue, estaba tentada de decirle a cualquier otra persona que no estaba embarazada, solo gorda, para no tener que lidiar con mujeres excesivamente alegres que pensaban que yo debía compartirlo todo, y ellas también. No tenía ni idea de por qué las mujeres creían que contarle a una embarazada todas las historias de terror de partos que habían oído era buena idea, pero joder, no lo era.

La tienda estuvo tranquila durante un rato, dándome la oportunidad de sentarme. Me puse más desodorante en los muslos y me comí uno de mis tentempiés. El bebé estaba activo hoy. No pateaba demasiado fuerte, pero se movía mucho.

Como se acercaba el verano, y era la única en la tienda, no fui a O'Kelleys a comer. Hudson llamó para ver cómo estaba, y le dije que estaba bien. Me prometió que vendría a verme cuando terminara el ajetreo de la comida. Intenté decirle que no hacía falta, pero insistió.

Terminé mi almuerzo y volví a la parte delantera. Dos clientas entraron poco después de que me dejara caer en la silla que tenía detrás del mostrador.

—Sentíos libres de mirar. Ya descubriré cómo salir de esta silla en un minuto —les dije.

Ambas mujeres se rieron. Parecían hermanas una década más o menos mayores que yo.

—¿Estás a punto de dar a luz? —preguntó una, acercándose al mostrador.

—Tres semanas —le dije.

—¡Qué emocionante! ¿Es tu primer hijo?

Asentí y me froté la barriga. Por fin logré levantarme de la silla y un dolor me atravesó. —Oh, mierda.

—¿Está usted bien? —preguntó la primera.

—Sí. Perdone. He tenido este dolor de espalda durante semanas, y justo ahora... Eso dolió. Ya está pasando.

—¿Estás de treinta y siete semanas? —preguntó la segunda.

—Sí. Desde hace unos días.

—¿Estás segura de que no estás de parto? —preguntó la primera, intercambiando una mirada con su hermana.

Negué con la cabeza. —Son contracciones de Braxton-Hicks.

—Eventualmente, las contracciones que te preparan para el parto se convierten en parto real.

—Lo sé, pero aún no estoy en ese punto. No debe nacer hasta dentro de tres semanas más.

—Estás a término completo.

—Pero me quedan tres semanas. Su padre ni siquiera vive aquí. No se muda hasta dentro de dos semanas. No puedo tenerlo ahora.

Una de ellas me sonrió y se encogió de hombros. —Parece que el bebé no recibió el memorándum.

—No. No, no estoy de parto. Puedo hacer que se me pase caminando.

—Cariño, puedes caminar, pero solo acelerará el proceso.

Se colocaron a ambos lados de mí, cada una tomándome de un brazo mientras caminaba por la tienda. —El dolor de espalda ha mejorado. Ya ni siquiera me duele —mentí. Había mejorado, pero no había desaparecido.

—Cariño, eso es estupendo, pero necesitas llamar a alguien. ¿Hay alguien que pueda llevarte al hospital?

—No estoy de parto. No necesito ir a ningún sitio.

Intercambiaron otra mirada que decía que creían que estaba perdiendo la cabeza. Y lo estaba. Porque no estaba de parto y seguían diciendo que sí.

—¿Por qué no llamamos al padre? A ver si puede venir a recogerte.

Negué con la cabeza. —No vive aquí. Está a horas de distancia.

—Entonces quizás deberías llamarle para que no se pierda la llegada del bebé.

Me detuve en medio de la tienda cuando otro dolor agudo me apuñaló en la espalda. Se sentía como el mismo dolor que me había estado molestando, pero más intenso. Como si me hubieran golpeado allí, repetidamente.

—Mierda, cómo duele. ¿Por qué me duele esto? —pregunté en voz alta.

—Porque estás de parto —dijo una de las mujeres.

—¿Está de parto? —se oyó una voz masculina—. ¡Finley!

—Oh, qué bien, papá está aquí —dijo la mujer.

—Finley, mierda. ¿Estás de parto? ¿Por qué no me has llamado?

Negué con la cabeza. —No estoy de parto, Hudson. Solo tengo un dolor en la espalda.

—Sus contracciones son irregulares, pero están separadas por unos once minutos y duran unos treinta segundos. Hay tiempo de sobra para llevarla al hospital —informó la mujer.

—Gracias —dijo Hudson—. —Se lo agradezco mucho. Lo que queráis, dejad una nota en el mostrador y yo me encargo. Gracias por quedarse con ella.

—Volveremos. ¿Habrá alguien aquí mañana?

—Sí, respondió Hudson. —Gracias.

—¡Por supuesto! ¡Buena suerte, mamá y papá! Las mujeres se despidieron con la mano mientras salían apresuradamente de la tienda.

Miré a Hudson, con miedo e incertidumbre en sus ojos. —No estoy de parto.

—¿En serio? —preguntó.

Asentí con la cabeza. —No puedo estarlo. Trent no está aquí, Hudson. No puedo tener al bebé sin que él esté presente. Simplemente no puedo.

—Sí puedes, Fin. Me tienes a mí y a Karissa, y a tus padres y a tantas personas que te quieren. Trent estará aquí tan pronto como pueda, pero ahora no estás al mando. El bebé lo está, y él dice que es hora de irse.

Cerré los ojos mientras otra oleada de dolor me invadía.

No quería admitir lo que estaba ocurriendo, pero Hudson tenía razón.

El bebé venía. Ahora.

## 24

—*D*efinitivamente estás de parto —dijo Julie con una sonrisa—. Y ya estás dilatada cuatro centímetros.

—¿Eso es bueno? El padre aún no está aquí, y no estoy segura de cuándo podrá llegar, y el bebé solo tiene treinta y siete semanas, y...

—Finley —dijo Julie con aquel tono tranquilizador suyo.

—¿Sí?

—Todo va a salir bien. No vas a pasar por esto sola.

Cerré los ojos con fuerza y asentí. Sentía que estaba sola. Trent debería estar aquí. Debería haber podido planificar las cosas. La tienda debería estar cerrada, o al menos Anna debería haber estado allí. Dios, estaba estropeándolo todo.

—¿Quieres que deje pasar a tu amigo? —preguntó Julie.

—Necesito que hagas una cosa por mí —dije, agarrándola del brazo.

—¿Sí?

—Necesito una prueba de paternidad. ¿Podéis hacerla cuando nazca el bebé?

—Por supuesto. Necesitaremos una muestra del padre,

pero podemos añadir la prueba a nuestra lista —dijo Julie—. ¿Estás lista para que entre tu amigo?

Asentí, dejando que mis ojos se cerraran de nuevo. La puerta se abrió. Las voces eran demasiado suaves para que pudiera escuchar las palabras. La puerta se cerró, y un momento después, la cama se hundió a mi lado. Hudson me rodeó con sus brazos y me abrazó mientras dejaba que las lágrimas salieran.

—Tranquila, Fin. Todo va a salir bien.

—¿Cómo puedes decir eso?

—Porque Karissa viene de camino con tu bolsa. Estará aquí antes de que empiece el parto activo. Anna está vigilando la tienda y todo está bajo control. Le he dicho que estaré disponible para ayudarla en cualquier momento mientras tú estés fuera. Y Trent va a intentar llegar.

—¿Intentar? —solté.

Hudson se encogió de hombros y me mantuvo apretada contra él. —Definitivamente estaba en estado de shock. Sonaba un poco perdido.

—Sé que le odias...

—Odio cómo te hizo sentir. Nadie debería sentirse jamás como él te hizo sentir. No fue justo.

—Tenía sus motivos.

—No hay excusas para eso. Entiendo que le hayas perdonado, y espero que todas las promesas que te ha hecho sean sinceras, pero voy a vigilarle. Y si alguna vez necesitas algo, llámame.

—Gracias. No creo que hubiera podido superar todo esto sin tu apoyo.

—Nunca tienes que darme las gracias, Fin. Es lo que hacen los amigos.

Negué con la cabeza. —Eres único entre un millón, Hudson Grant. Y cuando finalmente te abras de nuevo al amor, esa persona será muy afortunada.

Se rio. —Deben de haberte dado las drogas buenas.

Sonreí. —Sin drogas. Todo natural.

—Estás loca.

Me reí. —Probablemente, pero es lo que quiero hacer.

—Bueno, si necesitas una mano para apretar, tengo un par de ellas.

—Gracias. Probablemente las necesitaré.

Otra contracción comenzó de nuevo, apretando mi vientre y dejándome sin aliento. Definitivamente se estaban haciendo más fuertes. Y más seguidas.

Karissa apareció treinta minutos después con comida para todos nosotros y mi bolsa. El centro de maternidad nos enviaría a casa unas horas después de que llegara el bebé, pero aun así empaqué ropa para varios días por si acaso terminaba siendo trasladada al hospital.

Julie volvió a entrar y comprobó mi progreso. Otra hora, otro centímetro.

—¿Siempre es tan lento? —preguntó Karissa.

—Puede serlo. También puede acelerarse prácticamente en cualquier momento. Estaré en la habitación de al lado un rato. La madre que está allí está en trabajo de parto activo. Como Finley está estable, estoy dejando que las cosas progresen. Intentad cambiar de posición, caminar, sentaros en la pelota. Podéis meteros en la ducha o salir fuera si queréis. Manteneos cerca, pero no tenéis que quedaros sentados en esta habitación todo el día.

—No quiero irme y que aparezca Trent mientras no estamos. Creo que moverme o sentarme en la pelota podría ser bueno —les dije.

—Bien. La pelota te ayudará a abrir las caderas y hacer espacio para el bebé. —Julie rodó la pelota desde la esquina de la habitación hasta la alfombra frente a la cama.

—Creo que tener las caderas abiertas es lo que nos trajo aquí en primer lugar —dijo Karissa.

Hudson soltó una risita. Julie sonrió. Yo simplemente puse los ojos en blanco.

—Avisadme si necesitáis algo —dijo Julie, y luego salió de la habitación.

—Eres mala —le dijo Hudson a Karissa.

—Me adoras.

Él asintió. —Sí. —Hudson se giró hacia mí—. ¿Quieres que te dé algo de privacidad?

Negué con la cabeza y rodé hacia delante y hacia atrás sobre la pelota, manteniendo mis pies firmemente en el suelo mientras desplazaba mi peso. —¿Por qué?

—Por si quieres meterte en la ducha o necesitas hacer algo. No sé. No sé cómo funciona todo esto.

Resoplé. —Yo tampoco. Julie y Leslie me dijeron que escuchara a mi cuerpo y dejara que me indicara lo que necesita. La comida ha ayudado. Ahora tengo más energía. Necesito mantenerme hidratada. Sería agradable que Trent estuviera aquí.

Hudson asintió. —Bueno, si necesitas algo y no está aquí, yo también puedo ir a buscarlo. No quiero molestar.

—No molestas —le aseguré—. —Me alegra mucho que estés aquí.

Me sonrió mientras empezaba otra contracción. Karissa me ayudó a respirar como Leslie me había enseñado, y después de un minuto, pasó sin mucho dolor.

Durante las siguientes dos horas, todo fue así. Mis contracciones se hicieron más frecuentes, pero las técnicas de respiración me ayudaron a superarlas. No eran agradables, pero el dolor no era tan malo como esperaba. Me sentía fuerte, capaz y empoderada.

Pero Trent seguía sin aparecer.

—Estoy empezando a preocuparme —dijo Julie mientras la tarde avanzaba hacia la noche.

—¿Por qué? —preguntó Karissa.

—El parto va lento, y rompió aguas hace horas, así que me gustaría que las cosas fueran más rápido.

—¿Y si no lo hacen? —pregunté.

—Tendremos que empezar a hablar sobre trasladarte al hospital —dijo Julie—. —Tú y el bebé estáis bien ahora mismo, pero cuanto más tiempo pases sin dar a luz, más posibilidades hay de complicaciones e infecciones.

Karissa se movió a un lado y le susurró algo a Hudson. Él asintió y salió de la habitación.

—¿Qué está pasando? —pregunté—. —¿Adónde va?

—Solo va a hacer una llamada.

—¿A quién llama? ¿Pasa algo malo? ¿Ha ocurrido algo?

—Finley, necesitas calmarte —dijo Julie. Le dirigió una mirada suplicante a Karissa.

—No pasa nada. Te lo prometo. Hudson solo está comprobando cómo está Trent. Pensaba que ya estaría aquí.

—Entonces algo va mal.

—No, Fin, no. Nada va mal. Pero Hudson y yo creemos que tu parto se está estancando porque estás intentando esperar a Trent. No queremos que os pase nada ni a ti ni al bebé.

—No estoy esperando por él —protesté. Tan pronto como las palabras salieron, supe que eran mentira—. Mierda. ¿Estoy esperando por él?

—Probablemente —dijo Julie—. Aunque no seas consciente de ello, has estado preguntando por él desde que llegaste.

—No quiero que le pase nada al bebé —lloré. Sentía como si todo mi cuerpo me estuviera traicionando. Las contracciones que había estado soportando bien durante todo el día de repente se sentían más fuertes, más dolorosas. Había estado manteniéndolo todo bajo control, pero ahora estaba angustiada. Estaba causándole daño a mi bebé.

—Tu bebé está bien —dijo Julie—. Nunca permitiría que

ocurriera algo que os hiciera daño a ninguno de los dos. Si hubiera tenido alguna preocupación hasta este momento, ya os habríamos trasladado.

—Pero si las cosas no avanzan, lo harás.

—Sí —asintió Julie—. Pero aún no hemos llegado a ese punto. Démosle otra hora y decidiremos entonces. ¿Vale?

Asentí. Julie me apretó la mano y luego salió de la habitación. Miré a Karissa. —No quiero que le pase nada.

—Lo sé, cariño. Lo sé.

Hudson regresó y dijo que no había podido contactar con Trent. Me permití dos minutos de autocompasión, luego me levanté. Respiré profundamente y me concentré en mi bebé. Visualicé todas las cosas de las que habíamos hablado durante las clases de preparación al parto. Cuando llegó mi siguiente contracción, imaginé mi cuerpo estirándose para hacer espacio para mi niño. Respiré durante la contracción y centré toda mi atención hacia mi interior.

Estaba lista.

Treinta minutos después, le dije a Karissa que llamara a Julie. Sentía que necesitaba empujar.

Julie comprobó y dijo que la cabeza del bebé ya estaba ahí y que estaba completamente dilatada. Encendió la bañera que se llenaba a una velocidad increíble y me preguntó a quién quería tener conmigo en la habitación durante el parto.

Miré a las dos personas que habían estado conmigo durante todo esto. Karissa era una presencia segura, pero Hudson necesitaba decidir.

—Puedo irme —dijo él inmediatamente.

—Me gustaría que te quedaras, si te sientes cómodo estando aquí.

Asintió una vez.

Julie anunció que la bañera estaba lista después de mi siguiente contracción. Me quité todo excepto el sujetador deportivo y entré. Hudson se metió detrás de mí, sosteniéndome y apoyándome desde atrás. Karissa y Julie estaban a mis pies, listas para que yo me apoyara contra ellas cuando viniera otra contracción.

Alguien llamó a la puerta justo cuando empezaba el dolor. Julie me animó a empujar mientras respondía a quien estaba llamando.

Entonces apareció Trent.

Llevaba un traje arrugado y parecía frenético y aterrorizado. —Joder.

Extendí la mano hacia él mientras gemía durante la contracción. Corrió a mi lado y me agarró la mano. Me habló mientras la contracción recorría mi cuerpo. Cuando terminó, se inclinó y me besó.

—Lo siento muchísimo por no haber llegado antes. Me paró la policía de camino.

—¿Qué?

—No pasa nada. Le expliqué lo que estaba pasando, pero tuve que ir más despacio después. Lo estás haciendo genial. —Miró a Hudson y Karissa—. Gracias a los dos por estar aquí para ella durante todo esto.

—No hay nadie con quien preferiríamos estar —dijo Hudson.

Empezó otra contracción, interrumpiendo la conversación. Trent me apretó la mano, Karissa y Julie sujetaron mis pies, y Hudson me dejó apoyarme contra él. Tomé aliento cuando terminó, pero no pasó mucho tiempo antes de que me diera otra, y entonces nació mi niño.

Julie lo puso sobre mi vientre para que se mantuviera en el agua caliente. Trent cortó el cordón cuando Julie se lo indicó. Luego ella entregó el bebé a otra enfermera y me ayudó a salir de la bañera.

Hudson y Trent se quedaron con el bebé, y Karissa y Julie me guiaron a la cama para expulsar la placenta. Julie examinó al bebé y me lo trajo de vuelta.

—Es precioso —dijo Karissa.

Miré a mi hijo y asentí. Era precioso. Pelo y ojos oscuros como los de su padre. Tenía mi nariz y mi boca. Y buscaba instintivamente su primera comida.

—Os dejaré algo de intimidad —dijo Hudson, siguiendo a la enfermera fuera de la habitación.

Se marchó antes de que pudiera protestar.

Las siguientes horas pasaron como en una nebulosa. Julie me ayudó a amamantar al bebé, luego lo pesó de nuevo y lo colocó en la cuna. Karissa y yo nos tumbamos en la cama y dormitamos. Trent salió de la habitación un minuto, regresando con Hudson poco después.

El bebé se despertó y volvió a mamar, después Julie preguntó si estábamos listos para irnos a casa. Me asustaba pensar que éramos los únicos responsables de esa personita diminuta que solo tenía unas pocas horas de vida, pero no estaba sola.

—Creo que sí lo estamos —le dije.

—Bien. Solo queda una cosa por hacer. Completar el certificado de nacimiento. ¿Cómo se llama?

Miré a Trent, y él asintió. Habíamos hablado sobre el nombre del bebé, y él apoyó mi idea sin dudarlo. Miré a Karissa. —Su nombre es George. —Me volví hacia Hudson—. George Hudson MacKellar.

—¿Qué? —exclamaron al unísono.

—Ambos habéis estado ahí para Finley. Cuando ella dijo que quería honrar a tu madre, Karissa, supe que era el nombre correcto. Y poner tu nombre como segundo nombre del bebé fue otra elección sencilla, Hudson. Los dos habéis estado a su lado desde el principio. Y no podría sentirme más honrado que si ambos estáis de acuerdo —les dijo Trent, con su mano sobre mi hombro.

Karissa y Hudson asintieron, con los ojos llenándose de lágrimas. —Gracias.

—Gracias a vosotros. A los dos. Espero que siempre forméis parte de nuestras vidas. —Trent se adelantó y abrazó a Karissa, luego estrechó la mano de Hudson.

Sonreí. Lo serían. No dejaría que nada cambiara eso.

LAS PRIMERAS SEMANAS con un recién nacido no fueron como esperaba. Karissa era maravillosa y se levantaba conmigo cada vez que George lloraba, pero podía ver que a ella también le estaba pasando factura. Hudson nos traía café y desayuno cada mañana antes de abrir O'Kelley's y se quedaba con George mientras nos duchábamos y nos cambiábamos a ropa limpia. Mis padres venían casi todas las tardes y se ofrecían a cuidarlo siempre que quisiera.

Estaba descansando mucho más de lo que esperaba, pero aun así estaba agotada. George dormía dos o tres horas seguidas, lo que no era suficiente para nosotros. Me aseguraba de sacarlo a tomar aire fresco todas las tardes para que Karissa pudiera trabajar un poco, pero estaba arrastrándome.

—¿Por qué no venís a quedaros con nosotros unos días? —ofreció mi madre. George apenas tenía dos semanas. Trent se mudaría de vuelta el fin de semana, por fin. Hablábamos con él todos los días, pero el hecho de que no estuviera en la misma ciudad que nosotros estaba tensando la situación. Especialmente porque yo estaba cansada y de mal humor constantemente.

—Trent quiere que nos quedemos con él este fin de semana —les dije a mis padres.

—Bien. ¿Qué tal si esta noche venís a nuestra casa? Tú y Karissa podéis venir a cenar, y si ella no quiere quedarse, puede irse a su casa y dormir en su propia cama. Ian y Blake vendrán también.

Asentí. Sería bueno pasar tiempo con mi familia.

Karissa decidió saltarse la cena familiar y trabajar un poco. Estaba terminando un proyecto que parecía entusiasmarle mucho. Y sabía que estaba cansada.

Mi padre reclamó a George en cuanto entré y se negó a soltarlo hasta la hora de cenar. Comí rápidamente, y luego amamanté a George mientras todos comían. Volví abajo para el postre e inmediatamente fui abordada por mi hermano.

—Es mi turno con mi sobrino. Necesito toda la práctica que pueda conseguir —dijo Ian.

—Espera, ¿qué? —solté, mirando alternativamente a Ian y a Blake. Mi mejor amiga estaba sonriendo y asintiendo. —¿Estás embarazada?

—¡Lo estoy! Queríamos esperar hasta que pudiéramos estar todos juntos para contároslo. Estoy de poco más de tres meses.

Mi madre abrazó a Blake, luego a Ian, y los pasó a mi padre. Él los abrazó a ambos e intentó robarle a George a Ian, pero Ian esquivó el intento y llevó a George a la sala de estar.

—Me alegro mucho por vosotros —le dije a Blake. —Siento no haber estado muy disponible para hablar.

Negó con la cabeza. —Sé que siempre estás por aquí. Y también estoy aprendiendo lo difícil que es criar a una persona.

—¿Cómo te encuentras?

Blake asintió. —Sorprendentemente bien. Estoy ajustando mi rutina para poder comer con más regularidad, pero hasta ahora ha sido realmente fácil.

—Eso es muy emocionante. Me alegro tanto por ti. —Mi madre abrazó a Blake otra vez.

—Gracias. Vamos a necesitar muchos consejos vuestros.

Asentí. —Como ahora soy toda una experta...

Todos nos reímos cuando sonó el timbre de la puerta.

—¿Quién podrá ser? —preguntó mamá con una voz demasiado sospechosa.

—¿Qué está pasando? —pregunté.

Mamá solo sonrió y nos guió hacia la puerta. Blake y yo la seguimos.

Karissa y Trent estaban en el umbral.

—¡Vaya, qué sorpresa! Qué agradable veros a los dos —dijo mamá.

—¿Qué hacéis aquí? —pregunté.

—No podía esperar ni un día más para verte —dijo Trent, pasando junto a mi madre para darme un beso demasiado íntimo para estar delante de ella. Se apartó y se lamió los labios. —Te he echado de menos.

—Yo también te he echado de menos.

—Me alegro, porque te voy a secuestrar esta noche. Y a George también. Pero primero, Karissa tiene algo para ti.

Trent me soltó para que pudiera ver a Karissa. Había entrado y estaba ofreciéndome su teléfono.

—¿Tu nueva aplicación? ¿Está terminada?

Karissa asintió. —Sí. Quiero que seas la primera en verla.

Cogí el móvil y miré la pantalla. Novios Literarios Ilimitados aparecía de fondo con botones en la pantalla principal para libros impresos, libros electrónicos y merchandising.

—¿Qué es esto?

—Es tu aplicación. La que hemos comentado varias veces.

—¿Has hecho esto para mí? exclamé sorprendida.

Asintió. Su sonrisa era enorme.

—Es demasiado, Rissa. Te dije que hablaríamos después de que naciera George y yo me recuperara.

—Me pagaron muy bien por mi tiempo. Su mirada se dirigió a Trent.

Me giré hacia él. —¿Tú hiciste esto?

Se encogió de hombros. —Mencionaste hace unos meses que deberías haber configurado tu aplicación. Supuse que

Karissa sería quien la diseñaría y le pregunté si sabía lo que querías. Lo hablamos un poco y sabía que haría un trabajo increíble.

—Pero esto es caro. Y enorme. No tenías que gastarte este dinero en mí.

Negó con la cabeza. —Te quiero, Finley Jameson. Y esta aplicación hará tu vida más fácil y mejor. No hay nada que no haría por ti o por George. Tú eres todo para mí. Tan pronto como me lo permitas, me casaré contigo.

—¿Qué?

Sonrió y me acarició la mandíbula. —Lo digo en serio. No voy a abandonar Cala MacKellar, ni a ti, de nuevo. Te quiero conmigo siempre. Y cuando estés lista, quiero casarme contigo.

—¿Estás seguro? Quiero decir, soy un poco desastre.

—Quizás, pero tú eres mi desastre. Y yo soy el tuyo.

Ian entró sujetando a George lo más lejos posible de él. —¿De quién es este desastre? Porque definitivamente ha hecho un gran estropicio.

Miré a mi hermano y sonreí. —¿No decías que querías práctica?

Sus ojos se abrieron como platos y negó con la cabeza. —No tanta práctica.

Resoplé, y Trent cogió a George. —Vamos, pequeñín. Quizás puedas ayudarme a convencer a mamá para que se case conmigo.

Subió las escaleras con George, hablando todo el tiempo. Les observé alejarse y sonreí.

—Estás lista, ¿verdad? —preguntó Blake.

Asentí. —Joder, sí. Voy a casarme con ese hombre. Pronto.

# EPÍLOGO

## KARISSA

Nunca había visto a Finley tan feliz. Siempre había sido una persona positiva, pero estar con Trent la había llevado de ser positiva a irradiar alegría. Era tan agradable verla así. Y si alguien se lo merecía, era definitivamente Finley.

No se había mudado oficialmente con Trent, pero la cosa iba en esa dirección. El pequeño George tenía seis semanas y empezaba a dormir toda la noche, y ellos pasaban cada vez más noches con Trent. Ya echaba de menos tenerlos cerca todo el tiempo.

—¿Qué hay para cenar? —preguntó Finley desde su asiento en el nuevo sofá amarillo que Trent había comprado recientemente. Estaba haciendo que la mansión fuera más luminosa y colorida a través de muebles y obras de arte, dejando que los colores insulsos de las paredes se difuminaran en el fondo.

—Estaba pensando en hacer una barbacoa. ¿Te apetece un filete? ¿Quizás algo de pescado? —respondió Trent.

—Suena perfecto. ¿Rissa? —levantó la mirada de George, que dormía en sus brazos.

—Me parece bien. ¿A qué hora llegará tu amigo? —le pregunté a Trent.

—Debería ser pronto. En la próxima hora, supongo.

—Te va a encantar X. Y McJenna es realmente dulce. Es increíblemente inteligente y un poco descarada.

—Parece mi tipo de chica —le dije a Finley con un guiño.

Había conocido al mejor amigo de Trent a través de videollamadas y algunas conversaciones telefónicas en las últimas semanas. No había parado de alabarle y hablar maravillas de él. No estaba segura si estaba intentando emparejarnos o simplemente estaba emocionada porque él se mudaría con Trent y definitivamente sería una presencia constante en la vida de Finley.

—Te van a gustar los dos —me dijo.

Asentí. —Estoy segura de que será así. Pero no me gusta nadie tanto como mi ahijado.

George empezaba a moverse en sus brazos, y podía ver que ella necesitaba un descanso. Finley no era de las que se quejaban, pero llevarle en brazos resultaba agotador después de un rato.

—¿Por qué no me dejas sostenerlo unos minutos? Podemos ir a pasear fuera y mirar el agua mientras tú y Trent tenéis un momento para vosotros.

Finley resopló. —No vamos a hacer nada mientras estás fuera.

—No he dicho que hagáis nada. Solo dije un momento para vosotros.

Finley recibió el mismo buen informe que George en su revisión de las seis semanas esa mañana. Estaba realmente emocionada, hasta que se dio cuenta de que era el día en que el amigo de Trent y su hija se mudaban.

—Ya tendremos tiempo a solas eventualmente —refunfuñó Finley.

—Lo sé. Y por ahora, ve y dale un beso a tu hombre o algo. Creo que está tan cachondo como tú.

—No es posible —dijo Finley.

Sonreí con picardía y le cogí a George. Bostezó, se estiró y me miró con sus grandes ojos marrones. Empecé a hablarle mientras salía fuera.

—Eres un niño pequeño con mucha suerte. Tienes tantas personas que te quieren. Y que harían cualquier cosa por ti. Y hoy, vas a conocer a dos nuevas personas que harán cualquier cosa por ti. Trent ha estado hablando tanto de su amigo que siento como si le conociera. Y McJenna va a ser tan dulce. Pero recuerda siempre que la tía Karissa es tu favorita.

Le besé la frente e inhalé su dulce aroma de bebé. Pronto cumpliría treinta y nueve, y saber que probablemente nunca tendría un bebé propio hacía que quisiera a George aún más. No me arrepentía de mi vida ni de las decisiones que había tomado, pero no estaba segura de que volvería a tomar todas las mismas si tuviera la oportunidad.

Alejarme del hombre que amaba en la universidad fue fácil porque me dije a mí misma que encontraría a alguien más. Alguien que me iluminara de la misma manera que él lo hizo. Pensaba que el amor era fácil y abundante cuando tenía veintitrés años. Creía que todo estaba ahí fuera esperándome.

Pero habían pasado más de quince años y no había conocido a nadie que me hiciera sentir ni siquiera la mitad de lo que él me hizo sentir.

Sin embargo, no podía arrepentirme de nada. Regresar a Cala MacKellar significó pasar tiempo con mi madre antes de que falleciera. Significó tener un gran grupo de amigos. Significó tener una vida que amaba, aunque fuera una vida sin una persona propia.

—Nunca estarás solo —le dije a George—. Siempre estaré aquí para ti. Y también lo estarán tu mamá y tu papá, y el tío

Hudson, y la tía Blake y el tío Ian, y tus abuelos y Eddie, y muchas personas más. Estamos deseando verte crecer y probar cosas nuevas y aprender y fallar y tener éxito y enamorarte y construir tu propia vida. Puedes hacer cualquier cosa y ser lo que quieras, y estoy impaciente por ver qué haces con tu vida, pequeñín.

Kenny soltó un fuerte ladrido, seguido de una serie de ladridos excitados mientras corría por toda la casa. Me quedé fuera, dejando que Trent y Finley recibieran a X y McJenna. Me volví hacia el agua y respiré profundamente. No había nada mejor que el aire fresco, el agua y el bebé más lindo del mundo en mis brazos.

—Hola, Rissa —dijo Finley desde detrás de mí—. Te presento a X y McJenna.

Sonreí y me giré para verlos, pero mi sonrisa desapareció tan rápido como mi mandíbula cayó.

—Hola, Karissa. Es un placer verte de nuevo —dijo X. Su brillante mirada azul estaba fija en la mía. Una sonrisa tentativa elevó un lado de su boca.

—¿Os conocéis? —soltó Finley.

McJenna y Trent nos miraron, tan confundidos como Finley.

Asentí. —Sí. Excepto que yo le conocía como Xavier.

—Oh, mierda —suspiró Finley.

Oh, mierda era la palabra adecuada.

GRACIAS POR LEER la historia de Finley y Trent. Cuando tuve la idea para esta serie por primera vez, sabía que estos dos acabarían juntos. Incluso los pueblos pequeños tienen secretos, ¡como Trent regresando a hurtadillas al pueblo y pasando el rato en O'Kelley's! Pero Finley y Trent fueron apasionados y mágicos desde el principio, y ver cómo luchaban por sentirse dignos el uno del otro fue hermoso. Espero que os haya gustado tanto como a mí.

El siguiente libro de la serie es la historia de Karissa y Xavier. Karissa lo dejó atrás después de la universidad para volver a casa y construir una vida tranquila en su pueblo natal. Xavier quería cosas más grandes, cosas que no podía conseguir en un pueblo pequeño. Pero ahora está allí, en su pequeño pueblo, recordándole a Karissa cómo se siente enamorarse. ¡Lee **Su Genio Curvilínea** hoy mismo!

¿TE PREGUNTAS sobre la prueba de paternidad? Suscríbete a mi boletín y recibe un epílogo extra con los resultados.

# ACERCA DEL AUTOR

*USA TODAY* La autora superventas Mary E Thompson pasó la mayor parte de su infancia deseando tener algunas curvas menos. Se escondía entre las páginas de los libros porque a sus personajes favoritos nunca les importaba qué talla de ropa usaba. Ahora, a Mary tampoco le importa, y escribe historias que celebran a mujeres como ella. Mujeres reales que tienen curvas, persiguen sueños y encuentran el amor, porque todas merecemos ser felices, sin importar nuestra talla.

Mary pasa su tiempo fuera de la escritura con su esposo y sus dos hijos, viendo demasiada televisión, animando a su equipo local de fútbol americano (¡Vamos Bills!) y escondiendo chocolate de su familia.

Suscríbete ahora al boletín de Mary. ¡Los suscriptores reciben libros electrónicos gratuitos y otras cosas divertidas, como contenido exclusivo solo para miembros y sorteos, además de ser los primeros en conocer los nuevos lanzamientos y ofertas!